노블 NOVEL

KB012978

노블 NOVEL

초판 1쇄 찍은 날 | 2017년 4월 24일
초판 1쇄 펴낸 날 | 2017년 4월 28일

지은이 | 문희
펴낸이 | 예경원

편집 | 유경화

펴낸곳 | 예원북스
등록번호 | 제396-2012-000132호
등록일자 | 2012. 7. 25
YRN | 제1-0184호

주소 | 경기도 고양시 일산동구 호수로 646-24 위너스21-Ⅱ 206A호 (우) 10401
전화 | 031-819-9431 팩스 | 031-817-9432
http://cafe.naver.com/yewonromance
E-mail | yewonbooks@naver.com

ⓒ 문희, 2017

ISBN 979-11-6098-209-1 03810

노블
NOVEL

문희 장편 소설

YEWONBOOKS ROMANCE STORY

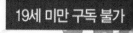

CONTENTS

PROLOGUE

아침 6시가 조금 넘은 시간, 상가들이 밀집해 있는 인사동은 개미 한 마리, 지나가는 사람 하나 없었다. 텅 빈 거리에 일렬로 이어진 상가들이 쭉 늘어선 인사동은 상업지구답게 9시가 넘어야 사람들이 많이 보이기 시작하는 곳이었다.

유난히도 밝은 햇빛이 더운 여름 하루의 시작을 알리는 듯 붉은 기를 내뿜으며 인사동을 비추고 있었다. 홍해가 갈라지듯이 빛은 골목을 깨우고 있었고 그 빛을 역광으로 한 몸에 받고 있는 한 여자가 위풍당당하게 골목에 서 있었다.

165cm의 적당한 키에 작은 얼굴로 완벽하게 8등신의 몸을 가지고 있는, 인사동이 낳은 스타기자인 여자는 모자란 패션 센스와

촌스런 이름만 빼면 완벽했다.

―김말자. 29세, 민국신문 정치부 기자, 특종 사냥개라는 별명을 가지고 있는 실력파 기자. 검은 뿔테 안경과 곱슬머리가 트레이드 마크인 그녀의 평범하지 않은 일상을 따라가 본다.

"좋아, 굿이야."

지난번에 방송사에서 촬영을 해간 그녀의 일상이 오늘 인터넷 기사로 떴다. 눈이 아직 떠지지 않아 제대로 보진 않았지만 헤드라인이 마음에 들어 그녀는 힐긋 기사를 보고는 주머니에 스마트폰을 넣었다.

이렇게 가끔 지상파 TV 프로에 출연을 하는 관계로 요즘은 알아보는 사람들이 많이 생긴 그녀였다. 백날 특종을 써도 신문이란 특성상 그녀를 알아보는 사람이 드물었는데 몇 번의 TV 출연이 그녀를 스타기자로 만들어놓아 이제는 길거리에서 사람들이 많이 알아보았다.

"김말자!"

그녀가 지금 서 있는 '봉선 할매 떡볶이집'의 주인이자 그녀의 친할매인 봉선 할매가 핸드폰만 보고 가게 앞을 쓸지 않고 있는 말자를 큰소리로 불렀다.

뒤에서 불호령이 떨어지자 말자의 손이 흐느적거리며 움직이기 시작했다.

쓱싹쓱싹!

아침을 빗자루질로 시작하는 말자는 입이 툭 튀어나와 있었다. 남들은 화장대 앞에서 출근 준비를 할 시간에 그녀는 쌍팔년도 동네 주민처럼 열심히 빗자루질을 하고 있었다.

"새벽종이 울렸네. 새 아침이 밝았네."

70년대엔 태어나지도 않은 그녀였지만 할매가 흥얼거리던 노래를 이젠 그녀가 부르고 있었다. 부르고 싶지는 않지만 계속해서 입에서 이 노래가 흘러나오고 있었다.

노랫말처럼 머릿속에서는 새벽종이 울리고 있는데 그녀의 눈은 떠질 줄을 모르고 영혼 없이 빗자루질을 되풀이하고 있었다.

"똑바로 해. 이년아!"

뒤에서 또다시 불호령이 떨어졌다. 그녀의 이런 모습을 보고 가만히 있을 할매가 아니었다. 어찌나 소리가 큰지 기차 화통을 수백 개는 삶아 먹은 것 같았다.

"아, 쫌! 욕 좀 그만해."

아직도 졸음에서 덜 깬 말자는 눈을 반쯤 뜨고는 들릴 듯 말 듯 구시렁거렸다.

"네가 똑바로 하면 내가 그래?"

불호령의 주인공은 바로 뒤에서 마나님처럼 가게 앞 의자에 앉아 그녀의 청소 모습을 감시하고 있는 귀도 밝은 김봉선 여사. 올

해 나이 칠십의 봉선 할매는 몸집이 여느 남자들 못지않게 크고 당당했다. 지금도 무거운 짐을 번쩍번쩍 들어 올리는 괴력의 소유자였다. 살집이 있어서 팽팽한 피부는 주름 하나 없었다. 그래서 언뜻 보면 오십대처럼 보였다.

가끔 말자와 TV를 보다가 말자의 등짝을 치면 어찌나 손이 매운지 눈물이 나올 정도로 아팠다. 그럴 때 아프다고 때를 쓰면 한 대 더 맞으니 냉큼 자리를 피하는 게 상책이었다.

할매는 평생 장사를 해온 사람이라서 입이 좀 거칠기는 했지만 그녀에겐 이혼한 부모님을 대신해서 키워준 고마운 할매이자 친구 같은 분이었다. 매일같이 이렇게 부려먹는 걸 빼면 아주 좋은 사람이었다.

쓱싹쓱싹!

빗자루질을 하는 말자의 팔에 힘이라고는 없었다. 말자가 빗자루질을 하는지 빗자루가 말자를 끌고 다니는지 도저히 알 수가 없을 정도였다.

어제 정치부 기자들의 회식이어서 모처럼 과음을 했더니 속은 뒤집어지고 목은 탔다. 피부에서 술이 흘러나올 것 같았다. 기자 생활 6년 차인 그녀는 느는 게 술밖에 없었지만 어제는 그녀 평생 통틀어서 손꼽히게 마신 날이었다.

그게 다 갑자기 끼어든 불청객 때문이었다. 선배의 친구라는 놈과 어제 술 배틀만 안 했어도 오늘 이 지경은 아니었을 것이다. 바닥만 쳐다보며 쓸고 있자니 속이 더 울렁거렸다.

"할매, 속이 울렁거리는데 여기까지만 쓸게."

속에서 쓴 위액이 넘어왔다. 목구멍이 타들어가는 느낌이었다.

"그러게 이년아, 누가 그렇게 새벽까지 술 처먹으래?"

"또또 그런다! 그게 다 사회생활이라니까."

"사회생활을 술 처먹으면서 하냐?"

"내가 말을 말아야지."

아침인데도 더운 날씨 때문에 봉선 할매는 부채질을 하고 있었다. 그녀의 모습을 보고 있자니 속이 터졌는지 할매의 부채질 속도가 헬리콥터 프로펠러보다 빨랐다.

"그래서 잘했다는 거야?"

"……."

이쯤 해서는 조용해야 했다. 여기서 한마디 더 했다가는 언제 스매싱이 날아올지 모르기 때문이었다.

쓱싹쓱싹.

빗자루질을 하다 말고 속이 좋지 않아 잠시 빗자루질을 멈춘 말자는 할매를 슬쩍 쳐다봤다. 그리고 말자는 할매를 보고는 쏟아지는 웃음을 참았다. 자신은 술이 덜 깬 것이 확실했다. 할매를 보고 있자니 왠지 돼지가 의자에 앉아 부채질을 하는 것 같다는 생각이 들어 기어이 웃음보가 터지고 말았다.

"푸하하!"

"……."

자신의 키보다 조금 작은 빗자루에 기대 말자는 참았어야 하는 웃음을 바깥으로 쏟아내고 말았다. 하지만 미친년 소리가 나왔어도 백번은 나왔어야 할 타이밍인데도 할매는 조용했다. 오늘은 욕 대신에 등짝을 한 대 치는 게 아닌가 싶었는데 그것도 아니었다.

빗자루질을 하다가 말고 말자는 뒤를 돌아보았다. 그리고 곧 빗자루질을 멈추고 할매와 마찬가지로 구십도로 몸을 숙였다.

"안녕하십니까?"

할매의 목소리가 어느 때보다도 다정했다. 가게 앞 플라스틱 의자에서 언제 일어났는지 정자세로 두 손을 모으고 서 있는 할매의 모습이 어색하게 느껴지는 말자였다.

"네, 평안하시지요?"

중후한 노신사의 목소리가 골목의 여심을 녹이고 있었다.

"우리 말자도 잘 있었지?"

"네."

목소리의 주인공은 그녀가 쓸고 있는 이곳, 할매의 떡볶이집의 건물주이자 인사동에서 가장 높은 건물인 대식빌딩의 소유주 국대식 회장이었다. 할매보다 다섯 살이 더 많은 일흔 다섯의 노신사는 아직도 여심을 흔들 만큼 매력적인 분이셨다.

중절모를 벗어 들고는 할매에게 인사를 하는 회장의 매너에 남자보다도 더 거친 할매도 여린 소녀처럼 얼굴을 붉히고 있었다.

"건강은 어떠십니까?"

국대식 회장의 건강이 안 좋아진 건 1년 전쯤부터였는데 요즘은 거의 모습을 드러내지 않다가 직접 경영하는 골동품 가게에 오랜만에 모습을 비춘 것이었다. 그의 골동품 가게인 '앤티크' 와 같은 건물에 있다 보니 국 회장의 일들을 할매로부터 자연스럽게 들을 수가 있었다.

"하하하, 늙었으니 여기저기 고장나는 게 당연하지요. 전 괜찮습니다."

회장은 호탕하게 웃었다.

"아참, 제가 요즘 통 가게에 신경을 못 써서 우리 손자 녀석이 당분간은 맡게 될 것 같습니다. 부족한 녀석이라 많은 도움 부탁드립니다."

회장의 손자라면 아주 어릴 적에 본 적이 있었다. 국 회장은 외아들 내외를 잃고 친손자 하나만이 유일한 혈육이었다.

말자의 얼굴에 미소가 지어졌다. 그녀가 일곱 살 때 봤던 오빠는 아주 잘생겼었다. 얼마나 멋지게 자랐을지 은근히 기대가 되었다.

"네가 그 아이구나."

슬픈 눈으로 그녀를 보며 오빠가 했던 그 알 수 없는 말은 이상하게 아직도 그녀의 기억에 남았다. 물론 그때는 그녀도 교통사고가 나서 머리 쪽에 상처를 입고 몸이 좋지 않은 상태였기 때문에 오빠가 더 멋지게 기억에 남았을 수도 있었다. 한마디로 제정신이 아닐 때 본 사람이라서 말이다.

그러고 보니 할매가 아픈 그녀를 데리고 왜 장례식장을 갔는지 지금도 이해할 수가 없긴 했다. 그녀가 정확하게 기억하는 건 병원에서 돌아오자 할매가 그 상가 집에 그녀를 데리고 가셨다는 것이었다. 잘 알지도 못하는 사람의 장례식에 간 건 그때가 처음이었다. 할매가 어찌나 슬프게 울던지 그때의 기억이 아주 선명했다.

"할아버지."

낮은 저음의 목소리가 그녀의 등 뒤에서 들려왔다. 말자의 손이 갑자기 바빠졌다. 빗자루를 뒤로 던지고 옷매무새를 만졌다.

몇십 년 만의 재회라 어찌나 가슴이 떨리는지 심장이 튀어나올 것 같았다. 이럴 줄 알았으면 두 줄짜리 옆선을 자랑하는 아디다스 짝퉁 추리닝이 아닌 좀 더 여성스러운 옷을 입고 나오는 건데 안타까웠다.

역시 하늘은 그녀의 편이 아니었다. 어릴 적 백마 탄 왕자님 앞인데 추리닝에 검은 뿔테 안경에 사자머리를 하고 있는 자신의 모습이 한심스러웠다.

"수호야, 이리 와봐라. 제가 속이 좀 안 좋아서 소화제를 사가지고 오라고 했더니 지금 저기 오네요."

"네."

지금 몰골의 창피함보다 궁금함이 더 강하게 밀려왔다.

"어떻게 하지?"

말자는 마치 어릴 적 첫사랑을 보는 느낌처럼 떨려 자신도 모르게 중얼거렸지만 차마 고개를 돌릴 용기가 없었다. 유명한 정치인들도 겁내지 않고 취재하는 천하의 돌아이 정치부 기자 김말자가 지금 떨고 있었다.

하지만 궁금증이 말자에게 울트라 파워의 용기를 주었다. 말자는 고개를 뒤로 돌려 다가오는 남자를 바라보았다. 그리고 그 자리에 돌처럼 굳어버렸다.

아, 이건 정말 아니었다.

말자는 그의 얼굴을 봄과 동시에 반사적으로 몸을 돌렸다. 말자는 자신의 반사신경이 이렇게 좋은지 미처 알지 못했다. 그리고 어른들의 시선이 그를 향해 있을 때 재빠르게 그곳을 빠져나왔다.

"인사해라. 이분은 우리 건물이 처음 지어졌을 때부터 계셨던 봉선 할매 분식의 사장님이시다."

"안녕하십니까?"

남자가 할매에게 공손하게 인사를 드렸다.

"그리고 이쪽은 김말자 기자……."

말자는 벌써 꽁지가 빠지게 도망가고 있었다. 남자에게 얼굴을 들키고 싶지 않았기 때문이었다. 어제 술 배틀을 했던 남자를 여기서 이렇게 보게 될 줄은 상상도 못 했었다. 어제 그녀가 보인 추태는 상상조차 하기 싫었기 때문이었다.

그런데 그가 국 회장을 대신해서 골동품 가게에 출근을 한다니, 매일 아침마다 가게 앞에서 집 앞까지 청소를 하는데 그의 출근 시간과 겹치지 않기를 바랄 뿐이었다.

"하나님, 부처님, 알라신, 또 뭐가 있더라? 어쨌든 이건 아니죠. 이건 아주 곤란데스란 말입니다."

말자는 투덜거리며 가게에서 5분도 안 되는 거리에 있는 집으로 들어갔다. 빌라 2층에서 할머니와 단둘이 살고 있는 말자는 이곳이 마음의 안식처였다. 낡고 오래된 빌라였지만 말자는 이상하게 집에만 오면 마음이 편했다. 지금 이 순간만 제외하고 말이다.

아직도 심장이 두근거리고 있었다. 오른손을 심장 위에 올려놓자 생선처럼 심장이 팔딱거리며 그녀의 초조함을 대변해 주고 있었다.

"이건 무슨 개 같은 경우지?"

그녀의 꿈에 그리던 이상형의 남자가 어제 그녀와 술 배틀을 한 그 자식이었다니 진짜로 믿어지지 않았다. 물론 어릴 때 모습은 아니었어도 그 자식이 잘생겼다는 건 인정하지 않을 수 없었다. 그것만으로도 창피한데 그들은 어제 알코올이 뒤섞인 만취 상태에서 키스까지 했었다. 그것도 그녀가 내기를 해서 말이다.

"그만 떠올리자. 아악!"

머리를 감싸도 어제의 일이 머릿속에서 지워지진 않았다.

"국수호."

성과 이름이 특이해서 한번 듣고 잊어버릴 이름은 아니었다. 거기다가 분명히 국 회장의 손자는 단 한 명뿐이었다.

뽕~

뱃속에는 어제 먹은 술로 인해 가스가 가득했다. 속도 미식거리고 아직까지 머리도 욱신거리고 아팠다. 이건 다 그 자식 때문이었다. 소파에 앉아서 욱신거리는 머리를 감싸며 말자는 어젯밤 일을 떠올렸다.

술을 생각하니 올라올 것 같았지만 어제 그렇게 마시고도 멀쩡하게 인사를 하던 녀석의 얼굴을 떠올리니 졌다는 생각에 다시 한번 분노 게이지가 상승했다. 지고는 못 사는 말자였다.

어젯밤은 회식이라기보다는 말자를 위로하는 자리였다. 기사하나 잘못써서 국정원에 끌려들어 갔다가 나온 그녀였다. 정치부 기자 생활 6년에 별별 일을 다 겪었지만 이번처럼 힘없이 당하기는 처음이었다.

그래서 같은 부서의 선후배와 같은 기수의 기자들이 그녀를 위로하기 위한 자리를 마련해 주었다.

"이번엔 김 기자가 당한 것 같다. 취재를 하다 보면 그럴 때도 있지 항상 잘되진 않아."

최 선배가 그녀를 위로한답시고 한마디를 꺼냈다. 그러자 말자가 최 선배를 독사눈으로 쳐다보았다.

"아니, 그러니까 이번에 유 의원의 비리를 캐기에는 아직 정권 초반이라서 힘이 든다는 거지."

"그럼, 4년을 참고 기다려야 하는 거예요?"

말자가 술을 퍼마시다 말고 소리를 질렀다. 후배들은 하늘 같은 선배에게 대드는 말자가 대단하다는 듯이 차렷 자세로 앉아 말자와 최 선배를 번갈아 바라보았다.

"기다리라는 게 아니라……."

"아니면요? 또 눈치껏 찌그러져 있다가 간신히 월급 값만 하는 기사만 쓰라고요?"

말자는 민국일보 최고의 기자였다. 한 달이 멀다하고 굵직한 특종을 터트리고 있는 아주 핫한 기자였다. 신문사 기자였지만 여느 방송국의 기자들보다도 인기가 높았다. 더구나 말자는 선배들도 함부로 할 수 없었다. 특종만큼이나 바른말을 잘하는 기자였기 때문이었다. 아무리 선배들이라도 잘못하면 당당하게 그 자리에서 말하는 성격이었다.

"이번 일은 네가 감수해야지 어쩌겠냐?"

"이건 엄연히 언론 탄압이라고요."

"그래도 네가 더 확실한 근거를 들이대지 않으면 어쩔 수가 없는 거다."

"알았다고요."

말자는 자신의 소주잔에 술을 연신 붓고 마셨다.

"영민아."

누군가 최 선배를 아주 다정하게 불렀다.

"어, 이게 누구야?"

최 선배는 누군가를 아주 반갑게 맞았다. 정치부 기자들의 밥상은 언제나 정치인들이 합석을 하게 마련이었다. 말자는 취기가 올라오긴 했지만 본능적으로 자리에서 일어나 인사를 할 준비를 했다.

하지만 곧 고개를 들어 새로 등장한 인물을 보고는 바로 자리에 앉았다. 낯선 얼굴이었다. 정치부 기자 6년이면 모르는 정치인이 있을 리가 없었다. 하다못해 그들의 참모와 운전사까지 전화번호를 줄줄 외우고 있는 말자였다.

"안녕하십니까?"

그녀와는 달리 주변의 반응은 폭발적이었다. 그와 악수를 하기 위해 안달이 난 후배들의 모습을 본 말자의 시선이 다시 남자를 향했다. 정치인은 무조건 아니었고 그와 관련이 된 인물은 더더욱 아니었다. 그건 확실했다. 누구처럼 열 손가락에 장을 지진다고 말할 수도 있었다.

"여긴 어떻게?"

"한국에 당분간 머무를 것 같아."

"네 소설이 영화화된다고 아주 난리더라."

"……."

뭔 소리를 하는지 최 선배와 후배들의 관심은 이제 그 남자에게 향해 있었다.

"일행 있어?"

"아니, 다들 갔지. 가는 길에 네가 보이기에."

"유학 갔을 때 보고 이게 얼마 만이야."

"약속 없으면 같이 한잔하자."

어찌 된 일인지 모두가 그가 합석하기를 원하는 분위기였고 마침내 그가 자리에 앉았다.

"선배, 선배는 마이클 쿡 몰라요?"

후배 유진이 흥분된 목소리로 물었다.

"요리사야?"

"선배."

아주 실망한 표정이었다. 술기운도 오르는데 정치가 아닌 다른 쪽의 인물은 관심이 더더욱 없었다. 말자는 주변이 소란하거나 말거나 소주잔에 다시 술을 부었다.

"알코올 중독이신가?"

그녀가 요리사냐고 말하는 소리를 들었는지 그가 앉자마자 그녀에게 시비를 걸어왔다.

술은 취했지만 그녀를 향한 말이란 느낌에 말자의 미간이 내천자를 그렸다.

"아냐, 이번에 좀 사건이 있어서 기분이 안 좋으니 신경 쓰지 말고 가만히 놔둬. 순하게 생겼어도 무서워."

최 선배와 그가 그녀의 이야기를 하고 있었다. 모르는 사람이 갑자기 합석을 하는 것도 싫은데 그녀의 얘기를 안주 삼아 하고 있는 건 더 싫었다.

"제 얘기는 빼주시죠."

말자가 날 선 목소리로 말했다.

"험담으로 생각했다면 미안하군. 혼자서 잘 마시길래 술을 좋아한다고 생각했지."

남자가 눈 하나 까딱하지 않고 그녀를 보며 말했다. 말자는 기분이 나빴다. 뭔지도 모르는 인간이 갑자기 최 선배가 안다는 이유로 합석을 하고 그것도 모자라 그녀에게 알코올 중독자라는 둥 헛소리를 해대니 기분이 좋을 리가 없었다.

"요리사 아저씨!"

"요리사?"

남자가 기가 막힌다는 듯 웃음을 지었다.

"선배, 요리사가 아니고 베스트셀러 작가님이세요."

후배 유진이 그녀를 말리며 말해주었다.

"쿡이라며?"

기분도 그렇고 갑자기 등장한 불청객의 말도 거슬려서 말자는 다시 술을 털어 넣었다.

"아 참, 분위기가 왜 이런 거야? 다들 건배나 하자고."

말자도 최 선배의 성화에 못 이겨 잔을 들었다. 술집의 어두운 조명 탓인지 그녀의 정면에 앉은 불청객의 얼굴이 꽤나 잘생겨 보였다. 앉아 있는데도 단연 우월한 키에 운동으로 다져진 몸 또한 훌륭했다. 하지만 그는 그녀의 스타일은 아니었다.

말자는 그의 눈을 똑바로 쳐다보고는 술을 입안으로 털어 넣었다.

"술 좀 하는군."

"보시다시피."

어차피 오늘 보고 말 사람이었다. 남자도 그녀를 마음에 들어하지 않는 눈치였다. 하긴 엄청난 곱슬머리에 뿔테 안경을 끼고 있는 마른 여자를 누가 좋아한단 말인가? 그녀의 콧잔등의 주근깨는 술기운이 오르면 더 도드라지게 보여 그녀의 촌스러움에 정점을 찍고 있을 게 뻔했다.

"당신이 날 이긴다면 내가 오늘 술값을 내지."

이 인간이 지금 무슨 헛소리를 하고 있는 건지 말자는 자신이 잘못 들었다고 생각했다.

"뭐라고요?"

"귀까지 먹었나?"

그가 말을 꺼낼 때마다 살인 충동을 느끼는 말자였다.

"이봐요. 다짜고짜 무슨 내기를 한다는 거예요?"

"선배, 해봐요. 오늘 술값 장난 아니게 나올 텐데……."

옆에서 후배인 유진이 그녀를 부추겼다.

"내가 이기면 술값을 당신이 내고 내가 지면 내가 술값을 내는 건가요? 오늘 우리는 회식인데? 엄연히 법인카드로 긁게 되어 있다고요."

벌써 말려들어 간 말자였다.

"당신이 지면 뭘 줄 건가?"

"뜨거운 키스?"

장난이었다. 그냥 장난으로 한 말이었다. 불쑥 튀어나온 말에 모두가 얼음이 되어버렸다.

"아니, 그러니까 그건 농담이고……."

"아니, 그게 마음에 드는군."

"이보세요!"

"이기면 될 거 아닌가?"

하긴, 이기면 그뿐이었다. 그녀의 주량을 그는 알지 못했다. 민국신문 최고의 주당을 말이다.

"수호, 이번엔 네가 불러해."

"길고 짧은 건 대봐야 알지."

"그럼 대보시든가? 우리는 내일도 회식입니다. 최 선배."

그녀의 말에 모두가 환호성을 질렀다. 그녀의 주량을 모두가 민기 때문이었다.

"그런데 난 벌써 2병을 비웠는데?"

그녀의 말에 그가 소주 2병을 병째로 마셨다.

"우와~"

놀라운 실력이긴 했지만 저러면 한 방에 가는 게 이치였다.

"카드 내놓고 하시죠. 쓰러지면 안 되니까."

그가 지갑 안에서 골드카드를 꺼내 테이블 위에 놓았다. 그는 점잖은 척하고 있지만 그녀를 기필코 이기려는 눈빛이었다.

키스라고 말하다니, 그간 남자에 주리긴 한 모양이었다. 지금은 제정신이 아닌 자신을 원망할 뿐 다른 방법이 없었다.

"시작할까?"

"네."

"이 잔은 아닌 듯하군."

그가 음료수 잔에 소주 반 병을 부어서 그녀 앞으로 밀었다.

"화끈하시네."

말자가 술잔을 잡았다. 모두가 흥미진진한 표정으로 둘을 보고 있었다.

짠!

잔이 부딪치고 둘은 한 잔을 비웠다. 그리고 다음 잔에 술을 채우고 털어 넣기 시작했다. 4잔을 연속해서 마시고 나니 천장이 돌기 시작했다. 천천히 마시면 10병도 끄떡없는 말잔데 너무 급하게 마시고 있었다.

술기운이라 그런지 앞에 앉아 있는 남자가 아주 잘생겨 보였다. 그녀를 뚫어지게 보고 있는 카리스마가 가득한 쌍꺼풀이 살짝 진 커다란 눈도 마음에 들었고 외국 영화배우들처럼 움푹 들어간 턱 끝도 마음에 들었다.

하긴 마음에 들면 뭘 하나, 지금 그는 그녀와 술 배틀을 벌이고 있는 적수였다. 다시 눈앞이 핑 돌기 시작했다.

"이거 너무 약한 거 아닌가?"

"웃기시네. 이건 시작에 불과합니다."

그런데 앞의 잔이 자꾸만 그녀의 손에 잡히지 않았다.

"선배, 잔이 움직이네요. 하하하, 별일이야."

다시 한 번 잡아보려 했지만 술잔이 자꾸만 이리저리 피하고 있었다.

"그만, 이 정도면 내가 이긴 것 같군."

"아직 멀었다구요."

갑자기 앞에 앉아 있던 남자가 일어났다. 말자의 얼굴 위로 그의 그림자가 밀려왔다.

"뭐지?"

"약속은 지켜."

그는 말이 끝나기가 무섭게 그녀의 얼굴을 자신의 커다란 양손으로 감싸고는 그녀의 입술을 삼켜 버렸다. 정신을 차릴 겨를도 없이 그의 혀가 그녀의 입안으로 밀고 들어왔다. 지금 그가 사람들 앞에서 그녀의 입안에 혀를 집어넣은 것이다. 그것도 아주 깊게 말이다.

그녀의 29년 인생에 가장 깊은 키스를 지금 생판 처음 보는 남자와 하고 있었다. 그를 밀어내야 하는데 이상하게 그의 혀에서 느껴지는 소주맛이 아주 좋게 느껴진 말자는 그의 혀를 살짝 빨아들였다.

그런 그녀의 발칙한 행동에 그는 거칠게 자신의 혀를 밀어붙였다. 완벽한 키스였다. 서로의 혀가 엉키고 타액이 오가는 행위로 인해 말자는 아랫배까지 찌릿한 전율을 느끼고 있었다. 벌칙이라고 하기에 남자의 키스는 너무나 자극적이었다.

"으으음."

자신도 모르게 신음을 내뱉었고 그와 동시에 그의 입술이 사라졌다.

"벌칙을 너무 느끼는 것 같군."

순간 얼음이 된 그녀를 놔두고 그가 자신의 카드를 집어 들었다.

"오늘 술값은 내가 계산하지."

"와~"

철딱서니 없는 후배들은 그가 계산을 한다는 소리에 멍하게 앉아 있는 그녀는 생각도 하지 않고 환호성을 지르고 있었다. 배신자들이 따로 없었다.

그가 사라지고 나서 그녀는 열 받는 마음에 술을 다시 들이붓기 시작했다. 그래야 방금 전의 일을 잊을 수 있기 때문이었다. 그리고 정말 필름이 확 끊어져 버렸다. 눈을 떠보니 자신의 방 안 침대였다.

어떻게 된 일인지 뻔했다. 완전히 뻗은 그녀를 후배들이 집까지 짐짝 나르듯이 데리고 왔던 게 분명했다.

"김말자!"

6시면 들리는 할머니의 목소리에 말자는 쪼개질 것 같은 머리를 부여잡고 일어나 앉았다.

"안 나와!"

"할매, 오늘만……."

억지로 끌려 나오느라 어제의 일을 곱씹을 시간이 거의 없었다. 다만 어제의 술 배틀은 그녀에게 두통과 쪽팔림을 선사했다.

그렇게 아무런 일 없이 조용히 넘어가는 줄 알았건만, 어제 본 쿡인지 뭔지 하는 남자가 만난 지 몇 시간 만에 멀쩡한 모습으로 그녀 앞에 다시 나타나리라고는 말자는 상상도 하지 못했다.

"으이그!"

소파에 앉아 머리를 감싸고 있던 손을 푼 말자는 내일 아침은 좀 더 일찍 일어나서 냉큼 골목을 쓸고는 들어와야겠다고 생각했다.

"한 번으로 족해."

말자는 할매를 닮아서 오글거리거나 어색함을 견디지 못하는 호탕한 성격의 소유자였다. 그런 그녀가 보기만 해도 어색한 남자를 매일 본다는 건 상상을 할 수 없는 일이었다.

"아니, 다른 가게들은 10시에 오픈인데 돈도 많은 회장님이 가게 문을 제일 먼저 연다니까."

말자는 자리에서 일어나 쓰리는 속을 달래기 위해 주방으로 향했다. 물이나 한 잔 마실까 했는데 식탁 위에 콩나물국과 반찬들이 놓여 있었다.

"할매."

술 먹고 늦게 들어온 손녀를 위해 할매가 콩나물국을 끓여놓은 것이었다. 말자의 눈가가 촉촉하게 젖어들며 코끝이 찡해졌다. 어디에 있는지도 모르는 엄마와 가끔씩 연락이 오는 아빠를 대신해 할매는 언제나 그녀를 무뚝뚝하지만 이렇게 속 깊은 애정으로 돌봐주고 있었다.

"오늘 하루도 이렇게 시작합니다."

말자는 코끝을 손가락으로 문지르며 애써 눈물을 참고는 식탁에 앉았다.

"아, 시원하다."

밥을 말은 콩나물국을 그릇째로 들이켜며 말자는 할매의 사랑을 느끼고 있었다. 오늘 하루의 시작을 예상치도 못한 만남으로 시작했고 출근을 하면 정치부 부장과 편집국장의 잔소리가 기다리고 있겠지만 그래도 이렇게 힘이 되어주는 할매가 있으니 오늘도 잘 헤쳐 나가리라고 믿어 의심치 않았다. 말자는 힘든 하루를 위해 든든하게 아침을 먹었다.

CHAPTER 1

한 걸음 한 걸음 거리를 걸을 때마다 수호의 머리가 복잡하고 가슴이 답답했다. 할아버지께서 약국에서 소화제를 사 오라고 하셔서 약을 사들고 가는데 이젠 그가 체한 것 같은 증상을 보였다. 할아버지의 모든 것인 골동품 가게 '앤티크'의 근처에 들어서자 답답함이 수호의 가슴을 눌러왔다.

아버지와 어머니가 살아생전에 할아버지를 도와 같이 일을 하시던 곳이었다. 어릴 때 가끔 이곳에 놀러 오면 신기한 것들이 많고 어머니께서 맛있는 것들도 많이 사주셔서 그에겐 참 좋은 추억의 장소였지만 지금은 오기 싫은 첫 번째 장소가 이곳 '앤티크'였다.

대낮에 수십 차례 칼에 찔려 아버지와 어머니는 돌아가셨고 범인도 잡히지 않은 채 사건은 마무리가 되었다. 10살 어린 소년에게는 충격 그 자체였다. 밖에 나가는 것조차 두려워했고 결국은 정신과 치료까지 받게 되었었다.

그런 그를 안쓰럽게 여긴 할아버지는 그를 미국으로 유학을 보내는 큰 결단을 내리셨고 그는 지금까지 안정된 삶을 살았다. 다 극복했다고 생각을 했는데 오늘 이렇게 직접 오니 그는 아직 그 일을 극복하지 못하고 있는 게 분명했다.

아버지와 어머니가 뭔가 비밀스러운 단체에 가입이 되어 있었고 그것이 두 분의 갑작스런 죽음에 연관이 있다는 것을 안 다음부터는 더욱 이곳이 싫은 그였다. 10살 나이에 부모를 잃는다는 것은 세상의 모든 것이 사라진 것과 같았다.

유학을 떠난 후 그는 부모님이 처참하게 죽은 이곳에 다시는 오지 않기 위해 부단히도 애를 썼다. 하지만 운명이란 인간의 뜻대로 되지 않는 것이었다. 할아버지의 건강 악화로 그는 한국에 다시 들어오게 되었다.

깊은 생각에 빠져 걷고 있다 보니 벌써 '앤티크' 앞이었다.

"국수호."

할아버지가 그를 부르셨다. 그는 서둘러 할아버지께 갔고 이곳에서 오래 장사를 하신 분께 인사를 드렸다. 오래전 기억 속의 모습과는 달리 이젠 나이가 지긋하신 모습이었다. 할아버지와 마찬가지로 말이다. 그리고 누군가를 또 소개시켜 주시려고 했는데 그 사람은 보이지 않았다.

할아버지와 대식빌딩 앞에 선 건 참으로 오랜만이었다. 어느새 22년이라는 세월이 훌쩍 지났으니 건물도 외형적으로 많이 달라져 있었다. 리모델링을 한 지 얼마 되지 않아서 그런지 굉장히 세련된 느낌이었다. 검은색 대리석이 11층 건물 전체를 고급스럽게 감싸고 있었다.

수호는 고개를 들어 '앤티크'라고 써진 간판을 보았다. 인사동 거리는 한글로 된 간판만을 걸 수가 있어서 이곳의 모든 영문은 다 한글로 표기되어 있었다. 거기에 규격까지 딱 맞아떨어진 간판이라서 건물과는 어울리지 않았지만 나름 독특하기는 했다.

예를 들어 유명한 스타벅스 커피의 간판도 이곳에서만은 유일하게 한글로 표기되어 다른 커피전문점 같다는 생각이 들었다. 인사동만큼은 서양의 것도 우리의 것으로 만들려는 노력이 있는 것 같았다. 좀 어색하기는 했지만 말이다.

띠릭!

세월이 이곳도 바뀌게 했다. 열쇠로 셔터 문을 열던 시절은 이제 지났다. 지금은 이렇게 보안키로 문을 여니 격세지감이 느껴졌다.

"많은 게 변했지?"

"네."

자동으로 열리는 시스템을 보니 어릴 적 아날로그적인 모습이 없음이 조금은 아쉬웠다. 골동품 가게인데 전혀 골동품 가게 같은 느낌이 없었다.

겉보기에는 그냥 인사동의 골동품 가게 같지만 안으로 들어와 보니 완벽하게 갤러리 같은 공간이었다.

1층은 관광객들을 위한 저렴한 작품부터 2층, 3층의 고가의 물건까지 이곳에는 없는 게 없어 보였다.

그의 시선을 사로잡는 건 어릴 때도 그렇고 지금도 그렇지만 한국의 민화였다. 어릴 때는 벽에 그냥 걸려 있는 그림인 줄 알았었다.

하지만 지금은 1층의 투명한 벽 너머로 전시관에 전시되어 있는 걸 보니 굉장히 고가의 그림 같은 느낌이 들었다.

하지만 그는 그림의 가격보다는 그림이 주는 따뜻함이 좋았다. 그건 지금도 마찬가지였다.

동물들이 그려져 있는 모습을 보면 마음이 편하게 느껴지고 동화책의 예쁜 그림보다 우리 민족의 구수한 정서가 녹아 있는 민화가 어릴 때부터 좋았던 수호였다.

"아직도 좋으냐?"

"……."

고양이가 익살스럽게 그려진 전통 민화 앞에 서 있는 수호를 보고 할아버지가 말씀하셨다.

"더 좋은 그림도 많은데 왜 이리도 민화를 좋아하는지 모르겠구나."

할아버지는 2층에 있는 사무실로 올라가지 않으시고 1층에 있는 의자에 앉으셨다.

"아이고 이제 몸이 영 말을 안 들어. 계단이 세상에서 제일 싫다."

생각보다 몸이 더 안 좋으신 것 같았다. 어릴 때 그렇게 크게만 보이던 분이 이제는 그의 어깨 정도밖에 오지 않는 키에 가늘어진 팔다리를 힘겹게 움직이는 걸 보니 가슴이 아팠다.

잠시 후, 문이 열리더니 낯이 익은 얼굴이 안으로 들어왔다.

"안녕하십니까?"

흰머리 때문에 회색빛의 머리를 갖게 된 남자가 그를 향해 미소를 지으며 다가왔다.

"도련님."

아주 어릴 때 본 기억이 있는 삼촌이 이제는 반백의 중후한 신사가 되어 있었다.

"그간 안녕하셨습니까?"

"저를 기억해 주시니 감사합니다. 어쩜 이리도 멋있게 자라셨는지! 하늘에 계실 사장님과 사모님이 얼마나 자랑스러우실까요?"

남자가 자신의 주머니에서 손수건을 꺼내 들고는 눈물을 닦았다.

"그만하게."

"죄송합니다."

하지만 남자는 어전히 손수건으로 눈물을 훔치고 있었다.

"기억은 나니? 이쪽은 마성훈 매니저다."

할아버지는 정확하게 그를 기억하지 못하는 수호를 위해 이름을 말해주었고 수호는 다시 한 번 깍듯하게 인사를 했다.

"도련님, 이제는 제가 성심으로 모시겠습니다."

마 매니저도 그에게 다시 한 번 고개를 숙여 인사했다.

"이제는 가게에 너무 신경 쓰지 마시고 건강 좀 챙기셔야 할 것 같아요."

"알았다. 네가 그렇게 말을 해주니 고맙구나."

할아버지도 그가 이곳을 싫어한다는 걸 알고 계셨다. 아니, 한국에 오는 것 자체를 싫어한다는 걸 누구보다 잘 알고 계셨다.

"수호야."

"네, 할아버지."

"미안하구나. 네가 이곳에 오는 걸 싫어하는 건 안다만은 이제 내가 죽으면 이곳은 네가 맡아야 한다. 내가 언제까지 이곳의 경영에 참여할지는 모르겠구나."

"압니다."

"아니, 네가 지켜야 하는 것들을 너는 아직 모른다. 비단 이곳

'앤티크' 뿐 아니라 너는 더 큰 것을 지켜야 한다."

"……."

할아버지의 말뜻은 이해하지 못했지만 무거운 기운을 느낀 수호는 할아버지의 얼굴을 보았다.

"차차 설명해 주마. 오늘은 사람들과 인사 정도만 하고 돌아가자."

"네."

회장의 출근 시간이 이르다 보니 직원들도 다른 곳에 비해 일찍 출근을 했다. 문이 열리면서 하나둘 직원들이 들어오기 시작했다. 모두들 그를 보고는 깜짝 놀라는 눈치였다. 10명이 넘는 직원들이 모두 다 출근을 하자 할아버지께서 사람들을 한자리에 불러 모았다.

"오늘 여러분들을 모이게 한 것은 이제부터 내 손자인 국수호 사장이 이곳을 관리하게 되었다는 걸 말하기 위해섭니다. 모자라지만 잘 부탁드립니다."

할아버지는 모두에게 다정한 분이셨다. 직원들 하나하나 그들의 사정까지도 잘 배려해 주시는 분이셨다. 그래서 모두가 오래 근무하고 있었다. 그가 할아버지를 대신할 수 있을지 조금은 걱정이 되었다.

"매입은 작품을 전문적으로 구입하는 매니저가 따로 있고 판매는 직원들이 할 거고 매장 관리는 마 매니저가 할 거니까. 특별하게 네가 신경 쓸 건 없다. 하지만 앞으로 네가 이곳을 경영하려면 그 모든 걸 다 배워야 한다."

"네."

솔직한 마음은 할아버지가 돌아가시면 이곳을 팔고 싶은 생각이 강했다. 하지만 그걸 할아버지에게 말하지는 않았다. 그는 부모님의 기억이 있는 이곳을 그의 인생에서 지우고 싶었다. 다만 그가 존경하고 사랑하는 할아버지를 위해 할아버지가 살아 계시는 동안은 그대로 둘 예정이었다.

"그리고 내가 이곳에 자주 나오지 못하니 마 매니저가 잘 설명해 주길 바라네."

"네."

"마 매니저, 내일 이 아이가 출근을 하거든 4층의 창고도 알려 주게."

마 매니저가 고개를 숙이고 인사를 하더니 본인의 일을 하기 위해 자리를 떴다. 직원들은 각자의 자리에서 청소를 하기 시작했다. 오픈 시간이 10시니 지금 한참 그들은 자신들의 하루를 준비하고 있는 중이었다.

"이제 그만 우리도 집으로 가자."

"네."

그는 소파에서 할아버지를 일으켜 드렸다. 몸이 정말 예전 같지 않으셨다.

"그런데 할아버지, 골동품점은 3층까지 아닌가요?"

"4층은 창고다."

"네."

"그리고 특별한 것이 있지."

왠지 그 말이 예사롭게 들리지 않는 수호였다.

"그게 뭔가요?"

"집에 가서 마저 이야기해 주마. 지금은 피곤하구나."

그는 할아버지의 말이 신경 쓰였지만 우선은 할아버지의 건강이 우선이라 더 이상은 묻지 않았다. 그리고 할아버지를 차에 모시고 성북동 집으로 향했다.

광화문의 가장 중심에 자리 잡은 민국신문은 대한민국을 대표하는 3대 신문사였다. 민국신문이라고 적힌 20층의 건물은 한국 언론의 상징이었고 기자들에겐 자존심이었다.

진보의 상징인 민국신문은 다른 부서에 비해 정치부의 활약이 그중 특출났다. 그만큼 상사들은 매일같이 머리를 싸맬 일투성이였다. 특종을 한 번 터트리면 그에 따라 정치인들의 고소 고발이 잇따랐다. 하지만 오늘은 특히 분위기가 안 좋았다.

테이블과 의자만 놓여진 작은 회의실에 긴장감이 감돌고 있었다. 민국신문사의 가장 중요한 회의가 대개 정치부 회의실에서 이루어지지만 오늘은 아니었다. 오늘은 정치가 아닌 노사 간의 갈등

이 폭발하고 있는 순간이었다.

그 중심에 아직 어제의 술이 덜 깬 말자가 있었다.

"진짜 미치고 팔짝 뛰겠네. 아니, 어제 끝난 일 아니에요? 정직이라니요. 그것도 3개월이나요? 무급으로?"

이건 무슨 공무원도 아니고 정직이라니, 이게 말이나 되는 일인가? 말자는 하늘 같은 편집국장 앞이라는 것도 잊은 채 회의실 테이블을 양손으로 짚은 채 벌떡 일어서며 소리를 질렀다.

"김 기자……."

최 선배가 편집국장의 눈치를 보며 그녀를 말렸지만 소용이 없었다.

"아니, 내가 없는 얘기를 지어낸 것도 아니고 증거가 이렇게 짱짱한데 왜 제가 정직입니까?"

"안 그러면 우리가 다 죽게 생겼어."

편집국장이 목소리를 깔고 그녀에게 위협적으로 답했다.

"우리가 왜 죽습니까? 뭘 잘못했다고."

말자는 목에 핏대를 세우고 대들었다.

"정권이 1년만 남았어도 이렇게 안 당해. 하지만 앞으로 4년이다. 못 견뎌. 이번 한 번만 김 기자가 참아."

"그놈의 4년은 참……."

"김 기자!"

그녀의 말에 최 선배가 아주 옆에서 쩔쩔매고 있었다.

"국장님."

"내가 월급은 어떻게든 손쓸 테니까 그건 걱정 말고."

편집국장의 말에 옆에서 최 선배가 안도의 한숨을 쉬었다.

"김 기자, 월급은 나온다잖아. 휴가라고 생각해."

"이게 무슨 휴갑니까?"

편집국장이 최 선배에게 눈짓을 했다.

"말자야, 그만하고 나가자. 고소한다고 했는데 고소 취하가 어디냐."

오전에 유 의원이 민국신문 회장에게 직접 전화를 걸어서 고소를 취하할 테니 기자를 자르라고 했던 모양이었다. 하지만 회장은 그녀를 놓치고 싶지 않았기에 둘이 딜을 한 모양이었다. 신문의 구독 수도 줄어드는데 인기 기자들까지 빠져나가길 회장은 바라지 않는 것이었다. 그래서 정정 기사와 함께 그녀의 3개월 정직 처분으로 말이다.

유 의원같이 대중의 여론이 중요한 사람은 이미지가 좋아지는 기사가 중요한 것이다.

"싫습니다."

"그럼, 어쩌라고?"

"전 밀고 나갑니다."

"그래, 밀고 나가는 거 나중에 밀고 나가자고. 좀 기다려."

편집국장이 이렇게 말을 하고는 회의실을 나가 버렸다. 편집장으로서도 특종 기사를 빵빵 터트리는 말자가 3개월이나 쉰다면 손해가 이만저만이 아니라는 걸 알고 있었다.

"편집장님!"

"김 똘아이!"

최 선배가 진심으로 빡쳤을 때 하는 똘아이 소리가 회의실을 울리고 있었다.

"좀 나대지 마. 그만하면 됐으니까 3개월만 참아."

"선배!"

"어쩔 거야? 안 잘린 것만으로도 감사하라고."

무거운 마음으로 정치부에 돌아온 말자는 정치부 조 부장에게도 한소리를 듣고 나서야 현실을 깨닫게 되었다. 그녀는 3개월간 정직이었다.

"3개월 후에는 복직이 됩니까?"

"그래, 왜?"

부장도 이런 상황이 마음에 들지 않는지 툴툴거리며 말했다.

"다른 직장 알아봐야 하는 것 아닌가 해서요."

"저 물건 좀 빨리 치워."

정치부 부장의 말에 후배들이 일사불란하게 움직였다.

"선배, 열 좀 식히시고 여기 앉으세요."

눈치 빠른 유진이 그녀를 의자에 앉히고는 박스에 그녀의 물건을 담기 시작했다.

"유 의원의 힘이 세긴 한가 봐요. 이렇게 언론을 쥐고 흔들 수 있으니까요. 그게 선배라서 끝까지 자르진 못했지만 말이에요."

"그러게 작작 해 처먹어야지."

말자가 자리를 털고 일어나서 유진이 담고 있는 박스를 빼앗아 자신의 물건을 마구 담고는 사무실을 나와 버렸다.

"갑니다."

아무도 그녀에게 말을 하지 못했다. 다만 동기인 우정만이 그녀의 뒤를 따랐다.

"집까지 데려다줘?"

입사 때부터 성격은 좀 달랐지만 남자들이 판치는 곳에서 살아남기 위해 버티며 가까워진 아주 친한 친구이자 동기였다.

"아니, 택시 타고 가련다."

"이참에 운전면허 좀 따라. 시대가 어떤 시댄데 운전도 못 하냐?"

말자는 운전면허가 없었다. 어릴 때 교통사고를 당한 이후로 차에 대한 두려움이 컸다. 그나마 택시를 탄 것도 대학생이 되어서였다. 웬만한 길은 걸어다녔고 부득이한 경우는 버스나 지하철을 이용했다.

"잔소리 들어줄 기분 아니다."

"알았어. 택시 잡아줄게."

신문사 입사 동기인 우정과는 어릴 때부터 만난 사이처럼 허물이 없는 사이였지만 말자의 당찬 성격에 우정이 힘들어할 때가 많았다. 우정이 택시를 잡아줘서 말자는 편하게 집으로 향할 수가 있었다.

오전 중에 퇴근하기는 처음이었다. 한 번도 결근이나 조퇴가 없었던 그녀였다. 개인의 사생활보다 일에 매진한 그녀였는데 오늘은 너무나 허탈했다. 택시 안에서 듣고 있는 라디오에서는 그녀에 대한 뉴스가 흘러나오고 있었다.

"유 의원을 잘못 건드렸어."

기사분의 말에 말자는 깜짝 놀랐다.

"왜요?"

"나는 새도 떨어뜨린다는 유상훈 의원이잖아요. 물론 김말자 기자가 뛰어난 건 알지만 유 의원을 건드린 건 실수야."

마치 말자를 아는 것처럼 말하는 기사였다.

"김말자 기자를 아세요?"

"그럼, 요즘 김 기자가 특종을 많이 날리니 알 수밖에 없죠. 실력이야 좋은데 어디 세상이 그렇게 호락호락한가? 유 의원은 대통령을 만든 사람이고 정치 9단인데 걸고넘어지기 힘들지."

그건 사실이었다. 그녀가 이렇게 3개월간 놀고먹게 생겼으니 말이다.

"아저씨 말이 맞네요."

말자는 이렇게 말을 하며 한숨을 쉬었다. 진짜로 계란으로 바위를 친 격이었다.

윙―

갑자기 핸드폰이 울렸다. 발신자 표시제한으로 온 전화였다.

"여보세요?"

[김 기자.]

유 의원이었다.

"안녕하십니까, 의원님."

[그래, 집으로 가는 기분이 어떤가?]

"유 의원님 덕분에 제가 3개월 동안 신나게 쉬게 생겼습니다.
감사합니다."

그녀의 말에 기사가 룸미러로 그녀를 힐끔 쳐다보았다.

[내가 더 감사하지. 김 기자 때문에 오랜만에 기자들에게 시달
리고 있거든.]

"정치라는 게 숨어서 하는 게 아니지 않습니까. 가끔 이렇게 매
스컴도 타셔야지요."

[그렇군, 그런데 말이야. 난 김 기자처럼 매스컴을 타는 걸 좋아
하지 않아. 할머니가 계시다고 했나? 어르신 사실 날도 얼마 남지
않았는데 효도하면서 살아야지.]

"협박하시는 겁니까?"

[무슨 그런 서운한 말을. 걱정이 돼서 하는 말이지.]

"그런 걱정은 의원님이나 하시죠."

[너무 뻣뻣하면 부러지는 법이야.]

"다음 기사는 기대하셔도 좋을 겁니다."

[역시 패기 하난 최고야. 이만 끊지. 손님이 오셔서.]

"의원님 때문에 맷집이 생긴 거죠."

그녀는 이렇게 말을 하고 핸드폰을 신경질적으로 주머니에 쑤셔 넣고는 그녀를 힐끔거리는 택시기사의 시선을 피해 창밖을 응시했다.

"여기 세워주세요."

집 앞에 도착해서 그녀는 이렇게 말을 하고는 택시비를 기사에게 건넸다.

"안 주셔도 됩니다."

"네?"

"바른 기사 쓰다가 잘렸다면서요? 오늘은 그냥 내리십시오."

"잘린 게 아니고 3개월 정직입니다."

"그럼 내가 소주 한잔 샀다고 생각하세요. 그리고 이렇게 유명한 분을 만나서 영광이었습니다. 여기 사인 좀."

택시기사가 내민 건 민국신문이었다. 말자는 웃으며 신문에 정말로 대문짝만 하게 사인을 해주었다. 끝까지 그녀의 택시비를 받지 않은 기사는 그녀가 사인을 한 신문을 흔들며 사라졌다.

자신의 짐이 담긴 박스를 안고 집으로 올라가는 말자의 발걸음이 무거웠다.

"할머니에겐 뭐라고 말하지? 후~"

디리릭!

비번을 누르고 물을 열자마자 말자는 자신이 안고 있던 박스를 떨어뜨렸다. 온 집 안이 완전히 난장판이 되어 있었다. 하다못해 벽지까지 뜯겨져 나갔다. 뭔가를 찾았던 것 같다. 말자는 떨리는 손으로 수화기를 들고 신고를 하려다가 멈추었다.

그리고 할매가 쌀통에 숨겨둔 검은색 비닐봉지를 찾았다. 그 안에는 할매가 그동안 동네 아주머니들과 한 금계의 금덩이들이 들어 있었다. 도둑이라면 그걸 놓칠 리가 없었다.

말자에게 가끔 꺼내서 이다음에 말자가 결혼을 하면 줄 거라고 자랑을 했었다. 은행에 맡기라고 몇 번을 말했지만 할매는 고집스럽게 쌀통 안에 그걸 숨겨두었었다.

다행히 봉지는 쌀통 밖 방바닥에 그대로 던져져 있었다. 도둑들이 아니었다. 이들은 뭔가를 찾으려고 했다.

말자는 할머니에게 잠깐 가게 문을 닫고 들어오시라고 전화를 했다. 어릴 때도 이런 일들이 있었다. 이번만큼은 아니었지만 말이다. 왜 그녀의 집을 뒤지는 것일까? 귀금속 말고 집을 뒤진 사람이 찾고자 한 건 뭘까?

말자는 의문이 생겼다. 할매는 뭔가를 알고 있을 것 같았다.

그녀의 말에 할매는 쏜살같이 집으로 들어오셨다.

"아이고, 이게 뭔 일이야!"

아니나 다를까, 할매는 금덩어리와 귀중품 통장 등을 찾기 시작하셨다.

"이상하다. 이것들은 다 있는데……."

"할매, 뭔가 나한테 숨기는 거 없어?"

"이게 미쳤나?"

"그렇지, 이런 귀중품도 이렇게 허술하게 놓는 할맨데 뭔가를 꽁꽁 숨길 일은 없어."

"이 나이에 숨길 게 뭐가 있어. 어서 경찰에 신고하자."

"아니, 일만 복잡해져. 없어진 것 없으면 그냥 놔둬. 청소는 내가 할게."

유 의원이 사람들을 시켜서 그녀의 파일을 찾고 있는 게 분명했다. 그렇지 않고서는 설명을 할 수가 없었다. 그전의 일들은 모르겠지만 오늘은 그런 느낌이 들었다.

그녀의 말에 할매도 고개를 끄덕였다.

"그런데 넌 이 시간에 집엔 웬일이야?"

"3개월간 백수야."

"뭐?"

"유상훈 의원 취재했다가 고소당했어."

짝!

할매가 등짝을 사정없이 때렸다.

"그거 하나 못 이겨서 당해?"

"내가 어떻게 국회의원을 이겨?"

그녀는 맞아서 아픈 등을 손으로 만지며 말했다.

"아니, 잘못했는데 국회의원이 대수야? 너 잘못 짚은 거 아냐?"

"아니라고."

할매는 그녀가 기자가 되어서 부조리한 사실을 밝히는 걸 굉장히 자랑스럽게 생각했다. 그녀도 그런 할매가 멋지다고 생각했다.

"뭐 할 거야?"

할매가 뒤집어엎어진 소파를 다시 돌려놓으며 물었다.

"당분간 생각을 좀 해봐야지. 그리고 오늘 우리 집이 왜 이 모양이 되었는지도 생각해 보고."

"집을 이 모양으로 만든 게 한두 번도 아니고."

할머니가 물건들을 대충 치우며 말했다.

"알아, 나도 기억해. 없어진 건 없고 몽땅 이렇게 뒤집어놓고 가기만 했지."

"혹시 짚이는 거 없어?"

"없어."

"아빠가 뭘 집에 숨겼다든가?"

"네 아빠가 그럴 위인이 못 되는 건 너도 알잖아."

"하긴."

아빠는 뭔가를 책임지는 성격도 아니었지만 일을 저지르는 인물도 아니었다.

"할매는 가봐야겠다. 조금 있으면 사람들 몰릴 시간이야."

"알았어."

할매는 깊은 한숨을 쉬시며 나갔고 집에 혼자 남겨진 말자는 집 안을 치우기 시작했다.

"뭐지?"

어릴 때 한 번 이렇게 집 안이 뒤집어진 적이 있었다. 그리고 지금 20년이 넘어서 또 한 번 그때와 같이 집 안을 온통 쑥대밭으로 만들고 갔다. 집 안에 난 발자국을 보니 한두 명이 아니었다.

"뭘까?"

아무리 생각을 해도 할매는 관련이 없었다. 그러면 그녀와 관련이 있다는 말인데 그녀가 지금 가장 떠오르는 사람은 유 의원이었다. 방금 전에 그녀에게 전화를 한 것도 그렇고 말이다.

"뭔가 찜찜해."

하지만 유 의원으로 몰고 가기엔 이런 일이 이번이 처음이 아니라 단정 지을 순 없었다.

말자는 할머니가 바로 해놓고 간 소파에 앉아 한참을 생각했다. 그리고 아주 조심스럽게 자신의 방 문 위에 붙여진 부적을 보았다. 다행히 그대로 있었다. 그녀는 조심스럽게 부적을 떼어냈다. 그리고 부적 뒤에 숨겨진 누런 봉투를 꺼내 들었다.

'반자이' 라고 적혀진 봉투 안에는 '반자이'의 회원들 명부가 있었다. 10명의 사람 이름과 지장이 찍혀 있는데 다 혈서로 쓰여 있었다. 이게 왜 그녀에게 있는지, 어린 마음에 왜 이걸 이렇게 숨겨두고 할매에게까지 말을 하지 않았는지 그녀는 알 수가 없었다.

교통사고 당시의 기억이 없었고 이 편지는 그녀가 병원에 갔을 때도 가지고 있었다. 사고 당시 정신을 잃지 않았고 이 편지를 몸에 지니고도 있었는데 왜 기억이 없는지 그녀는 알지 못했다. 할매의 말로는 너무 그날 충격을 받아서 기억을 잃었다고 했었다.

교통사고로 차에 머리를 부딪쳤다고 했다. 이 편지는 그녀의 크로스백에 담겨져 있어서 어른들은 몰랐다. 그녀만이 아는 유일한 비밀, 절대로 들켜서는 안 된다는 무언의 압박, 항상 그녀는 이 편지만 보면 가슴이 아팠다. 왜 이름만 적힌 오래된 편지를 보고 가슴이 아플까?

"아, 복잡하다."

그 후로도 그날의 일에 대해 아무도 그녀에게 자세하게 말해주지 않았다.

"답답해."

그날 일을 생각하면 너무 답답했다. 아무것도 떠오르지 않는데 뭔가 중요한 일이 있었던 것 같았기 때문이었다. 그동안은 일부러 기억하지 않으려고 했는데 이 편지에 뭔가가 담겨 있는 것이 분명했다.

아무래도 골동품에 안목이 깊은 국 회장에게 가서 이 내용을 물어봐야 할 것 같았다. 국 회장이라면 이런 오래된 골동품 같은 문서에 대해 잘 알 수 있을 것 같았다. 그리고 다른 사람들보다 훨씬 믿음도 갔기 때문이었다.

말자는 편지를 자신의 브래지어 안으로 조심스레 집어넣었다. 그리고 곧바로 국 회장이 있는 대식빌딩으로 향했다.

그의 손자를 보기는 싫었지만 이 물건이 의미하는 걸 이젠 알고 싶은 말자였다. 이사를 다닐 때마다 그녀는 벽지를 칼로 자르고 그 안에 문서를 집어넣고는 할머니가 붙여놓은 부적을 그 위에 붙였다. 아주 감쪽같은 방법이었다. 몇 년 전에 빌라로 이사 올 때까지 만지지도 않았던 물건이었다.

그녀는 집을 나오며 주변을 두리번거렸다. 기자의 촉으로 누군가 그녀를 지켜보고 있다는 생각이 들었기 때문이었다.

대식빌딩으로 가서 매니저에게 회장님에 대해 묻자 집으로 갔다는 말만 전해 들었다. 포기할까 하는 마음이었지만 순간 오늘은 뭔가 매듭을 지어야 한다는 생각이 강하게 들었다.

"아저씨, 회장님을 뵙고 싶어요."

오랜 세월 보았던 사람이라 매니저라는 직함보다는 아저씨라고 부르는 게 편했다.

"회장님이 몸이 안 좋으셔."

"진짜 중요한 일이에요."

"무슨 일인데?"

"이거."

그녀가 가슴에서 문서 봉투를 보여주었다. 노랗게 빛바랜 한지 봉투에는 아무것도 쓰여 있지 않았지만 봉투는 오랜 흔적이 고스란히 묻어 있었다.

"이게 뭐지?"

"꽤 오래된 봉투 같은데 이제 제대로 알고 싶어서요."

"놓고 가. 물어봐 줄게."

"아니, 드릴 말씀도 있고."

그녀의 집요함에 안면이 있는 처지라 마 매니저도 딱 거절하기가 어려운 모양이었다.

"제발 부탁 좀 드려요. 시간을 많이 빼앗지는 않을게요."

그러자 마 매니저가 어디론가 전화를 걸었다.

"회장님, 떡볶이집 사장님 손녀인 김 기자가 와서 회장님을 뵙기를 원합니다."

국 회장과의 전화를 끊고 난 다음 마 매니저가 그녀에게 물었다.

"이 안의 문서도 볼 수 있었으면 하는데……."

"그건 회장님께만 보여 드리고 싶어요."

"알았어."

"지금 뭐 하시는 거예요?"

마 매니저가 옷을 입었다.

"급하다고 안 했나?"

"네, 급해요. 오늘 누군가 우리 집에 와서 완벽하게 집을 뒤지고 갔어요. 그게 꼭 이 문서와 연관이 있는 것 같아서요."

"어서 가자. 회장님께 데려다줄게."

그는 이렇게 말을 하며 그녀를 데리고 '앤티크'를 나와서 주차장으로 향했다.

"회장님께 잘 물어봐. 봉투나 그 내용에 대해 대답을 얻어내는 것도 김 기자의 실력이야."

"네."

그녀는 마 매니저를 따라 회장의 집으로 향했다. 마 매니저의 차는 오래된 사각 그랜저였다. 그녀는 이 차에 트라우마가 있었다.

이 차를 타고 가다가 사고가 있었다고 했다. 다른 건 기억을 못하는데 이상하게 이 차만 타면 몸이 기억을 했다. 이 오래된 사각 그랜저는 그녀의 머리를 아프게 했다.

"잠시만요."

"왜?"

"머리가 갑자기……."

극심한 두통에 말자는 어쩔 줄 모르고 있었다. 말자는 차 안에 타면서부터는 아예 자신의 머리를 감쌌다.

"괜찮아?"

"네."

지독한 편두통이었다. 마 매니저가 그녀를 위해 차를 잠시 갓길에 세웠다.

블랙 사각 그랜저가 인사동의 빌딩을 빠져나오자 블랙 아우디가 그 차를 뒤쫓기 시작했다. 자신의 차처럼 검은 양복을 입은 남자는 넥타이마저 블랙으로 매고 있어서 마치 상가 집에 다녀온 듯한 모습이었다.

앞차를 쫓고 있는 남자의 눈에서는 거의 레이저가 발사되고 있었다. 마치 앞차를 부숴 버릴 듯한 표정이었다.

윙—

그때 그의 주머니에서 핸드폰이 요란하게 울렸다.

"네."

[어딘가?]

유 의원의 보좌관이었다.

"김 기자의 뒤를 쫓고 있습니다."

[시끄러워지니 그냥 빠져.]

"아닙니다. 집에서 나올 때부터 뭔가가 수상했습니다."

[확실해?]

"급하게 움직이고 있는 걸 봐서는 그렇습니다."

[어디로 가는지 확인해.]

"그 뒤에는 어떻게 할까요? 의원님께서는 문서 발견 즉시 김 기자는 처리하고 문서는 가지고 오라고 하셨습니다."

남자의 목소리가 단호했다. 남자는 유 의원에 대한 충성심이 강했다.

[아니야. 함부로 행동하지 말고 지켜봐. 함부로 행동하다가는 의원님께 누를 끼칠 수도 있어.]

"알겠습니다."

남자의 목소리에 못마땅함이 가득했다.

"의원님께 여쭤보십시오."

[지금 회의 중이셔.]

보좌관이 그의 말을 잘라 버렸다.

"알겠습니다."

아무리 생각해도 앞의 여자는 처리를 해야 할 것 같았다. 유 의원에게 굉장히 피해를 입힐 여자임에 틀림이 없었다. 이번에 유 의원에 관해 나쁜 기사를 쓴 여자였다.

김 기자를 감시한 지도 꽤 오래되었다. 그전에는 유 의원에 대한 적의가 없었기 때문에 그냥 두었지만 김 기자가 이빨을 드러낸 만큼 가만히 둘 수가 없었다. 유 의원은 사람이 너무 좋아서 김 기자를 제거하지 못하는 게 분명했다.

남자의 머리가 빠르게 돌아가기 시작했다. 자신이 볼 때 지금이 기회였다.

남자는 유 의원만 보고 살아왔다. 그는 분명히 유 의원의 사람이었다. 서울 한가운데서 그들을 해치우기는 쉬운 게 아니지만 확신만 선다면 못 할 것도 없었다. 유 의원은 제 어머니의 생명의 은인이었고 어둠 속에서 살던 그를 경호원이라는 직함까지 만들어준 사람이었다.

그가 보기엔 유 의원을 지켜줄 사람이 주변에 없었다. 이번 기회로 그는 은혜에 대한 보답을 할 수 있을 것 같았다. 그리고 공을 세워 그의 곁에 더 머물고 싶었다.

일단 차는 무슨 이유인지 갓길에 서 있었다. 일단 차를 받아 저들의 정신을 빼놓은 다음에 여자를 처리할 것이다. 그는 자신의 옆에 있는 유 의 원이 선물해 준 일본도를 꺼냈다.

부르릉.

그가 갑자기 차의 속도를 높이기 시작했다.

쾅! 윙— 이잉.

그가 사각 그랜저를 뒤에서 들이받아 앞으로 무섭게 밀고 나갔다. 오래된 차라서 그런지 그의 아우디의 힘에 저항하지 못하고 있었다.

쾅!

남자는 다시 한 번 그랜저를 들이받았다. 서울 한복판에서 그는 지금 사람을 죽이려 하고 있었다. 보는 눈이 곳곳에 있었다. 하지만 이제 어쩔 수 없었다. 칼을 뽑았으니 끝까지 밀어붙이는 수밖에.

차에서 내린 그는 칼을 들고 여자가 있는 사각 그랜저를 향해 걸어갔다. 그런데 하필이면 그때 근처에 순찰차가 있었는지 사이렌이 울리는 소리가 들렸다.

위용 위용 위용~

짧은 시간에 경찰차가 출동하고 있었다. 순간 당황한 그는 칼을 가지고 자신의 차에 올랐다. 이렇게 하려던 게 아니었는데 자신에게 화가 났다. 일단은 확인 사살을 해야 했다.

그는 다시 한 번 앞의 그랜저를 들이받고는 자신의 차를 몰아 후진하기 시작했다. 아무도 그의 차 모는 실력을 따를 수는 없지만 지금 그의 차 또한 심하게 망가져 있어서 확신을 할 수는 없었다.

그는 핸드폰을 들었다.

"접니다."

[의원님 바쁘시다고.]

유 의원이 아닌 보좌관이 전화를 받았다.

"머저리 같은 새끼야. 잘 들어. 지금 목표물 처리했어."

아니, 처리되었길 바랐다. 왜 그렇게 갑작스럽게 시도했을까라는 후회가 들기는 했지만 지금 그는 유 의원이 자신을 기억해 주길 바랐다.

[뭐, 뭐라고?]

보좌관의 목소리가 떨려왔다.

"유 의원께 전해. 그동안 감사했다고."

[야!]

느낌이 이상했는지 보좌관이 그를 불렀다.

"끝까지 반말이군. 어린 새끼가."

그는 이렇게 말을 하고는 차를 전속력으로 몰았다. 한낮의 도심 추격전은 그렇게 시작되었다. 경찰차 여러 대가 그를 쫓았고 가다 보니 한강까지 간 그는 경찰차에 포위되는 신세가 되었다.

차가 다리 난간을 들이받고는 그대로 멈췄다. 그는 재빠르게 차에서 내려 난간 위에 섰다. 그가 선 다리 위에는 '오늘 하루 어땠어요?'라는 글이 쓰여 있었다.

"좆같은 하루."

그는 이렇게 말을 하며 웃었다.

"움직이지 마."

경찰이 그를 향해 소리를 쳤다. 하지만 그는 유 의원 덕에 10년 넘게 더 사시다가 한 달 전에 편안하게 돌아가신 어머니를 향해 말했다.

"어머니 곁으로 갑니다."

남자는 자신의 눈을 감았다.

풍덩!

그는 모든 비밀을 안고 세상을 떠났다. 하지만 그의 바람과는 다르게 세상엔 비밀이란 없었다.

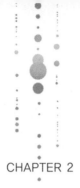

CHAPTER 2

헉헉헉.

수호의 숨이 턱까지 차올랐다. 병원이 너무나 커서 주차장에 차를 세워두고 응급병동까지 뛰어왔는데 그 거리가 만만치 않았다. 하지만 병동에 비해 우리나라에서 규모가 가장 크다는 한국병원의 응급실은 생각보다 작았고 환자들은 전쟁을 치르는 것처럼 넘쳐 나고 있었다.

"보호자분 좀 비켜주세요."

간호사가 그를 밀치며 뭔가를 들고는 커튼 안으로 들어갔다. 마 매니저와 김 기자를 찾아야 하는데 그의 눈에는 보이지 않고 다른 환자들의 처참한 모습만 보였다.

'앤티크'의 첫 근무 날 이런 일이 벌어지다니. 다들 괜찮아야 할 텐데 마 매니저와 동승했다는 김 기자가 보이지 않았다.

"교통사고가 어째 동시에 나가지고……."

대학로에서 2건의 교통사고가 있었다. 하나는 운전기사가 심장마비를 일으킨 버스가 인도로 돌진한 일이었고 하나는 자동차끼리의 충돌 사고였다. 그가 지금 찾고 있는 사람들은 충돌 사고자들이었다. 하지만 버스 사고 때문에 인도에 있던 사람들이 많은 피해가 있는 모양이었다.

피를 흘리는 환자들 사이로 그는 조심스럽게 마 매니저를 찾았다. 제발 무사해야 할 텐데 걱정이었다. 정말로 묻고 싶은 게 많은데 하필 이럴 때 교통사고라니 믿어지지가 않았다.

"제발……."

그는 이렇게 말을 하며 응급실에 쳐진 커튼을 하나씩 열며 마 매니저를 찾아다녔다.

차악!

그가 거의 마지막에 있는 커튼을 열자 마 매니저가 누워 있었다. 옷은 완벽하게 피로 물들어 있었다.

"마 매니저님."

"도련님."

마 매니저가 눈을 희미하게 떴다.

"김 기자……."

"김 기자 찾아보고 올게요."

그는 옆의 커튼을 열고 김 기자라는 여자를 찾았다. 그리고 깜짝 놀랐다. 그는 자신의 눈을 믿을 수가 없었다.

"김 기자?"

그가 아는 사람일 줄은 상상도 하지 못했었다. 여자의 상태는 생각보다 멀쩡했다. 천운을 타고난 여자 같았다. 예전 그의 아버지의 품에서 발견되었을 때처럼 말이다. 그의 아버지가 살린 아이였다.

그는 오전에 할아버지를 모셔다 드리기 위해 집으로 잠시 돌아왔을 때 할아버지로부터 엄청난 이야기를 들었다. 아버지와 어머니가 어떤 조직의 조직원이었다는 건 미국에 있을 때 들어 알고 있었다. 하지만 할아버지로부터 직접 들은 건 오늘이 처음이었다.

그 조직은 국씨 가문의 존재의 이유이기도 했다. 그런데 바로 목전에서 이렇게 또다시 의심스러운 사고가 난 것이었다. 마 매니저와 김 기자를 끝까지 죽이려고 하던 남자는 경찰에 쫓기다가 한강으로 뛰어들어 죽었다.

"김 기자."

침대 위에 몸을 웅크리고 누워 있는 여자는 그가 부르는데도 고개를 들지 않고 있었다.

"김말자 기자!"

그가 크게 부르자 그녀가 울기 시작했다.

"다 죽었어."

"……."

"이번에도 다 죽었어."

그녀는 꿈을 꾸며 힘들어하는 것 같았다.

"괜찮아, 마 매니저는 살았어."

그가 김 기자에게 다가가서 그녀의 등을 어루만지자 김 기자가 움찔했다. 극도로 긴장한 모습이었다.

"아니야, 아저씨 죽었어. 나를 안고 있는데 얼굴에 칼자국이 있는 나쁜 놈이 아저씨를 막 찔렀어. 경찰차가 올 때까지 찔렀어. 아저씨는 날 지켜줬는데……."

아버지에 관한 이야기인 것 같았다. 그녀를 안고 있는 수호의 팔에 힘이 들어갔다. 그리고 온몸에 소름이 돋았다. 그는 말자가 아버지의 일을 아직도 기억하지 못한다고 들었었다.

"그걸 내놓으라고 했어. 안 그러면 아줌마를 찌른다고 했어."

그날의 일을 아무것도 기억하지 못하던 김 기자가 지금 그날의 일들을 쏟아내고 있었다. 사고의 충격이 컸는지 그녀의 기억이 돌아오는 것 같았다. 아니면 꿈에서만 기억하는 것일까? 그도 혼란스러웠다.

"말하면 안 된다고 했는데……."

"괜찮아, 말해."

"편지 잘 보관하라고 했는데, 그 누구한테도 말하면 안 된다고 했는데……."

"편지?"

"어, 편지, 아주 오래된……."

여전히 눈을 감고 있는 김 기자는 지금 아버지가 돌아가시던 날
의 아이로 변해 있었다.

"아저씨 피가 내 몸에 막 묻었어. 편지에 피가 묻을까 봐 손에
작게 접어서 사람들이 오기 전에 가방에 숨겼어. 아무도 몰라."

김 기자의 눈에 눈물이 가득했다. 그리고 몸을 떨고 있었다.

"마 매니저님도 죽었어?"

"아니."

"거짓말! 차에 타면 다 죽고 나만 살아."

"김 기자……."

그는 김 기자를 품에 안았다. 작고 여린 몸이 가늘게 떨리고 있
었다. 김 기자는 온몸으로 무섭다고 말하고 있었다.

"편지는?"

"몰라."

김 기자는 딱 잡아떼고 있었다. 그를 못 믿는 것이었다.

"편지는 할아버지에게 준다며?"

김 기자가 그를 옆으로 쳐다봤다. 아직 사고의 충격으로 일곱
살의 어린 소녀인 김 기자였다. 그날의 기억이 그녀에겐 아주 충
격적이었을 것이다.

"김말자 기자님."

그가 그녀의 이름을 불렀다. 눈빛의 초점을 잃은 김 기자는 인상을 쓰며 머리를 다시 감쌌다.

"내 이름은 김말자. 할매 이름은 봉선 할매."

엉뚱한 소리를 하던 그녀가 갑자기 인상을 계속해서 쓰며 손을 머리로 가져갔다.

"아파, 머리가 깨질 것 같아요. 마 매니저님."

김 기자의 기억이 서서히 돌아오는 것 같았다.

"마 매니저님, 일어나세요. 저 사람이 칼을 들었어요. 어서요."

사고 전의 상황을 말하는 듯 급박하게 그녀가 말을 했고 그의 손을 꽉 쥐었다. 그리고 그녀의 눈이 번쩍 떠졌다. 한참을 초점을 맞추던 그녀가 그에게 물었다.

"여기가 어디예요?"

"병원."

"당신이 여기에 왜 있는 거예요? 아참, 아저씨는요?"

"마 매니저는 괜찮아."

여전히 두통이 심한지 그녀는 머리를 감싸고 있었다.

"그나저나 괜찮은 거야?"

"네, 난 항상 괜찮았어요. 그리고 내 옆의 사람은 죽고요. 참 이상하죠? 오늘도 그런가요? 사실대로 말해줘요."

그때 갑자기 간호사가 들어와서 그들의 말이 끊겼다.

"환자분은 잠깐 대기하세요. MRA, MRI, CT 찍어야 하고 몇 가지 검사하셔야 해요. 겉이 멀쩡하다고 속까지 멀쩡하다고는 할 수 없으니까 움직이지 마세요."

"저기 함께 차에 있던 남자분은?"

"옛날 차라서 에어백이 없어서 핸들에 심하게 장기가 손상이 되어 지금 응급수술 들어갈 거예요."

"혹시 생명에는……."

두려운 마음이 들었는지 김 기자가 말끝을 흐렸다.

"걱정하지 마세요."

간호사가 김 기자의 어깨에 손을 올려 그녀를 안심시켰다.

"환자분 보호자 되시나요? 이거."

간호사가 그에게 뭔가를 건넸다.

"그거 제 거예요."

그녀가 황급히 간호사에게 물건을 달라고 했다. 그러자 간호사가 그녀에게 물건을 건넸다.

"이리 주세요."

그녀가 황급히 뭔가를 받아 들어 숨겼다.

검사가 진행되는 동안에도 그녀는 그것을 손에서 놓지 않았다. 누런 봉투 같았다. 아까부터 그녀가 말하던 편지인 것 같았다. 방사선과 앞에서 그는 김 기자를 기다리고 있었다. 마 매니저는 수술실에 들어갔고 지금 그의 손길이 필요한 건 김 기자였다.

의자에 앉아 있는데 누군가 그에게 다가와 수줍게 종이와 펜을 들이밀었다.

"사인 좀 부탁드립니다."

젊은 간호사였다.

"네."

"카오스 잘 읽었습니다. 빨리 영화가 나왔으면 좋겠어요."

그는 사인을 해주었다. 그의 얼굴이 한국에서도 많이 알려진 모양이었다. 그는 사람들의 시선을 피해 좀 더 안쪽 자리로 옮겨 앉았다.

한국으로 돌아온 이후로 하루도 조용한 날이 없었다. 그리고 오늘 그는 그의 인생에서 가장 마음이 무거운 날이었다. 국씨 가문의 일원으로서의 의무를 오늘 할아버지에게 들었기 때문이었다. 오전 일이 생각이 나자 그의 입에서 깊은 한숨이 뿜어져 나왔다.

"후~"

오전에 '앤티크'에 들러서 사원들과 인사를 한 후에 그는 할아버지를 따라 본가로 돌아왔었다. 몸이 좋지 않으시니 그가 직접 모실 수밖에 없었다.

성북동에 위치한 그의 본가는 2층의 고급스러운 집이었다. 넓은 잔디밭의 정원이 있었고 작은 연못에는 잉어들이 살고 있었다.

요즘처럼 더운 여름엔 분수가 연못에서 뿜어져 나왔다. 남들보다 잘살기는 했지만 특별할 게 없는 집이었다. 집엔 일하는 아주머니 두 분만 계실 뿐 여러 사람들이 일을 하지도 않았다. 그만큼 그의 집은 조용했다.

하지만 그건 겉으로 드러난 것에 불과하다는 걸 오늘에서야 알게 된 수호였다. 보이는 것이 다는 아니었다.

"수호야."

"네, 할아버지."

"오늘은 너에게 더 늦기 전에 해줘야 할 말들을 하려고 한다."

"네."

어릴 때 박물관처럼 커다랗게 느껴지던 서재가 지금은 적당한 크기로 보이고 있었다. 그만큼 세월이 흐른 뒤에 그가 이곳에 온 것이었다. 미국에서 돌아와서 처음으로 그는 할아버지의 서재에 들어왔다.

할아버지가 갑자기 소파에서 일어나시더니 서재 중앙에 있는 신윤복의 민화 앞에 섰다. 값으로 환산이 불가능한 작품이었다. 그가 어릴 때 그 작품을 만지자 할아버지께서 불같이 화를 내시던 기억이 떠올랐다.

그런데 할아버지가 그 그림을 손으로 꾹 누르셨다. 그러자 거짓말처럼 벽이 옆으로 돌아갔다.

"들어와."

할아버지의 말씀에 그는 놀란 마음을 가라앉히며 그곳으로 들어갔다. 그가 들어서자 문이 닫혔다. 수호는 넋을 놓고는 방 안을 쳐다보았다. 방 안에는 지하로 통하는 계단이 있었다. 할아버지가 아주 옛날에 쓰던 호롱불에 라이터로 불을 붙이셨다.

"내려가자."

할아버지의 뒤를 따라 그는 지하로 내려갔고 한참 후 커다란 문이 그의 눈앞에 있었다. 할아버지가 문을 열쇠로 열자 마치 회의실 같은 곳이 나타났다.

"여기가 대한민국의 임시정부였다."

"네? 임시정부는 중국에 있지 않나요?"

"맞아. 하지만 국내에서도 또 다른 임시정부가 있었지. 이곳은 부자들이 은밀하게 모여서 독립군들을 후원해 주던 장소다."

"이렇게 자랑스러운 공간을 왜 숨기셨어요?"

할아버지의 말이 사실이라면 이곳은 정말로 엄청난 곳이었다.

"여긴 지금도 그런 역할을 하기 때문이다."

"네? 말도 안 돼요. 지금은 대한민국이라고요."

"안다. 하지만 우리는 아직 여러 가지들로부터 독립적이진 않지."

주변을 둘러보자 작은 철문이 있었고 방 안에는 커다란 테이블과 의자가 있었다. 테이블 앞에는 이상하게 열쇠를 꽂는 구멍이 있었다.

"이건 뭔가요?"

"이곳의 지도자 5명이 같은 의견일 때 저 문이 열리게 되어 있다. 열쇠를 꽂고 다 같이 돌려야 하는 거지."

"그 5명은 누군가요?"

"지금은 말할 수 없다."

"저 안에는 뭐가 들어 있나요?"

"금괴, 돈, 기밀문서."

"왜 이런 일을 하시는 겁니까?"

"우리나라를 위해서다. 이건 우리 선조들이 조선시대 연산군 때부터 만든 것이다. 남들은 우리를 일지매라고 부르기도 했다. 하지만 그건 아니었다. 우리는 가난한 백성이 아닌 모두가 지주였기 때문이다."

할아버지는 자신의 자리인 듯한 곳에 앉으셨다.

"이제 네가 이 자리를 넘겨받아야 할 것 같구나."

"할아버지."

"네 아비에게 넘기고 얼마 되지 않아서 사고가 있었다. 이 자리는 위험한 자리이다. 사명감을 가지고 있지 않으면 안 되는 자리다. 나라의 적들은 외부에 있는 것이 아니더구나. 우리나라의 기초를 흔드는 건 막아야 하지 않겠니?"

"전 아직 이해가 가지 않습니다."

"우리는 정부에 힘을 실어주진 않지만 정부 이외의 세력이 나라의 근간을 흔들 때마다 나라를 위해 아주 조용히 일했다. 일제시대 때도 그랬고 6.25 때도 그랬다. 도움이 필요할 때마다 나섰지. 우리의 모습을 드러내지 않고 말이다."

"……."

"우리 같은 사조직이 반대 세력에게도 있다. 그들은 친일파의 뒤에 숨어 나라를 팔아먹었고 6.25 때는 김일성과 손을 잡고 전쟁을 일으켰다. 그런 조직들로부터 나라를 지키는 게 우리의 목표이기도 하지."

수호는 멍하게 할아버지를 바라보았다.

"할아버지, 그렇다면 대를 이을 게 아니라 그분들과 하시면 되지 않을까요? 저는 아직 그럴 만큼 애국심이 있지 않습니다."

몰인정하다고 느낄 수도 있지만 그는 이런 갑작스러운 상황이 마음에 들지 않았다.

"우선은 너에게 이곳을 설명해 줄 때라고 생각했다. 천천히 생각해 봐."

윙―

그때 할아버지의 핸드폰이 울렸고 그는 할아버지가 마 매니저와 통화하는 것을 듣게 되었다. 마 매니저는 이곳의 일에 깊이 관계가 된 인물인 것 같았다.

"김 기자와 마 매니저가 온다는구나. 아참, 이것 좀 보거라."

"뭘 말입니까?"

"저들에게도 아주 반대되는 성격의 사조직이 있다. 나라를 팔아먹고 지금도 나라를 등쳐 먹고 사는 거머리 같은 놈들이다. 그들은 '반자이' 다."

"반자이?"

"이 조직은 일제시대에 생긴 비밀 조직으로 이완용을 비롯한 '을사오적', '정미칠적' 처럼 우리가 알고 있는 친일파가 아니라 사조직으로 물밑에서 이들에게 돈을 대주며 자신들의 사익을 챙기고 나라를 떡 주무르듯이 주무른 놈들이다."

수호는 마치 역사를 거꾸로 거슬러 올라간 느낌이었다.

"모두가 송병준의 '일진회' 는 알 것이다. 하지만 '일진회' 보다 더 악독한 게 '반자이' 였다. 나라를 팔아먹게 그들을 돕고 일본에 붙어 우리나라 사람들의 재산을 빼앗아 자신들의 배를 불린 사람들이다."

"그렇다면 우리는 뭘 한 거죠?"

"우리는 그들을 세상 밖으로 나오게 해서 법의 심판을 받게 하는 일을 하고 있다."

이건 완전히 소설 같은 일이었다. 그의 소설 소재로는 아주 적격이었다.

"반자이, 만세라는 뜻이군요."

"그 앞에 닛본이란 단어가 들어가."

"일본 만세라……."

비열함의 끝을 달린 그들일 것이다.

"이건 그들이 당시부터 지금까지 벌인 일들이다. 다만 누군지 단서가 전혀 없다는 거야. 그게 누군지 안다면 단서라도 잡을 텐데 그들도 우리처럼 전혀 세상에 자신들을 드러내는 오류를 범하지 않아."

할아버지가 그에게 오래된 책을 보여주었다. 한글로 잘 정리가 된 걸로 보아 최근에 처음부터 다시 정리를 해놓은 것 같았다. 그래서 그가 이해하기도 편했다.

그들은 사람이 할 짓이 아닌 일들을 벌였다. 징용이나 위안부보다 더 악질로 같은 조선인들을 일본의 노예로 팔아넘긴 것이었다. 하지만 이건 이성적으로 말하면 할아버지 쪽의 일방적인 기록이었다.

이들이 이렇게 했다는 증거는 없었다.

"증거가 없습니다."

"그 증거가 네 아버지의 죽음과 함께 사라졌다. 그걸 받은 직후에 살해를 당했는데 그 조직도 아직 그 편지를 찾지 못했다고 하더구나."

"편지요?"

"그 증거가 담긴 편지라기보다 문서가 되겠구나."

하긴 만약에 알았다면 '일진회'처럼 사람들이 알았을 것이고 역사에 기록이 되었을 것이다. 하지만 그들은 정체를 드러내지 않았다.

"그런데 우리에게 아주 오래전부터 그들이 혈서를 쓴 명단이 있다는 소식을 들었다. 우리는 그걸 찾아다녔지. 하지만 그걸 찾은 네 아버지는 그들에게 칼을 맞아 죽었다. 네 어미도……."

할아버지의 목소리에 물기가 젖어들어 있었다.

윙—

갑자기 핸드폰이 또 울렸다.

"마 매니저, 뭔가?"

마 매니저가 아니었다. 그가 당황한 표정을 짓자 할아버지의 표정이 굳어졌다.

"네, 한국병원이요."

그의 폰으로 병원에서 전화가 왔다. 뭔가 심상치 않았다.

"할아버지."

"놈들이 마 매니저의 차를 들이받았다는구나. 김 기자도 같이 타고 있었다는데……."

"한국병원이요? 제가 다녀올 테니 걱정 마세요."

"편지는 꼭 찾아야 한다."

"네."

그는 이렇게 한국병원에 왔고 편지의 존재도 확인을 했다. 어떻게 해서든지 편지와 김 기자를 지켜야 했다. 아버지가 끝까지 지키려고 했던 두 가지가 이제는 그가 지켜야 할 것이 되어버렸다.

"보호자 분 검사 끝났습니다. 응급실로 내려가시면 됩니다."

"네."

휠체어에 피 묻은 옷을 입고 있는 김 기자가 앉아 있었다. 두꺼운 뿔테 안경은 어디로 가고 맨얼굴의 김 기자가 눈물을 흘리고 있었다. 흰색 티에 청바지를 입고 흑인들의 곱슬머리처럼 빠글거리는 그녀의 머리는 폭탄을 맞은 듯 산발이 되어 있었다.

"괜찮아?"

그가 그녀에게 묻자 그녀가 처음으로 그의 눈을 똑바로 응시했다.

"아니오."

커다란 눈에서 굵은 눈물이 또르르 굴러 떨어졌다. 김 기자의 눈이 이렇게 아름다운지 몰랐었다. 하긴 그렇게 두꺼운 안경이 가리고 있으니 알 수가 있겠는가?

수호는 멍하게 한참을 울고 있는 말자를 보고 있었다. 이렇게 예뻤던가? 그의 심장이 갑자기 미친 듯이 뛰기 시작했다.

"국 작가님?"

"커억 허, 어."

그녀의 부름에 놀란 그는 사레가 걸렸지만 애써 목소리를 가다듬었다.

"마 매니저님은요?"

"수술 중."

그는 가까스로 대답을 하고 가슴을 쓸어내렸다. 혹시나 그녀가 그의 변화를 눈치채지 않았을까 하는 걱정이 생겼다.

"돌아가시면 어쩌죠?"

"괜찮을 거야."

"무서워요."

그녀가 흐느꼈다. 수호는 자신도 모르게 무릎을 꿇고 휠체어에 앉아 있는 그녀를 안고는 또 한 번 놀랐다. 보기보다 그녀는 볼륨감이 있었다. 하지만 지금 그녀에게 이런 관심을 보일 때가 아니었다.

"괜찮아."

그녀의 눈물이 그의 티셔츠를 적시고 있었다.

"흑흑흑."

"괜찮아, 이제부터 내가 지켜줄게."

그들은 응급실로 내려왔고 검사 결과 뼈에는 특별하게 이상은 보이지 않았지만 근육이 놀라서 한동안 고생할 거라고만 말했다. 그래서 그는 그녀를 곧바로 퇴원시켰다.

병원은 너무 오픈된 공간이라서 그녀의 경호를 하기에 한계가 있었다. 그는 말자의 안전을 먼저 생각하기로 했다. 그래서 그는 김 기자를 성북동의 본가로 데리고 갔다. 그리고 그들을 초조하게 기다리고 있는 할아버지에게 갔다.

서재에 계시던 할아버지는 김 기자를 보자마자 안았다.

"너에겐 너무나 미안하구나."

"……."

"어릴 때도 너무 놀라서 기억도 잊어버린 넌데 또다시 이런 일을 겪게 하다니……."

할아버지가 김 기자의 얼굴을 쓰다듬으며 안쓰럽게 바라보았다.

"괜찮습니다."

"할아버지, 김 기자가 그날 일을 기억했습니다."

"뭐?"

그의 말에 할아버지가 놀란 얼굴을 하셨다.

"진짜야?"

국 회장이 놀란 얼굴로 그녀를 보았다.

"그럼 혹시 그날 국태환 사장에게 받은 걸 나에게 물어보려고 했던 거야?"

"네, 그날 왜 국태환 사장님 부부가 그렇게 되셨는지 그리고 왜 이걸 저에게 주셨는지 궁금합니다."

"내가 다 말해줄 테니 그날의 일을 먼저 말해줄 수 없겠나?"

할아버지의 간곡한 부탁에 김 기자가 먼저 입을 열었다.

"아저씨, 아주머니께서 손잡고 잘생긴 오빠를 만나러 가자고 하셨어요. 아주머니께서 절 너무 예뻐하셔서 딸을 삼고 싶다고 항상 말씀하셨던 기억이 있어요. 가게 앞에서 놀면 앤티크로 데리고 가셔서 시원한 주스도 주셨는데 그날은 오빠를 만난다고 했어요."

"우리 수호를?"

"네."

그날의 일이 떠오르는지 김 기자가 인상을 찌푸렸다.

"이곳에 원래는 오지 않는데 사촌형하고 같이 온다고 점심도 먹고 솜사탕도 사주시겠다고 할머니께 말씀을 하시고 절 데리고 가셨어요."

수호도 그때의 일이 생각이 났다. 사촌형과 같이 경복궁에서 부모님을 만나기로 했었다. 말자와 함께 말이다.

"그리고 우리는 경복궁 쪽으로 차를 몰고 가고 있었는데 갑자기 뒤에서 차가 쾅 하고 부딪쳤어요. 그리고 또다시 차가 쾅 하고 부딪쳤고 아줌마는 다리가 차에 끼어서 나오지 못했고 난 아저씨하고 차에서 나왔어요."

김 기자의 눈에서 눈물이 흘렀다.

"그런데 아저씨가 나를 안고 있는데 남자 여러 명이 아줌마의 몸을 막 뒤지는 거예요. 그리고 칼로 찔렀어요. 내가 놀라서 울자 아저씨는 나를 달래면서 뛰어가셨어요. 그러면서 뭔가를 느끼셨는지 제 손에 편지를 쥐어주셨어요. 그리고 무슨 일이 있어도 다른 사람에게 주면 안 된다고 했어요. 아저씨가 막 울었어요. 지금 생각해 보면 아주머니를 구하지 못한 죄책감인 것 같았어요. 그러다가 얼마 못 가서 남자들에게 붙잡혔어요."

할아버지도 그녀의 말을 들으며 눈물을 흘리셨다.

"그때 갑자기 남자들이 우리에게 달려와서 아저씨와 나를 떼어놓으려고 했고 아저씨는 필사적으로 날 안고 있었어요. 그리고 그 사람들이 아저씨를 칼로 마구 찔렀어요. 난 가방을 손에 꼭 쥐고 있었어요. 아저씨와의 약속을 지키고 싶었으니까요."

김 기자가 막 울기 시작했다.

"아저씨의 피가 내 몸을 적시고 있어요. 흑흑흑."

"쉬."

그가 김 기자를 안았다. 너무 안쓰러웠다. 어린 나이에 충격을 받아서 그날의 일을 기억하고 있지 않았다. 아니, 기억에서 아버지와 어머니를 완전히 지우고 산 것이었다.

"괜찮아."

수호는 처음으로 여자를 이렇게 달래고 있었고 스스로도 놀라웠다.

"그 편지 좀 주련."

할아버지의 말에 김 기자가 편지를 주었다.

"생각했던 이름들이 아니구나."

그가 할아버지에게서 편지를 받았다.

"김도식, 김상철, 이호원⋯⋯."

그가 이름을 읽어 내려갔다. 혈서로 자신들의 이름을 쓰고 지장은 이름 끝에 찍었다. 이름은 세로로 쓰여 있었고 중간에 이름 하나를 더 쓸 공간이 띄어져 있었다.

"공간이라⋯⋯."

그가 할아버지를 쳐다보았다.

"할아버지, 비밀 편지를 보려면 어떻게 하죠?"

그의 말에 할아버지는 편지를 펴보시더니 향초를 피우셨다. 그리고 편지를 그 위에 펼치셨다. 10명의 이름과 지장 사이에 또 다른 이름들이 떠오르기 시작했다. 그런데 그 이름은 5명이었다.

"이 이름이 진짜인 듯싶구나."

놀랍도록 익숙한 이름도 있었다.

"설마요. 이 사람은 독립군인데……."

놀란 김 기자가 말했다.

"독립군의 첩자일 수도 있지."

진짜 충격적이었다.

"거기 혹시 유상훈 의원과 연관이 된 사람도 있을까요?"

김 기자는 뭔가 냄새가 나는지 이렇게 물었다.

"있지. 그의 할아버지인 유필봉이 있어."

"이 사람들은 뭐죠?"

"나라를 팔아먹은 친일파이자 초기 정부의 요직을 꿰찼던 사람들이야. 지금도 그의 자손들이 나라를 가지고 장난을 치고 있지."

"어떻게 하죠?"

"하나씩 처리를 해야지. 그리고 그 뿌리를 뽑아야 하고."

"왜 이걸 필사적으로 찾으려고 할까요? 다 지난 일이고 자신들이 한 일에 대한 자료도 없는데."

"없긴, 이게 그들의 자료이고 여기에 명단이 들어 있다는 것 자체가 문제가 되는 거지. 이건 친일뿐 아니라 진정한 국정농단일 수가 있거든."

"그런데 왜 명단을 찾지 않으셨어요?"

"아들이 경복궁을 가면서 갑자기 문서를 넘겨주겠다는 연락을 받았다고 나에게 흥분을 해서 전화를 했었다. 만나려는 장소가 경복궁과 가까운 곳이었어. 그게 아들과의 마지막 통화일 줄은 몰랐지."

국 회장이 눈물을 손수건으로 닦았다.

"아들이 죽고 사라진 줄 알았어. 김 기자는 놀라서 기억을 잃었고 뭔가를 가지고 있지 않다고 판단해서 사고 당시에 사라진 줄 알았지. 그래서 우리는 우리 나름대로 의심이 가는 인물들의 명단을 만들어 철저하게 감시하고 있지. 이 명단에 적혀 있는 인물들도 조사했지. 하지만 그들은 피라미였어. 숨은 글씨 속의 인물들을 보니 확실하게 거물급이라는 생각이 드는군."

"유 의원의 비리에 대해 조사하다가 3개월 정직을 받았습니다. 제가 시간이 좀 많아요. 저도 이 다섯 명에 대해서 조사하고 싶습니다."

"아니, 당분간은 여기에 있어. 위험하니까."

"할머니는요?"

"우리가 사람을 붙여서 어르신 모르도록 신변 보호를 해드릴 거야."

"마 매니저도 연관이 되어 있다고 생각할 텐데요."

"그래서 마 매니저도 병원에서 신변 보호를 받도록 처리할 거고."

"그들이 그렇게 무서운 존재인가요?"

할아버지가 그녀를 보았다.

"무서운 게 아니라 역겨운 것들이지. 나라를 팔아서 제 배만 불리는 놈들이야. 그건 지금도 마찬가지고."

김 기자의 질문에 할아버지는 빠짐없이 답을 해주었다. 덕분에 옆에 있는 것만으로도 상황을 이해할 수가 있었다.

"김 기자는 우리 수호 옆방을 쓰도록 해."

"네?"

"옷가지들은 우리가 준비할 테니까 걱정하지 말고. 당분간 답답하더라도 참고."

"회장님, 그건 좀……."

그녀의 말을 듣지도 않고 할아버지는 그의 팔을 붙잡고 말씀을 하셨다.

"네가 잘 살펴줘."

"네."

그는 김 기자를 2층의 게스트룸으로 안내했다. 아직 사고의 후유증 때문에 어지러워하는 것 같았다.

"죽을 아주머니께서 준비하고 계시니까 그거 먹고 약 먹고 좀
자."

"네."

그녀가 어지러운지 잠시 걸음을 멈추었다. 그는 김 기자의 옆으
로 가서 그녀를 안아 들었다. 지나치게 가벼웠다.

"뭘 좀 먹어야겠어. 술만 먹지 말고."

그는 그녀의 가벼운 몸이 마음에 들지 않았다. 여자란 자고로
볼륨이 있어야지 쓸데없이 다이어트를 한 마른 몸은 싫었다. 하긴
그녀는 그와 관계가 없지만 말이다.

"내려놓지 그래요?"

"나도 그러고 싶은데 김 기자가 쓰러지면 할아버지께서 싫어하
실 것 같거든."

그는 이렇게 말을 하고는 계단을 올랐다.

"어쨌든 오늘 고마웠어요."

"뭐가?"

"됐어요."

그녀는 그의 말을 잘라 버리며 고개를 돌렸다. 말자는 안 그런
척하고 있었지만 지금 아주 어색해하고 있었다. 그런 그녀가 아주
귀여웠다. 그녀에게 아기 냄새가 났다. 아무것도 바른 것 같지 않
은데 묘하게 아기의 냄새가 나고 옅게 소독약 냄새도 났다. 참 뭔
가 다른 아가씨였다.

첫 만남에서 그의 승부욕을 자극하질 않나, 너무나 부드러운 그렇지만 그의 욕망을 자극하는 키스를 하질 않나, 거기에 오늘은 그가 절대적으로 알고 싶었던 일의 키를 쥐고 있지를 않나. 하여튼 그녀는 그를 자극하고 있었다.

"묘한 여자야."

"뭐라고요?"

"아니야."

그녀를 방 안 침대에 누이고 그는 자신의 방으로 돌아왔다. 그의 옷에 본의 아니게 그녀의 자국들이 가득했다. 흰색 셔츠에 그녀의 눈물자국과 핏자국들이 선명하게 남아 있었다.

수호는 자신의 옷을 벗어 던지고는 욕실로 향했다. 물을 틀자 그의 욕실과 마주한 그녀의 욕실에서도 물소리가 나고 있었다. 묘하게 섹시하다는 생각이 들었다. 그녀의 벗은 모습을 상상하고 있는 자신을 보며 그는 혼자 중얼거렸다.

"마른 여자는 사절이야."

그는 차가운 물줄기를 맞으며 하루의 피곤함을 씻어낸 그는 가운만 걸친 채 자신의 책상 앞의 컴퓨터를 켰다. 이메일과 전화가 산더미처럼 와 있었다. 핸드폰을 들고 나가지 않은 탓이었다.

"여보세요?"

[진짜 이러실 겁니까?]

미국의 에이전시에서 그를 맡고 있는 필립 박이었다.

"미안. 이쪽에서 작은 사고가 있었어."

[다쳤어요? 병원? 내가 갈까요?]

"내가 아니라 아는 사람."

[휴~ 놀랐잖아요.]

"왜 이렇게 전화를 한 거야?"

[감독이 카오스 주인공을 다 정했다고 해서 알려주려고요.]

"그래?"

[관심 없어요?]

"그건 감독이 알아서 할 일이야."

[알았어요. 내일 한국으로 출발할 거니까 기다려요.]

"왜 오는데?"

[이번에 나올 소설 때문에 한국에서도 홍보를 해달라는 요청이 들어와서요.]

"알아서 해."

[다음 소설은 시작한 거예요?]

"아직."

[언제 할 거예요?]

"몰라."

[마이클!]

"끊어, 쉬고 싶어."

이렇게 말을 하고 전화를 끊어버렸다. 계속 받아주었다가는 날을 새야 하기 때문이었다. 그는 전화기를 던져 놓고 컴퓨터를 켜고는 검색창에 '김말자 기자'를 쳤다. 그러자 그녀에 대한 기사가 아주 많이 떴다.

그녀가 써낸 수많은 특종을 보면서 그는 입꼬리를 올렸다. 그녀와 아주 잘 맞는 직업이라는 생각이 들었기 때문이었다.

"깡이 있어야지."

그는 이렇게 말을 하면서 서랍에서 담배를 꺼내 물었다. 그리고 화면에 떠 있는 그녀의 사진을 한참 바라보았다. 어릴 때부터 얽히고 싶지 않은 일에 연루가 되어 사고의 기억까지 잊어버린, 그의 아버지가 목숨을 걸고 지키고자 했던 문서를 가지고 있던 여자였다.

그는 갑자기 메모지를 꺼내 적기 시작했다. '하얀 조직'이라는 글을 썼다. 그리고 나라를 팔아먹고 그것도 모자라 새로운 나라의 주요 요직을 꿰차고 대대로 호의호식을 하는 그들의 이야기를 적기 시작했다.

그의 손이 빠르게 메모지 위에서 움직이고 있었다.

CHAPTER 3

집 안이 온통 클래식한 가구들로 가득했다. 머리가 너무나 깨질 듯이 아파서 말자는 머리를 감쌌다. 최대한 머리를 돌리지 않고 그녀는 눈동자만 돌려 주위를 살폈다. 그녀는 지금 만들어진 지 백년쯤 되어 보이는 침대에 누워 있었다. 침대의 높이는 상당히 높았고 캐노피까지 있어 말자의 눈에는 모든 게 부담스러운 방이었다.

"공주방이네."

물론 방이 핑크색이거나 흰색으로 온통 치장이 된 것은 아니었다. 모든 가구가 체리 톤의 무거운 분위기였고 금테를 두르고 있었다.

"부담스럽군."

게다가 방 안에 TV가 없었다.

"영, 재미가 없는 곳이야."

뉴스를 봐야 하는데 여긴 진짜 아무것도 없었다. 신문도 없고 하다못해 핸드폰 충전기도 없었다. 말자는 긴 한숨을 내쉬며 눈을 감았다. 오른팔을 눈 위로 올린 그녀는 중얼거리기 시작했다.

"여기서 당분간 있어야 한다는 말이지?"

앞이 캄캄했다. 답답하기도 하고 그녀의 분위기와는 전혀 다른 고급진 분위기의 집이었다.

"장점을 생각하자. 장점!"

그녀는 이곳에 당분간 있어야 하는 이유를 찾기 시작했다. 그래야 그녀의 일상이 즐거울 수가 있었다.

"……."

그녀는 순간 중얼거림을 멈추었다. 그녀의 머릿속에 갑자기 국수호라는 남자가 떠올랐기 때문이었다. 어릴 때는 그저 잘생긴 오빠로 기억이 됐고 어제는 그와의 술 배틀에 져서 키스까지 한 남자였다. 그리고 오늘은 그의 단단한 가슴에 안겨서 이곳까지 왔다.

잘 알지도 못하는 남자와 29년 동안 했던 스킨십보다 더 딥한 걸 했다. 그런데 웃긴 건 하나도 어색하지 않았다는 것이었다.

"이게 말이 돼?"

그녀는 생각할수록 웃겼다. 어제는 진짜 그 키스 때문에 심장이 욱신거렸었다. 키스를 그렇게 잘하는 남자는 처음이었다. 그의 부드러우면서 단단한 혀가 그녀의 입안을 점령했었다.

차갑다 못해 냉철한 이성을 가지고 있는 그녀는 남자친구들로부터 나무토막 같다는 소리를 많이 들었다. 그녀가 어떻게 반응을 해야 되는지 몰랐기 때문에 가만히 있을 수밖에 없었다.

그때는 그게 남친에게 미안했는데 알고 보니 그녀의 잘못이 아니라 그놈들이 키스를 못한 것이었다. 말자의 입에서 피식 웃음이 나왔다.

진심 어린 키스는 아닐 테지만 그녀는 아주 황홀했었다. 술기운 탓일 수도 있지만 그녀 생각엔 그의 스킬이 아주 좋았다.

기자 생활 6년 동안 그녀는 사생활이라고는 거의 없는 삶을 살았다. 정치부 기자들이 만나는 사람이라곤 나이 많은 정치인들뿐이었다. 그리고 그들은 쉴 새 없는 부정과 부패로 그녀에게 사생활을 즐길 시간을 허락하지 않았다.

6년 동안 수많은 비리를 파헤치며 앞만 보고 살아왔는데, 그녀 인생의 최고의 특종이 지금 그녀의 발목을 잡을 줄은 상상도 하지 못했다.

"유상훈."

이름만으로도 치가 떨리는 사람이었다. 대통령을 만들어낸 실세 중의 실세인 한우리당의 유 의원은 그녀가 생각했던 것보다 훨씬 강한 사람이었다. 진짜로 아무도 모르게, 쥐도 새도 모르게 죽을 수도 있었다.

다만 알려진 기자라서 유 의원도 그녀에게 그렇게 극단적인 방법을 쓰진 않았다. 하지만 그녀에게 협박은 제대로 한 셈이었다. 기자에게 정직은 손발이 묶인 것과 다름이 없는 일이었다.

"유필봉!"

방금 전에 국 회장이 발견한 '반자이' 회의 인물들 중에 하나인 그는 유상훈 의원의 할아버지이자 우리나라 교육계의 아버지 같은 존재였다. 처음에는 유필봉이라는 사람에 대해 언뜻 떠오르지 않았지만 지금은 그가 누구인지 정확하게 알았다.

어릴 때 다니던 초등학교에 그의 동상이 있었다. 우리나라를 팔아먹은 인사가 교육계의 아버지였다니 소름이 돋는 일이었다.

말자는 침대에서 일어나서 불을 켜고는 메모지와 볼펜을 찾았다. 그리고 그 안에 앞으로 3개월 동안 그녀가 조사할 일들을 적어나가기 시작했다.

"유 의원님, 아직 끝난 게 아닙니다."

머리가 아직 어지럽기는 했지만 지금 정신은 그 어떤 때보다 맑았다. 메모지에 앞으로의 일을 써내려 가는 말자의 손이 바쁘게 움직이고 있었다.

은색 롤스로이스 한 대가 산길을 헤치며 들어가고 있었다. 총으로 무장한 남자들이 지키고 있는 커다란 철문을 통과해서도 한참을 들어간 곳이었다. 이곳은 철저하게 비밀로 지켜지는 곳이었다.

부르릉.

유상훈이 이곳에 올 때는 반드시 운전기사 없이 혼자 운전을 해서 왔다. 많은 이들이 알수록 좋지 않기 때문에 이곳에 올 때는 늘 혼자였다. 그의 별장이자 방공호 같은 곳이었다. 그의 아들이 이곳을 물려받게 되겠지만 그는 자식보다 자신이 최우선이었다.

소나무들이 우거진 길을 따라갈 때면 아주 상쾌한 내음이 그를 편안하게 만들어주었다. 더러운 서울의 공기를 마시다가 이곳에 오면 온몸이 정화가 되는 기분이었다.

그는 태어나면서부터 택함을 받은 사람이었다. 세계를 지배하지는 못해도 어쨌든 대한민국 안은 다 그의 것이었다. 하지만 그의 불만은 아무도 그를 최고라고 알아주지 않는다는 것이었다. 물론 정치적으로 그를 추종하는 사람들이 있기는 하지만 그가 왕이 될 수는 없었다.

그가 젊었을 때는 지하에서 천하를 호령하는 아버지보다 밖에서 세상을 지배하는 사람이 되기 위해 아버지의 반대도 무릅쓰고 정치를 시작했는데, 그는 대통령이 될 수가 없었다. 사람들이 그에 대해 알면 알수록 그의 사생활까지 노출이 되는 부담감 때문이었다. 사생활이 노출이 되면 그가 좋아하는 비밀스러운 삶에 제약이 왔다. 예를 들면 인간 사냥이라든가, 그룹으로 즐기는 섹스 같은 것, 그리고 그들만을 위해 준비된 신약까지, 모두가 일반인들은 상상도 할 수 없는 일이었다.

그는 어느 순간 자신이 속한 이 조직이 신의 영역에 도달했다고 생각했다. 안 죽을 수는 없지만 그 밖에 신이 할 수 있는 것들을 그들은 할 수 있었다. 인간의 목숨을 가지고 노는 것 말이다.

젊은 날에는 이런 비밀 회의실에서 나라에 관해 논하는 즐거움이 있었지만 지금은 그것도 싫증이 났다. 뭔가 새로운 자극이 필요했다. 아주 특별한 새로움 말이다. 할아버지가 성공한 왕의 교체와 나라를 팔아먹은 일은 그가 아직 해보지 못한 일이었다.

정말 언젠가는 꼭 도전해 보고 싶은 일이었다. 그 정도의 스케일은 돼야 그가 만족할 수 있을 것 같았다. 그가 도전할 날이 얼마 남지 않았다.

그래서 그는 아버지가 하시던 대로 대통령을 만드는 일에 앞장을 섰고 성공을 거두었다. 사람들 앞에 나서는 꼭두각시는 따로 두면 그뿐이었다.

요즘 철부지 기자 하나 때문에 평생 처음으로 골머리를 앓고 있는 그였다. 기자만 아니었어도 쥐도 새도 모르게 없애 버렸을 텐데 그 작은 여기자가 가진 힘이 나름 셌다. 자살로 위장하고 싶어도 여기자에겐 항상 경호원이 있었다. 그건 국 회장의 짓이었다. 아들을 잃고 나서 아들이 마지막까지 보호한 아이라는 쓸데없는 감상에 젖어 지켜주고 있는 것이었다.

그렇다. 그녀와의 인연은 이번이 처음이 아니었다. 그의 눈엣가

시였던 국태환을 제거할 때 국태환이 끝까지 지켜냈던 어린 계집 아이가 바로 김말자였다. 이름도 촌스럽고 하고 다니는 것도 촌스러운 기자 하나가 그와의 끈질긴 인연의 끈을 잡고 있었다.

아무것도 아닐 거라 생각했는데 아주 골칫덩이로 자라 버렸다. 어릴 때 죽였어야 했다. 하지만 일말의 미련이 그에게 남아 있었는지도. 할아버지가 그에게 주신 유산과 같은 문서를 찾을 수 있을 거라는 미련 말이었다.

한참을 들어가자 커다란 건물이 나타났다. 집이라고 하기엔 너무나 반듯한 정육면체의 건물이었다. 이곳의 지하는 핵폭탄이 투하가 되어도 끄떡없는 구조로 되어 있었고 그와 그의 가족들이 이곳에서 남은 평생을 땅 위로 나오지 않아도 될 만큼의 시설로 만들어졌다.

그리고 이곳은 '반자이'의 모임이 열리는 곳이었다.

일제시대가 영원할 줄 알았던 할아버지는 독립운동을 하는 사람들과는 반대로 자신의 이익을 위해 일본과 손을 잡았다. 하지만 이곳 모임의 사람들은 뒤에서 조종을 했지 절대로 자신들을 앞세우지 않았다.

이 모임의 조상들은 모두 친일파라는 딱지가 붙지 않았다. 애국지사는 아니어도 각계에서 존경받는 인물들이었다.

그래서 100년이 넘는 세월 동안 조용히 자신들의 특권을 누릴 수 있었다. 때로는 나라를 팔아먹기도 하고 때로는 정부를 수립해서 그 요직에 앉아서 나라를 떡 주무르듯이 하면서 그들은 특권층으로 존경을 받으며 부와 권력을 양손에 쥐고 흔들었다.

터덕터덕.

그의 구둣발 소리가 대리석 바닥을 내리치고 있었다. 이곳은 지상 3층 지하 5층의 건물이었다. 위에서 보면 마치 산속의 요양 병원 같았지만 그 안은 그렇지 않았다. 만일을 대비해서 1층부터 3층은 호텔 같은 느낌이었고 비밀 문을 통과해서 들어간 지하는 군사기밀 시설 같은 벙커의 형태를 하고 있었다.

지하 5층에 있는 밀실에 그가 가장 먼저 도착해서 소파의 중앙에 앉았다. 커다란 테이블 위에는 술상이 차려져 있었다. 조금 후에 벌어질 난잡한 파티를 위해 미리 세팅이 되어 있었다. 가끔씩 이곳에 모여 그들은 그들의 이익을 논한 후에 질펀하게 파티를 벌이곤 했다.

사람들의 시선을 피해 이곳에서 모이는 것도 요즘은 힘들어졌다. 서울에서 떨어진 곳이라도 어디선가 그들을 보는 눈들이 있을 것 같았다. 이번의 김 기자처럼 말이다.

자신의 아주 작은 잘못이라도 매스컴에 오르내리는 건 원천적으로 막아야 했다. 사람들의 입에 오르내려서 좋을 게 없기 때문이었다.

그가 정치를 한다고 했을 때 아버지가 극구 말리셨다. 정치외교학을 전공하게 하셨지만 사람들 앞에 서는 건 극도로 싫어하셨다.

그 이유를 어릴 때는 몰랐지만 오십이 넘은 지금은 그도 정치에 발을 디딘 것을 후회하고 있었다.

"안녕하십니까?"

이번에 경찰청장이 된 구본희가 들어왔다. 저녁에 어울리지 않게 선글라스를 끼고 들어온 그를 어이가 없는 눈으로 바라보았다. 그는 우유부단한 구 경찰청장이 마음에 들었다. 언제든지 그가 마음대로 할 수 있었기 때문이었다. 하지만 하고 다니는 건 마음에 들지 않았다. 제복만 입어서 그런지 사복을 입었을 때는 시골의 촌부 같았다.

"다들 안 오셨습니까?"

"천천히 오시겠지요."

언제나 상훈이 먼저 왔고 그다음이 구본희였다. 뒤를 이어 부장판사인 조동우와 청와대에 있는 이우철과 대동그룹의 주현탁 회장이 들어왔다. 오늘도 그 순서는 변함이 없었다.

"다들 오셨으니 모임을 시작하겠습니다."

"모임의 시작 전에 한 가지 묻고 싶은 게 있습니다."

대동그룹의 주 회장이 입을 열었다.

"민국신문에 난 기사는 잘 처리하신 겁니까?"

"물론입니다."

"그리고 오늘 사고도 유 의원님이 처리하신 겁니까?"

"주 회장님, 하루에도 사고가 수천 건이 발생합니다. 뭘 말씀하시는 건지 구체적으로 말씀하세요."

주 회장의 지적질에 화가 난 상훈이었다.

"대학로 한복판에서 벌어진 자동차 사고 말입니다. 그 차 안에 민국신문 기자가 있었고 사고를 낸 남자는 추격전을 벌이다가 한 강으로 뛰어들어 죽은 사건."

"금시초문입니다."

상훈은 모르는 일이라고 했다. 굳이 그의 부하의 단독범행이라 고 말할 이유는 없었다. 죽은 이가 그의 부하인지는 아무도 모르 는 일이었다.

"이번 기사를 낸 그 기자가 우리의 명단이 사라지던 그날 사고 현장에 있던 아이라는 건 아십니까?"

"압니다."

"뭔가 알고서 파고드는 것 아닙니까?"

"모를 겁니다. 그 내용을 알았다면 고작 아들의 병역 비리 따위 를 파고들지는 않았겠지요."

"하긴 그건 좀 약하긴 합니다."

상훈은 말이 점점 많아지는 주 회장이 짜증이 났지만 꾹 눌러 참았다. 내분이 일어나서 좋을 건 없으니까 말이다. 그때였다. 누 군가 그들 사이로 들어왔다. 철저하게 비밀로 지켜지는 조직답게 그들을 모시는 사람들도 그들의 얼굴을 아는 이들은 손으로 꼽힐 정도였다.

"준비가 되었습니다."

"그래?"

남자는 지금 앉아 있는 그들보다 사람들에게 더 알려진 사람이 었다. 연일 방송되는 그의 연구 결과에 사람들은 환호했고 어느새 그는 한국의 슈바이처가 되어 있었다. 무상으로 자신의 연구 결과를 사회에 환원하겠다는 발표도 도 원장을 유명하게 하는 데 한몫했다.

뭐 결과적으로는 그렇게 되었지만 사람들은 나중에 도 원장의 연구 결과를 기초로 약을 만드는 건 유 의원이라는 걸 몰랐다. 그 다음에 사람들의 기억에서 지워질 때쯤엔 연구 결과를 가지고 제약회사를 만들어 국내보다는 수출을 위주로 하며 돈을 쓸어 담을 것이었다.

"도 원장이 이번에 연구한 거랍니다. 줄기세포를 이용한 주산데 면역력을 증강시킨다고 합니다. 최고의 회춘 주사이기도 하고요."

이쪽에 가장 관심이 많은 조동우 부장판사가 즐거운 표정으로 말을 하고 있었다. 도 원장은 아무런 말 없이 그들 하나하나에게 주사를 놔주었다.

"이번에 간척지 땅은 어떻게 되었습니까? 사도 됩니까?"

땅에 관심이 많은 주 회장이 그에게 물었다.

"규제가 곧 풀리니까 이쯤에서 사도 될 것 같습니다."

상훈의 말에 주 회장의 얼굴에 만족스러운 빛이 떠올랐다.

"그런데 너무 작게 해먹는 건 나중에 뒤탈이 생기는 일입니다."

얄미운 마음에 상훈이 주 회장에게 한마디 했다.

"그나저나 진짜 김 기자가 눈에 거슬리는데 처리할 방법을 생각해 봐야 할 것 같습니다."

상훈은 화제를 자신 쪽으로 돌려 버렸다.

"놔두세요. 괜히 기자들 건드렸다가 골치만 아프니 아드님 병역 문제는 다시 한 번 건드리면 사과하고 끝내세요."

조동우 부장판사의 말에 상훈도 동의를 했다. 그들은 이렇게 한 달에 두서너 번을 만나서 몸에 좋은 주사나 약을 먹으며 서로에게 필요한 정보를 교환했고 고위급 공무원의 정보를 수집해서 땅을 사들이는 것으로 부를 축적하고 있었다.

하지만 이들의 궁극적인 목적은 단 하나였다. 우리나라의 재원은 한계가 있다는 생각으로 그들은 일본이 우리나라를 다시 지배해야 한다고 생각했다.

"요즘 썩어 빠진 정신으로 사는 인간들이 너무 많아. 다시 한 번 우리나라를 정화시키는 작업이 필요하지."

구본희 경찰청장이 가장 강력하게 세상을 정화시키기를 바라고 있었다.

"전쟁이 한번 나서 싹 쓸어버려야 해. 안 그렇습니까?"

"암요."

국내 최고의 무기업체인 대동그룹은 전쟁이 일어나면 무기를 팔아먹으니 이보다 더 좋은 일은 없을 것이었다.

그들의 옆에서 주사를 놓고 있는 도 원장에게 상훈이 한마디 했다.

"도 원장의 표정이 좋지 않습니다. 우리가 너무 막 나갔어요. 내일 당장 미국으로 도망 갈 표정이에요. 하하하."

"아닙니다."

답을 하는 도 원장의 목소리가 떨렸다. 이런 종류의 인간들을 상훈은 별로 좋아하지 않았다. 권력과 돈에 빌붙어 양심이고 자존심이고 모두 팔아먹는 인간들 말이다.

"도 원장, 너무 쫄지 말게. 우리가 설마 자네같이 가치 있는 사람을 죽이기야 하겠나? 안 될 말이지."

그가 도 원장의 뺨을 손으로 툭툭 쳤다. 자존심이 상하는 행동을 했지만 도 원장은 상훈에게 대들지 못하고 있었다.

"네."

"너무 길게 끌 일은 아닌 것 같아."

상훈의 말에 모두가 상훈의 얼굴을 바라보았다.

"일본이 북한의 미사일에 꽂혀 있는 이때가 우리의 일을 도모하기에 딱 좋은 시기인 것 같습니다만."

말로만 했지 그들의 할아버지 때처럼 뒤에서 친일파들을 선동하지는 않은 그들이었다.

"조금 더 불안해지기 전에 제2의 이완용을 찾을 때지요."

"벌써 찾으신 것 같군요."

"조금 더 두고 본 후에 말씀드리죠."

"알겠습니다."

그들은 그렇게 자신들의 부와 권력을 위해 또 한 번의 민족말살을 생각하고 있었다. 그렇게 어려운 일만은 아니었다. 상훈의 얼굴에 묘한 미소가 드리워졌다.

잠시 후 그는 벨을 눌러 여자들을 안으로 불러들였다. 알몸의 여자들이 그 안으로 들어오고 있었다.

"이제 막 20살이 된 여자들입니다. 물론 처녀죠."

주 회장이 준비한 여자들이었다.

"회춘에는 어린 여자들의 음기도 중요하다고 하지 않습니까."

"그런가요?"

"음양의 조화가 중요하니까요."

"그래서 지난번엔 남자아이들을 준비하신 겁니까?"

"그렇게 잘 알아들으시니 좋습니다."

그들은 여자들이 들어오기 전에 레슬링 선수들이 쓰는 복면을 얼굴에 썼다. 혹시나 자신들의 얼굴을 알아볼까 하는 생각에 준비를 한 것이었다. 그녀들은 돈에 팔려온 여자들이었다. 그렇게 본다면 돈에 그들의 정보를 팔 수도 있었기 때문이었다.

상훈은 제일 가녀린 몸매의 여자를 자신의 옆자리에 앉혔다.

"살려주세요."

여자가 흐느끼며 울었다.

"왜 죽일 거라 생각하지?"

그의 입가에 잔인한 미소가 걸렸다. 그 미소를 본 여자는 얼굴이 새파랗게 질렸다.

"이러면 재미가 없잖아."

그가 그녀의 얼굴을 세게 때리자 같이 들어온 모든 여자들이 일제히 울음을 터트렸다.

"울지 마. 너희들은 돈에 팔려온 것들이니까 울 자격도 없어."

그는 이렇게 말을 하며 한 번도 남자의 손을 탄 적이 없는 여자의 가슴을 우악스럽게 잡았다.

"오늘 네가 날 만족시키지 못한다면 넌 네가 말한 대로 죽을 거야."

그가 여자의 귀를 핥으며 속삭였다. 숨죽인 여자의 눈에서는 계속해서 눈물이 흘러내렸다. 상훈은 이렇게 약한 척하는 인간들이 싫었다. 돈의 노예가 되어 이렇게 팔려온 여자들을 그는 경멸했다.

그리고 다시 한 번 생각했다. 우리나라는 여자들이 너무 자유로웠다. 그러니 김말자처럼 날뛰는 여자들이 생기는 것이었다.

"아악!"

여자의 몸에 자신의 페니스를 넣자 여자가 거의 기절을 하고 있었다. 그는 사정없이 자신의 페니스를 박아대며 여자에게 중얼거렸다.

"여자는 남자에게 복종해야 해."

"아아악!"

"대답해!"

"네."

고통 속에서도 여자가 대답을 했다.

한동안 상훈은 여자를 괴롭혔다. 그래도 그의 기분은 바뀌지 않았다. 진짜로 김말자를 죽여 버리고 싶은 마음뿐이었다.

말자는 코를 킁킁거리며 자리에 앉았다. 식사를 하러 나오라는 전화를 받고는 곧바로 내려온 말자는 집하고는 다른 분위기인 이곳이 여간 불편한 게 아니었다. 커다란 대리석 식탁에 어디에 앉아야 할지 몰라서 제일 끝 쪽에 앉은 그녀는 주변을 두리번거리며 살폈다.

2층 집이었지만 천장이 굉장히 높아서 답답해 보이지 않는 구조였고 요즘에는 잘 없는 커다란 샹들리에가 곳곳에 있어서 마치 중세시대 귀족의 집 같은 느낌이었다.

대부분의 가구가 앤티크라서 집 안이 좀 어둡고 무거운 느낌인 걸 제외하면 굉장히 고급진 집이었다.

"안녕하세요?"

음식을 나르는 아주머니를 보며 말자가 의자에서 일어나 인사를 했다.

"앉으세요."

말자의 그런 모습에 50대쯤 되어 보이는 아주머니가 미소를 지었다.

"제가 너무 일찍 내려왔나 봐요."

"네, 전화를 드리고 나서 10분 후쯤 내려오시니까 좀 일찍 내려오신 거죠."

"아, 그렇구나. 10분."

아주머니는 말자의 행동에 미소를 지으며 반찬을 내놓고 밥과 국도 내어놓았다. 그렇게 다 준비가 된 후에 국 회장이 내려왔다.

"안녕히 주무셨어요?"

말자는 자리에서 일어나 국 회장을 맞이했다. 버버리 체크 남방에 베이지 면바지를 입은 국 회장은 70대로는 보이지 않았다. 그가 자리를 잡고 앉아 말자도 따라 앉았다.

"그래, 불편하진 않았고?"

"네."

"몸은 어떠냐?"

국 회장이 세심하게 그녀를 신경 써주는 게 그대로 느껴졌다. 그래서 조금은 마음이 편안해진 말자였다.

"괜찮습니다."

"교통사고는 며칠 지켜봐야 알 수 있으니까 조금이라도 이상하면 말해."

"네, 알겠습니다."

"밥 먹자."

회장은 손자를 기다리지 않고 먼저 밥을 먹기 시작했지만 그녀는 선뜻 먼저 먹기가 그래서 그를 기다렸다. 그러자 잠시 후 국수호가 모습을 드러냈다. 깔끔하게 잿빛 정장을 입은 그는 마치 잡지 속에서 나온 것 같은 모습이었다. 옅은 푸른색 셔츠에 붉은 계열의 스트라이프 문양의 넥타이가 세련미를 더해주고 있었다. 무심한 듯해 보이지만 흠잡을 곳이 없는 연출이었다.

거기에 검은 테 안경을 쓴 그는 샤프한 느낌까지, 아니, 숨 쉬는 것까지 멋진 남자임에는 틀림이 없었다.

"안녕히 주무셨어요?"

그의 굵고 낮은 목소리가 식당을 울리고 있었다.

"오냐, 앉아서 얼른 밥 먹자."

"네."

그녀가 그를 보며 일어나서 인사를 하려고 기다리는데 그녀의 안부는 묻지도 않고 자리에 앉은 그는 밥을 먹기 시작했다.

"안녕히 주무셨어요?"

"응."

짧게 대답한 그는 자신의 밥만 먹을 뿐이었다. 아니, 그녀가 잘

못해서 이곳에 있는 것도 아닌데 갑자기 저렇게 딱딱하게 굴다니 기분이 좋지 않았다. 집에 돌아온 뒤부터 점점 말수가 줄어들더니 처음의 상냥함은 어디다가 팔아먹었는지 괜히 그녀를 냉랭하게 대하기 시작한 국 작가였다. 그가 식탁에 앉은 후로는 밥알이 모래 씹는 것처럼 껄끄러웠다.

"오늘 마 매니저가 없으니 힘이 들 거다."

"압니다."

"다른 직원들에게 말을 해놓았으니 가서 잘 배우도록 해."

"네, 알겠습니다."

역시 남자 둘이라서 그런지 식탁에서도 굉장히 딱딱했다.

"저는요?"

그녀가 둘의 대화 사이에 끼어들었다.

"여기서 당분간은 지내야 해. 회사에서 3개월 정직당했다면서? 휴가다 생각하고 지내."

국 회장의 말에 그녀는 입술을 쭉하고 내밀었다. 불만이 가득할 때 그녀가 하는 버릇이었다. 그런 그녀를 수호가 뚫어지게 보고 있었다.

둘이 눈이 마주친 아주 짧은 순간 말자는 달갑지 않은 느낌이 들었다. 그녀가 좋아하는 거친 남자의 눈빛을 그에게서 본 것이었다. 이렇게 어수선할 때 느끼기엔 사치인 그런 걸 짧은 순간에 느껴 버린 것이다.

고개를 흔들며 말자는 정신을 차리려고 애를 썼다. 이틀 사이에 많은 일을 겪다 보니 이상한 생각이 든 모양이었다.

그녀의 눈에 음식을 넘기는 그의 목이 보였다. 남자의 목젖이 저렇게 섹시하다니, 이건 진짜로 미친 게 틀림이 없었다.

식사를 마치고 그와 국 회장은 가게로 나갔고 그녀는 자신의 방으로 돌아갔다. 언제 준비를 했는지 그녀의 방 안에는 집에서 입을 수 있는 반팔 티셔츠와 반바지가 놓여 있었다.

"찜질방 옷이군."

검은색 세트인데 진짜로 딱 찜질방에 들어가면 입는 단체복 디자인이었다.

"이게 어디냐."

그녀가 옷을 갈아입자마자 아주머니께서 들어오셔서 그녀의 옷을 받아 가셨다.

"저기요, 컴퓨터를 좀 쓰고 싶은데……."

"1층 서재에 있는데 사용을 해도 되는지는 회장님께 여쭤보세요."

"네."

그녀는 국 회장에게 전화를 걸어 컴퓨터를 사용해도 된다는 허락을 받았다. 말자는 서재로 들어가서 컴퓨터 책상에 앉았다. 그리고 자신의 손에 꼭 쥐고 있던 열쇠를 책상 위에 놓았다. 국 회장의 아들이 그녀를 품에 안고 죽으면서 절대로 다른 사람에게 말하면 안 된다고 했던 그 봉투 안에 들어 있던 물건이었다.

십 원짜리 옛날 동전 같은 누런색의 열쇠에는 숫자 6개와 한자로 밭 전자와 나무 목이 쓰여져 있었다.

"도대체 이건 뭘까?"

그녀는 열쇠를 한참 동안 들여다보았다. 혹시나 들킬까 한 번도 이렇게 자세하게 본 적이 없었다. 이제는 문서의 정체를 안 이상 열쇠의 용도도 알아야 했다. 하지만 문서도 국 회장에게 자연스럽게 넘어갔는데 열쇠마저 국 회장에게 준다면 그녀는 기자로서 아무것도 알아낼 수가 없었다.

유 의원에 관한 비리가 뭔가 나올 것 같은데 문서만으로는 유필봉이 친일파였고 유 의원은 그의 후손이라는 것밖에는 증명할 길이 없었다. 유 의원에겐 뭔가 큰 특종이 기다리고 있을 것 같았다.

그래서 당분간은 그녀 혼자 이 부분을 풀어내지 않으면 안 될 것 같았다.

"왜 그동안은 기억이 나지 않았을까?"

22년 동안 그날 그 사건에 대한 기억과 국 회장 아들 부부가 그녀의 기억에서는 완벽하게 사라졌다.

"다른 건 다 기억하는데 왜 그랬을까?"

하지만 어제의 교통사고로 그녀는 그날의 일들이 영화처럼 머릿속에서 펼쳐지고 있었다. 마치 그녀 앞에서 벌어지고 있는 일처럼 말이다. 그녀는 열쇠를 바라보며 인터넷으로 열쇠에 대한 검색을 하기 시작했다.

"요즘 나오는 열쇠는 아니네."

조선후기에 곳간 등의 커다란 창고에서 사용이 되었던 열쇠 모양인데 그 크기가 달랐다. 그녀의 새끼손가락 크기도 되지 않는 작은 열쇠였다. 그래서 숨길 수가 있었다.

"보석함 열쇠인가?"

인터넷을 통해 자물쇠란 자물쇠는 다 검색을 한 그녀는 후배인 유진에게 전화를 걸었다.

"유진아."

[넵, 선배님.]

"부탁이 있는데 바빠?"

[저야 뭐 바쁘지만 선배의 딸랑이 아닙니까? 말해보세요.]

명랑한 성격의 유진이었다. 그래도 지금은 기사 쓰느라고 바쁜지 자판 소리가 수화기 너머까지 들리고 있었다.

"아는 경찰 있어? 아니, 아는 열쇠 전문 털이범들 있어?"

[왜, 부업하시게요? 정직 중이라고 그러시면 안 됩니다.]

"농담 아니다."

[알겠습니다. 특종이면 저도 발을 담그고 싶습니다.]

"헛소리하지 말고 빨리 알아봐. 다른 사람은 모르게 해라. 난 정직 중이시다."

[넵.]

유진은 똑똑한 후배였고 의리도 있었다. 전화를 끊은 후에도 말자는 계속해서 열쇠에 대한 실마리를 찾았다.

"후, 쉬운 일이 아니네."

그녀는 점심도 거른 채 컴퓨터 앞에 앉아 있었다. 그러자 아주머니께서 샌드위치를 해주셨고 한동안 그녀의 작업은 계속되었다. 국 회장의 퇴근 시간이 다가오자 말자는 서재에서 나와서 2층으로 올라갔다.

집에서 쉬라고 했는데 하루 종일 서재에 있었으니 좋은 소리를 못 들을 게 뻔했기 때문이었다. 할매에게 전화를 건 말자는 핸드폰을 든 채로 2층 창문에 섰다.

"할매."

[말자야, 괜찮은 거야?]

"괜찮아, 아침에도 물어봐 놓고 뭘 자꾸 물어봐."

[헛소리하는 걸 보니 정신은 멀쩡하네.]

이렇게 말은 해도 할매의 목소리가 촉촉하게 젖어 있었다.

"회장님께서 여기 당분간 있으라고 하신 건 알지?"

[알아, 내가 치매야? 아침에 얘기한 것도 잊게.]

걱정도 되고 해서 전화를 했는데 그녀의 걱정과는 달리 할매는 멀쩡했다.

전화를 끊고 난 말자는 2층을 두리번거렸다. 어제 이곳에 왔고 오늘 하루 종일 집 안에 있기는 했지만 서재에 틀어박혀 있느라 집 안 구석구석을 살펴보진 못했다. 궁금한 마음에 약간은 박물관 같은 느낌의 집 안을 둘러보기로 했다.

1층에는 아주머니들께서 일을 하며 왔다 갔다 하는 바람에 둘러보진 못했지만 2층은 아무도 없으니 편하게 둘러볼 수 있을 것 같았다. 이렇게 큰 집에 일하시는 분까지 달랑 4명이었던 게 믿어지진 않았지만 여하튼 2층의 평수도 100평은 훨씬 넘는 것 같았다.

그녀는 긴 복도 끝에 있는 오래된 커다란 괘종시계를 보며 앞을 향해 걸었다. 옛날에 지어진 건물이라서 넓게 트인 공간이 아니라 긴 복도를 따라 방이 있는 구조였다. 방문을 하나씩 열어보며 말자는 집 안을 구경했다.

첫 번째 방은 국수호 작가의 방이었고 그 옆은 그녀의 방이라서 건너뛰고 다음 방문을 열었다. 기대와는 달리 그 방은 그녀의 방과 같은 게스트룸이었다. 지난밤에는 방이 두 개뿐인 줄 알았는데 생각보다 방이 많았다.

그리고 그 방과 마주 보는 방문을 열자 그녀는 뜻밖의 풍경에 당황했다. 방은 거대한 화실이었다. 마치 입시생들이 그림을 그려 놓은 듯이 벽을 따라 캔버스들이 놓여 있었고 그 앞에는 3개의 이젤이 놓여 있었다.

하나는 앞에 놓인 정물을 스케치하다가 말았고 하나는 어린 남자아이의 얼굴을 유화로 그린 그림이었다. 아이가 누군지는 한눈에 알아볼 수가 있었다.

"지나친 나르시즘이야."

그녀는 그가 자신의 얼굴을 그린 것 같아서 그렇게 말을 했다. 나머지 하나도 아이의 얼굴을 그린 그림이었는데 그 그림은 여자아이의 얼굴이었다. 그리고 그 밑에는 그린 날짜와 마이클 쿡이라는 사인이 되어 있었다.

"애들을 좋아하나 보네."

어울리지 않게 그는 어린아이의 얼굴을 그리고 있었다. 어떤 건 섬세하게 묘사가 되어 있었지만 여자아이의 얼굴은 그녀가 봤을 때 눈코입이 없었다. 하지만 머리 스타일과 옷으로 봐서는 여자아이였다.

"성격이 이상한가?"

그녀는 어깨를 한 번 으쓱이고는 방을 나와서 끝의 방으로 향했다. 그곳은 커다란 헬스장이었다. 그가 운동을 하는 곳인 것 같았다. 아침에 잠결에 들은 쇠 부딪치는 소리가 여기서 난 모양이었다.

"심심한데 한번 해볼까?"

말자는 커다란 거울을 보며 운동을 하기 전 스트레칭을 했다. 운동이라고는 어릴 적에 배운 태권도가 전부였지만 그래도 공인 3단까지 딴 그녀였다. 유연성 하나는 자신이 있었다. 그녀는 귀에 이어폰을 꽂고는 음악을 들으며 스트레칭을 하기 시작했다.

"오랜만에 한번 찢어볼까?"

오랜만에 다리를 찢었는데도 잘 찢어졌다. 어제 사고로 인해 뻐근한 몸을 그녀는 어릴 때 운동 전에 했던 스트레칭을 하면서 풀었다. 언제나 불만인 숱이 많은 곱슬머리를 고무줄로 질끈 묶어 똥머리를 만들고는 안경을 잠깐 벗었다.

옷은 찜질방 옷차림이었지만 그녀의 스트레칭 자세는 명품이었다. 그녀는 다리를 양옆으로 찢고는 손을 들어 옆으로 뻗었다. 그러다가 우연치 않게 그녀는 커다란 검은 그림자를 발견하고는 소리를 질렀다.

"깜짝이야!"

커다란 그림자는 국 작가였다.

"뭐 하시는 거예요!"

얼마나 놀랐는지 좋은 소리가 나가지 않았다.

"몇 번을 불렀는데 듣지 못한 건 김 기자야."

그녀는 자신의 귀에 이어폰이 꽂혀 있다는 걸 그제야 인지를 했다. 얼른 이어폰을 뺀 말자가 국 작가를 쳐다보았다.

"무슨 일이세요?"

"할아버지께서 김 기자가 안 보이니 걱정을 하셔서."

그는 그녀가 대꾸할 수조차 없이 딱 자기 할 말만을 하고 있었다.

"내려갈게요. 이렇게 빨리 오실 줄은 몰랐어요."

"오늘 김 기자 옷과 필요한 것들을 사오느라고 일정을 당겨서 왔지."

"안 그러셔도 되는데. 집에 잠깐 다녀오면 될 일이고 여기도 이렇게 옷이 있는데……."

그가 아래위로 그녀를 쳐다보았다. 못마땅함이 가득한 얼굴이었다.

"아무리 그래도 그 찜질방 차림은 좀 아니라는 생각이 드는군."

그도 역시 그녀의 옷을 찜질방 옷이라 생각하는 모양이었다. 사람의 보는 눈은 다 같은 모양이었다.

"이게 어때서요. 벗고 있는 것도 아닌데."

"역시 남친이 없는 이유를 알겠군."

"뭐라고요?"

"멋 부리라는 소리는 안 해. 하지만 이 집에 있는 동안은 김 기자는 손님이니까. 우리 집 분위기에 어울리게 있게 하고 싶은 게 할아버지의 마음이야. 일하는 아주머니보다도 못하게 있는 게 마음에 안 드시는 것 같으니까. 아무 소리 하지 말고 할아버지께서 사 오신 것들을 기쁘게 받는 척이라도 해줬으면 좋겠군."

"말이 너무 심한 거 아니에요? 난 그냥 아주머니께서 주시는 대로 입은 것뿐이에요."

"그런 것 같군."

그는 차갑다 못해 냉정하게 그녀에게 말을 했다.

"원래 그렇게 차가운 성격이십니까? 다른 사람의 자존심 따위는 존재하지도 않는다고 생각하시는 거냐고요?"

말자도 지지 않고 말했다.

"때로는."

싸우려는 의지가 꺾이고 있었다. 센 놈이었다.

"원래 여자한테 그렇게 안 지는 성격이세요?"

"여자한테는 매너가 좋지. 다만 여자에 한해서."

그는 이렇게 말을 하고는 방을 나갔다.

"안 따라올 거야?"

"갑니다. 가요."

말로 그를 이길 생각을 안 하는 게 차라리 속이 편할 것 같았다. 그의 뒤를 따르며 말자는 그의 뒤통수에다 대고 주먹을 허공에 휘둘렀다. 이렇게라도 안 하면 속에서 천불이 날 것 같았다. 처음 만남에서 잠시 흔들렸던 자신이 원망스러울 뿐이었다.

"그럼 그렇지."

그녀는 정말 남자 운은 없는 모양이었다. 하지만 인복은 있는 듯했다. 1층에 인사를 드리기 위해 내려가자 국 회장의 옆에는 쇼핑백과 박스들로 가득했다. 설마 다 그녀의 것일까 잠시 의심이 되기는 했지만 국 회장이 모두 그녀의 것이라고 하는 말에 깜짝 놀랐다.

"이건 다 우리 국 사장이 골랐지. 워낙에 센스가 있어서 다 마음에 들 거야."

"감사합니다만 이러실 것까지는 없었는데……."

그녀는 말끝을 흐렸다.

"아니야, 손님을 찜질방 복장으로 놔둘 수 없다고 말한 수호의 이야기가 이제야 이해가 가는군. 내가 너무했어."

그가 그녀를 생각해서 준비했다는 게 믿어지지 않았다.

"어서 맞는지 입어보고 그동안 우리도 씻고 저녁 먹을 준비를 하자꾸나."

"네."

집에 도와줄 남자들이 없어서 그가 직접 그녀의 짐들을 2층으로 옮겨주었다.

"괜찮습니다. 제가 옮길게요."

"마음에도 없는 소리는 하지 마."

그가 국 회장에게는 들리지 않게 그녀에게 말을 했다. 그리고는 쇼핑백을 한 보따리 들고는 2층으로 올라가기 시작했다. 말자도 짐을 들고 그의 뒤를 따랐다. 짐을 다 옮긴 후에 그는 자신의 방으로 갔고 그녀는 방 안 가득한 쇼핑백을 살피느라 정신이 없었다.

"아주 옷가게를 통째로 가져왔어."

말자의 얼굴에 미소가 걸렸다. 사람 미운 건 어쩔 수 없었지만 욕 얻어먹은 대가가 이런 것이라면 얼마든지 욕먹을 준비가 되어 있는 말자였다. 기자생활 6년이면 산전수전 공중전까지 겪었기 때문에 상당한 맷집을 가질 수 있었다.

평소에 옷이나 신발을 사러 갈 시간조차 없던 그녀였다. 쇼핑백을 풀자 의외의 물건들이 쏟아져 나왔다.

"속옷까지 산 거야?"

다른 옷보다 그녀의 눈에는 레이스 속옷이 가장 눈에 띄었다. 그리고 정말로 한 뼘도 안 되는 속옷을 손가락으로 들고는 한참을 보았다.

"이걸 사람이 입는단 말이지?"

면으로 된 심플하다 못해 아줌마 같은 속옷만 입은 그녀였다. 할매의 취향에 맞춘 속옷이었지만 나름 편하게 입고 살았는데 이런 종류의 하늘하늘한 속옷은 그녀에게는 아주 낯설었다.

"당장 입을 게 없으니 입긴 하겠지만 취향 참 야하시네."

그녀는 속옷을 입어보았다. 그녀의 풍만한 가슴이 아슬아슬하게 블랙 레이스에 감싸여 있었다. 그리고 티 팬티에 가까운 팬티도 그녀의 업된 힙 선을 잘 살려주었다.

"사이즈가 적확히 맞네. 눈썰미 하나는 끝내주네. 여자를 도대체 얼마나 많이 만나야 사람을 한 번 안고 사이즈까지 나오는 거야?"

기가 막힐 노릇이었다. 아니, 단 한 번 그가 그녀를 안았다. 그것도 그녀가 사고를 당했기 때문에 그녀를 안고 이동한 게 전부였다. 그런데 어떻게 알고 샀을까 하는 의문이 들었다.

그녀는 평소에 굉장히 커다란 통을 입어서 본인의 몸매를 숨겼다. 일부러 숨긴 건 아니고 솔직하게 말자는 옷을 입을 줄 몰랐다. 그냥 편하면 그뿐이지 누구에게 잘 보이려고 하거나 또 불편하게 타이트한 옷은 그녀의 취향이 아니었다.

"신기하네."

거울 앞에 서서 말자는 자신의 낯선 모습을 한참이나 쳐다보았다. 곱슬거리는 머리는 똥머리를 해서 말아 올리니 훨씬 정돈된 느낌이었고 자신의 얼굴을 반 이상이나 가리는 검은 뿔테 안경을 벗자 짙은 갈색 눈동자가 반짝반짝 빛을 뿜어내고 있었다.

거기에 마른 몸에 비해 상당히 발달이 된 가슴과 굴곡이 있는 몸매 라인이 여실히 드러나고 있었다. 그리고 그나마 그녀가 자신의 외모 중에 가장 마음에 들어하는 백옥같이 맑고 투명한 피부는 블랙이라는 색상과 대조를 이루어 더 하얗게 보이고 있었다.

블랙 레이스 속옷만 입은 채로 그녀는 전신거울을 보며 나름 괜찮다는 결론을 내리고 있었다. 그때였다.

"식사하러 내려가지."

"어머!"

그의 갑작스러운 등장에 말자는 자신의 가슴을 양팔로 가렸다.

"그렇게 갑자기 들어오면 어떻게 해요?"

"문이 열려 있어서."

그가 얄밉게 문을 가리키며 말했다. 뭐라고 반박할 수 없는 상황이 계속되자 말자는 약이 올랐다.

"이대로 나가요?"

말자가 양팔을 활짝 벌리며 가슴을 내밀었다. 그녀의 커다란 가슴이 팔에서 해방이 되자 출렁거렸다. 기가 막히게도 그는 아무렇지 않은 평온한 표정을 지으며 말했다.

"나야 상관없지만 할아버지께서는 좋아하지 않으실 거야."

"뭐라고요?"

"꽃무늬 원피스가 이렇게 더운 날은 시원할 것 같더군. 그리고 빨리 내려오도록 해. 어른이 기다리고 계시니까."

그는 이 한마디를 남기고는 아래층으로 내려갔다. 국 회장이 기다린다는 말에 말자는 약이 올랐지만 서두르기 시작했다. 그가 사온 속옷을 입은 말자는 그의 말대로 꽃무늬 원피스가 아닌 블랙 원피스를 택했다.

타이트해서 몸매 라인이 그대로 드러나는 옷이었다. 하지만 그가 골라준 수많은 옷 중에서는 가장 무난했다.

"난 기자지 연예인이 아니라고."

그녀는 이렇게 말을 하고는 곱슬거리는 머리를 어찌할 바를 몰라서 질끈 묶어 올리고는 안경을 쓰고 1층으로 향했다.

두꺼운 뿔테 안경은 그녀의 미모를 반감시키기에 충분했다. 그녀는 딱히 시력이 나쁘지는 않았지만 화장을 하지 않으려고 쓰기 시작한 게 지금은 버릇이 되어버렸다. 화장을 전혀 할 줄 모르는 말자는 맨얼굴에 안경을 쓰는 게 세상 편했다. 멋이라고는 낼 줄 모르는 말자였다.

식당 안에 들어서자 회장과 그가 식사를 하고 있었다. 그녀가 들어서자 회장은 미소를 지으며 앉으라고 했고 그는 의자에서 벌떡 일어서더니 그녀에게 곧장 다가왔다. 그리고는 갑자기 그녀의 손을 잡고는 식당 밖으로 그녀를 데리고 나갔다.

"뭐 하는 거예요?"

그녀는 갑작스러운 그의 행동에 항의를 했다.

"식사를 하러 오라고 하고는 내쫓는 건가요?"

"⋯⋯."

그녀의 항의에도 그는 식당에서 나올 때까지 한마디도 하지 않았다.

"이봐요, 국 작가님. 아프다고요."

그녀는 꽉 잡은 그의 손을 뿌리치며 말했다.

"왜 이러는⋯⋯."

그가 갑자기 발걸음을 멈추고 그녀를 벽과 그 사이에 가두었다. 수컷의 향이 그녀의 코를 자극하기 시작했다. 하마터면 그의 앞에서 그의 체취를 코로 들이마실 뻔했다. 무슨 남자가 이렇게도 섹시한지 말자는 그가 계속 신경 쓰였다.

정신을 차려야겠다는 생각에 고개를 들어 그를 올려다보았다. 이렇게 나란히 서 있으니 새삼 그가 크다는 걸 느꼈다. 그가 갑자기 그녀에게 한걸음 더 다가섰다. 그리고 손을 들어 그녀의 얼굴을 잡으려고 했다. 처음 그들이 키스를 한 날처럼 말이다.

어른이 계시고 아주머니들이 언제 이 복도로 올 줄 모르는 이 상황에서 그의 행동이 이해가 되지는 않았지만 은근히 기대는 됐다.

"지, 지금 뭐 하는 거예요?"

말자의 목소리가 심하게 떨려왔다. 그리고 그의 손이 얼굴에 거의 다가왔을 땐 두 눈을 감아버렸다. 하지만 그의 손은 그녀의 예상과는 다르게 그녀의 목뒤로 갔다.

팍!

그는 그녀의 옷에 붙은 가격표를 뗐다.

"아무리 급해도 이런 걸 붙이고 다니면 안 되지."

"이거 떼어내려고 끌고 나온 거예요?"

그가 그녀의 눈앞에서 가격표를 흔들었다. 창피한 생각에 말자는 쥐구멍에라도 숨고 싶은 심정이었다. 그의 장난에 화가 났다.

"다른 걸 기대한 건가?"

이 말은 더 싫었다.

"뭐라고요?"

"아님 말고."

말자가 그를 쏘아보며 돌아서자 그가 다시 말자를 잡았다. 그리고 손을 쓸 사이도 없이 말자의 안경을 그녀의 얼굴에서 떼어냈다.

"앞으로는 렌즈를 끼도록 해."

"……."

"이런 눈을 가린다는 건 죄악이야."

그가 그녀의 안경을 들고는 식당 쪽으로 걸었다.

"렌즈도 없다고요."

"맞추러 같이 가."

화장을 하기 싫어서 쓴다는 말은 하기 싫었다.

"할아버지 기다리셔."

말자는 그의 갑작스러운 행동에 다리의 힘까지 풀려 버렸다.

"나쁜 놈."

그는 말자를 자극하는 신기한 능력을 가지고 있었다. 그리고 말자는 자꾸만 그런 그에게 틈을 보이고 있었다. 무시당할 틈 말이다.

식당에 들어가서 식사를 할 때도 그녀의 신경은 온통 국 작가에게 가 있었다. 그는 마치 아무런 일도 없다는 듯이 얄미울 정도로 편안하게 밥을 먹고 있었다.

"김 기자는 오늘 집 안에서만 있으려니 불편했지?"

"아닙니다. 아주 편하게 있었습니다."

그녀는 국 회장을 보며 미소 지었다.

"유 의원에 대한 기사를 썼다고?"

"네, 그것 때문에 정직당했습니다."

"유 의원이 스캔들이 없기로 유명한 정치인 아닌가? 용케도 잡아냈어."

"운이 좋았습니다. 하지만 힘이 없어서 이슈를 만들지는 못했습니다."

"그쪽에서 다 막은 거지. 보통은 넘는 사람이지. 거기에 달변가이기도 하고 대통령을 만든 사람이기도 하지. 하지만 그는 너무 베일에 가려진 인물이야. 거기에 할아버지가 유필봉이고. 그가 '반자이'의 회원이었다면 아마 김 기자가 알고 있는 건 어쩌면 빙산의 일각일 수도 있지."

말자도 그런 생각이 들었다. 유 의원의 발목을 잡을 것들을 더 캐낼 필요가 있었다. 아들의 병역 비리뿐만 아니라 다른 정확한 증거가 있는 일들을 말이다.

"그래서 드리는 부탁인데 제가 정직을 받은 기간 동안 유 의원의 뒤를 좀 더 캐고 싶습니다."

"그건 우리 쪽에서 고용한 사람들이 조사를 시작하고 있어."

밥만 먹던 국 작가가 끼어들었다.

"알아요. 하지만 그들이 알아낼 수 있는 게 있고 제가 알아낼 수 있는 게 있는 거라고요."

"아니, 위험해."

"그 정도의 위험 없이 어떻게 특종을 찾아요?"

울컥하는 마음에 말자는 국 회장을 앞에 두고 소리를 지르고 말았다.

"그만들 해. 김 기자의 말도 맞는 것 같다. 큰 걸 얻기 위해서는 위험이 따르게 마련이지."

"할아버지."

그녀의 편을 들어준 국 회장이 마음에 들지 않는지 그의 미간이 가운데로 접혀 있었다.

"그래서 김 기자는 어떻게 하고 싶지?"

국 회장이 이렇게 우호적으로 나올 줄은 몰라서 구체적인 계획을 세우지는 않았지만 우선은 이 집에서부터 자유로워야 할 것 같았고 열쇠에 대해 알아볼 수 있어야 할 것 같았다. 열쇠에 새겨진 두 가지를 만족시킬 수 있는 것을 찾아야 하는데 생각이 나지 않았다.

하지만 지금 단계에서 특종이 될 수도 있는 일을 국 회장에게 넘길 수는 없었다. 그를 못 믿는 게 아니라 이건 특종에 대한 욕심이었다.

"그게……."

"위험합니다. 집 밖에 10명이 넘는 경호원이 지키고 있는데 이제 밖으로 나간다면 경호 인력을 어떻게 할지도 난감하지 않습니까."

지금 집 밖으로 그녀를 지키는 인원이 10명이 넘는다니 솔직히 믿기지 않았다.

"그건 또 그렇구나."

판세가 갑자기 국 작가 쪽으로 향했다. 얄미운 인간이었다.

"저는 앤티크로 출근을 하고 싶습니다. 민국신문사도 가깝고 정보 수집도 용이하기 때문에 저를 국 회장님의 비서로 3개월 동안 써주시면 안 되겠습니까? 물론 무보수로 말입니다."

오랜 생각한 끝에 말을 꺼낸 말자였다. 안 쓰겠다고 하면 낭패였지만 지금은 다른 수가 없었다.

"1년 치 봉급을 오늘 다 지불했어."

아마도 그녀에게 사준 옷을 말하는 것 같았다. 찬물을 끼얹는 데는 아주 도가 튼 것 같았다.

"그러면 다 환불하세요. 전 지금부터 집에서 다니면 되니까."

그녀도 물러설 마음이 없었다.

"이건 당신의 안전 문제지 우리의 안전 때문에 이러는 게 아니야."

"제가 이렇게 안전에 신경을 쓰게 된 건 다 이쪽에 얽힌 문제 때문 아닌가요?"

둘은 한 치의 양보도 하지 않고 있었다.

"그만해. 듣고 보니 둘 다 일리가 있어."

말자는 정말 도끼눈을 뜨고 국 작가를 쳐다보고 있었다. 진짜로 민국신문 편집장보다 더 얄미운 놈이었다.

"일단은 우리도 유 의원에 대한 정보가 필요하니까 김 기자의 말대로 내일부터 앤티크에 출근해."

역시 국 회장이었다.

"감사합니다."

그녀의 승리였다.

"하지만 내 비서가 아니라 수호 비서로 들어가."

"수호?"

설마 국 작가의 비서를 하라는 것은 아니겠지, 라는 생각으로 국 회장을 보았지만 국 회장은 미소를 지으면서 그녀를 볼 뿐이었다. 말자는 시선을 돌려 국 작가를 쳐다보았다. 그는 세상에서 가장 음흉한 미소를 지으며 그녀를 보고 있었다.

갑자기 그녀의 인생이 다시 한 번 꼬이게 될 순간을 맞이하고 있었다.

"싫습니다."

국 작가가 그녀를 처음으로 매섭게 쳐다보았다. 다른 때는 들은 척도 안 하고 무시하더니 그의 반응이 신선하기까지 했다.

"아니, 작가님도 오신 지 얼마 되지 않았는데 저까지 초짜면 그건 좀……."

"괜찮아, 생각보다 우리 수호가 어릴 때부터 골동품을 보는 안목이 있지. 마 매니저가 공석이어도 도와줄 직원들은 많아. 굳이 김 기자가 깊숙한 곳까지 돕지 않아도 된다는 말이야. 그리고 김 기자는 유 의원 조사를 해야 하지 않나? 우리 수호가 그런 면에서는 잘 배려해 줄 거야. 안 그러냐?"

"잘 돕겠습니다."

그가 억지로 그녀를 돕겠다고 말을 하고 있었다. 그녀의 입장에서도 노 땡큐였다. 그걸 알 리가 없는 국 회장은 국 작가가 돕겠다는 말에 만족을 하고 있는 눈치였다. 세상을 포기한 표정으로 말자는 밥을 입안으로 억지로 밀어 넣었다.

"위험하니까 솔직히 안 나갔으면 하는데 김 기자가 원하니 안전해질 때까지 여기서 앤티크로 출근해."

"네."

국 회장이 그녀를 바라보며 따뜻한 미소를 지어 보였지만 그녀는 이미 국 작가 때문에 빈정이 상할 대로 상해 있었다.

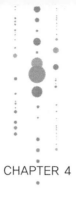

CHAPTER 4

저녁식사 후에 할아버지가 그를 서재로 부르셨다. 미국에 있을 때 할아버지는 그를 위해 1년에 한 번은 미국에서 휴가를 보내주셨다. 이유는 그가 한국을 생각하면 비행기를 탈 수 없을 만큼의 공황장애를 일으켰기 때문이었다.

그 어떤 나라를 다녀도 괜찮은데 그는 한국엔 올 수가 없었다. 그런 그의 상태를 할아버지께서 이해해 주신 것이었다. 부모를 잃고 점점 더 불안한 정서를 가진 그를 위해 할아버지는 매일같이 전화를 해서 괜찮은지를 체크해 주셨다.

어릴 적부터 그는 세상에서 가장 존경하는 사람은 할아버지였다. 자신의 일에 충실하고 가족을 사랑하는 할아버지의 모습을 보고 자란 그는 잘 모르는 위대한 영웅들보다는 언제나 그가 볼 수 있는 할아버지의 바른 생활이 더 훌륭하게 느껴졌다. 그건 지금도 마찬가지였다.

"부르셨어요?"

"그래."

문을 열고 들어가자 할아버지는 소파에 앉아 계시지 않고 자리에서 일어나 계셨다. 예전에 볼 때는 누구보다 커다란 분이셨는데 지금은 정말로 많이 작아진 모습에 수호는 가슴이 아팠다.

"이리로 와봐라."

"네."

할아버지께서는 컴퓨터의 모니터 화면을 그에게 보여주었다.

"이게 뭡니까?"

"이건 오늘 하루 종일 김 기자가 검색했던 내용들이다."

그의 눈에는 열쇠에 관한 수많은 검색 내용들이 보였다.

"열쇠네요."

"그냥 열쇠는 아니지."

그가 보기에도 오래된 열쇠들을 검색하고 있던 것 같았다.

"조선시대 후기의 열쇠를 찾고 있는 것 같은데요?"

"그래, 그 열쇠는 우리도 찾고 있지."

우리라고 했다. 수호는 열쇠라는 단어보다 우리라는 단어가 더 신경이 쓰였다.

"우리는 그 열쇠를 찾아야 할 의무가 있다."

똑똑한 줄 알았는데 김 기자도 빈틈이 많은 여자였다. 검색 기록 같은 걸 삭제하지 않고 그대로 두다니 말이다.

"그 열쇠는 뭔가요?"

"그 열쇠는 중요한 보물에 관한 키다. 사실 난 내 대에서 모든 걸 끝내려고 했다. 왜냐면 이제는 일제시대가 아니기 때문이다."

"그런데요?"

"그런데 '반자이'들의 움직임이 슬슬 시작이 되었다. 나라를 팔아먹은 놈들의 움직임이 시작이 된 것이다."

"무슨 말씀이신지?"

할아버지는 한숨을 쉬시며 말을 이어가셨다.

"그동안 우리는 '반자이' 회의 우두머리를 몰랐을 뿐 그들의 보이지 않는 움직임들은 알고 있었다. 정치나 사회 전반에 그들은 영향을 미치고 있었다. 하지만 우리도 그에 상응하는 영향을 미쳐서 서로 균형을 맞추고 있었지만 이번 대선이 끝이 나고 '반자이'의 유력한 의심인물이었던 유상훈이 대통령을 만듦으로 해서 그 균형이 한쪽으로 기울기 시작했다."

이게 무슨 소설 같은 소리인지 싶어 수호는 멍하게 할아버지를 바라보았다. 할아버지는 그 어떤 때보다 진지하게 말씀을 하시고 계셨다.

"그러니까. 유 의원이 우리나라를 팔아먹으려 한다는 건가요?

어디에요?"

"그건 일본이 될 가능성이 높지만 미국, 중국이 될 수도 있지."

"할아버지, 이건 엄청난 억측이신 것 같아요."

"나도 그러길 바란다."

"할아버지가 말씀하신 우리에 대해 더 듣고 싶습니다."

수호는 진지하게 할아버지를 바라보며 말했다.

"우리 조직은 김구 선생의 임시정부를 돕는 비밀 조직이었다. 나라를 걱정한 애국지사들의 모임이었지. 하지만 우리가 애국지사들과 다른 점은 모두가 우리나라의 거물급 상인들이었다. 그리고 독립운동을 하는 사람들에게조차 우리의 정체를 거의 드러내지 않고 우리는 물질적인 것만을 최우선으로 도왔었다. 나라를 떠나지 않고 뒤에서 비밀리에 움직이는 조직이었다."

할아버지가 창가 쪽으로 움직이며 말을 이어가셨다.

"우리 조직의 중심의 인원은 얼마 되지 않지만 우리에게 협조하는 이들은 많았다. 현재 살아 있는 사람은 총 6명이다. 네가 다 알 만한 거물급들이지. 우리는 우리의 할아버지 때와 마찬가지로 아직 다 상업에 종사를 하고 있다."

"할아버지가 조직원이라는 말씀이십니까?"

"그래."

"조직의 대를 잇지 않는다고 하셨는데 설명을 하신다는 건 또 다시 조직을 이끄신다는 말씀이십니까?"

"그래."

"왜요?"

"이제는 나라를 잃을 만한 일이 없었다고 당시에는 판단했었다. 어디 건 문제는 있으니까 우리가 사회 정의를 구현할 수는 없잖니? 우리는 우리의 일이 끝이 났다고 생각했지만 지금 우리의 조사원들이 조사한 바로는 더 큰 위기가 닥쳐오고 있기 때문에 그만둘 수가 없게 됐어."

"전 이 나라에 목숨을 바치고 싶지 않습니다. 아버지, 어머니도 그렇게 하시다 돌아가신 거 아닙니까?"

"……."

"싫습니다."

"수호야."

"전 아직도 어릴 때의 트라우마를 겪고 삽니다. 그런데 언제 죽을지도 모르는 그 위험천만한 일을 하라는 말씀이십니까? 왜 죽었고 누가 죽었는지도 모르는 객사한 부모님처럼 저 보고 그 일을 하라는 겁니까?"

수호는 화가 났다.

"난 네가 이 일을 이해해 줄 거라 믿는다."

"……."

수호는 말없이 할아버지를 바라보았다. 조금 전까지 수척해 보이던 분이 지금은 결의에 차 보였다.

"할아버지, 전 아직 마음의 준비가 되어 있지 않습니다."

"알았다. 그러면 당분간 김 기자를 돕도록 하고 열쇠에 관해서 우리가 안다는 얘기는 비밀로 해라. 이렇게 내가 뒤져서 안 걸 안 다면 기분이 좋지는 않아서 괜히 나간다고 할라. 그리고 김 기자 가 뭔가를 먼저 알아낼 것 같구나. 똑똑하니까."

김 기자의 실력은 입증이 되었으니 할아버지의 조직원들보다 먼저 알아낼 수도 있었다. 만약에 열쇠를 가지고 있다면 그녀가 더 유리할 것이었다.

"김 기자가 알아낸 것 같으면 알려줘. 그 정도는 할 수 있겠지?"

"네, 알겠습니다."

수호에게 뭔가를 말하려던 할아버지도 거기서 말을 멈추셨다. 아직 그의 마음이 준비가 되어 있지 않다는 걸 아시는 모양이었 다.

서재에서 나온 그는 자신의 방으로 올라갔다. 머리가 터질 것 같았다. 갑작스러운 첩보물은 그를 당황스럽게 만들고 있었다. 할 아버지 때문에 그는 공황장애를 극복하며 한국에 왔는데 사건 사 고들이 그를 힘들게 하고 있었다.

그는 침대에 걸터앉아서 머리를 양손으로 감쌌다.

"조직이라니……."

소설에나 나올 법한 일이었다. 그는 서둘러 옷을 벗고는 반바지 하나만 걸쳤다. 도저히 가만히 있을 수가 없었다.

그리고 그는 헬스실로 가서 운동을 하기 시작했다. 그는 러닝머신에서 한참을 달리고 또 달렸다. 뛰다 보니 또 하나의 걱정이 밀려왔다.

"김말자."

김 기자와의 인연을 너무 단순하게 생각한 그였다. 아버지가 목숨을 걸고 살려준 아이 정도로만 생각을 했지 이렇게 여러 방면으로 관계가 얽히게 될 줄은 몰랐다.

아주 어린 시절부터 김 기자에 관해서는 가끔씩 할아버지로부터 듣곤 했었다. 아버지가 수없이 칼에 찔리면서도 구한 아이였다.

부모님이 돌아가시던 날, 사실은 그가 경복궁을 보고 싶다고 졸랐었다. 그리고 어머니가 사진까지 가지고 다니면서 예뻐하셨던 떡볶이집의 아이도 보고 싶었다.

그래서 부모님이 아이를 데리고 경복궁으로 향하던 길이었다. 인사동과 경복궁은 걸어가도 될 만큼 가까운 거리였다. 그런데 그 사이에서 아버지와 어머니는 죽임을 당했고 그 어린아이는 처참한 현장에서 살아남았다.

그래서 그는 할아버지가 미국에 오시면 그 아이는 잘 있는지를 꼭 물어보았다. 김 기자가 한국대학에 들어갔을 때 그는 그녀에게 익명으로 장학금까지 주었었다.

아이는 잘 자랐고 민국신문의 대표 기자가 되어 할아버지에게 묻지 않아도 그녀의 안부 정도는 인터넷으로도 확인이 가능했다.

그녀는 자랑스럽게 컸고 그는 이것이 전부라고 생각했다. 하지만 그들의 인연은 그렇게 쉽게 끝나지 않는 것 같았다.

한국에 와서 꼭 한번 만나고 싶은 생각에 그는 유학 시절에 인연이 있는 최성민이라는 친구가 민국신문의 기자란 걸 알고 그녀와 만나게 해달라고 부탁을 했었다.

물론 그녀가 그에 대해서 모르게 하고 우연인 척 그들의 자리에 합석해서 잘 자란 그녀를 보았다. 그가 생각했던 것보다 터프한 성격의 김 기자였지만 말이다.

"헉헉헉."

숨이 턱까지 차올랐다. 그냥 어린아이란 생각만 했던 그였는데 만나고 보니 고집불통의 여자가 되어 있었다. 그냥 한 번 얼굴만 보려고 만든 자리였는데 그를 자극하는 김 기자 때문에 그는 생각지도 않은 키스까지 하게 되었다.

"헉헉헉, 하는 게 아니었어."

후회가 밀려왔지만 이미 늦어버렸다. 그는 인정하기 싫었지만 김 기자와의 키스가 아주 마음에 들었다. 아니, 놀랍기까지 했다. 키스를 계속할 수가 없어 입술을 떼어놓을 때는 그의 자제력을 총동원해야만 했었다.

그리고 그날 밤 그는 뜬눈으로 밤을 새웠다. 섹시함과는 담을 쌓은 것같이 생긴 여자가 그를 밤새 욕망에 시달리게 만들었었다. 그리고 볼 때마다 의도적인지 어떤지는 몰라도 그녀는 확실하게 그를 자극하고 있었다.

탁!

그는 러닝머신의 스톱 버튼을 누르고 한참을 그 자리에 서 있었다. 거친 숨과 함께 땀이 비 오듯이 쏟아지고 있었다. 러닝머신의 바닥이 그의 땀으로 인해 흥건하게 젖어 있었다. 그는 천천히 러닝머신에서 내려와 손으로 땀을 대충 털어낸 다음 헬스장 밖으로 나왔다.

그리고 그는 몇 걸음을 못 가서 그대로 멈추어 섰다.

그가 사준 옷들 중에 검은색 슬립을 입은 김 기자가 거실에서 창밖을 응시하고 서 있었다. 저녁에 입은 블랙 드레스도 그의 마음을 설레게 했지만 지금의 모습은 그를 흥분하게 만들었다. 뭔가를 생각하고 있는 듯 그가 온 줄도 모르고 있었다. 디자인이 전혀 들어가지 않은 완벽하게 기본형인 슬립은 김 기자의 볼륨감 있는 가슴 덕분에 완벽하게 섹시한 슬립이 되어 있었다.

슬립 자체만을 생각해도 섹시한 생각이 드는데 지금 눈앞에 여자는 완벽하게 퇴폐적인 분위기를 내고 있었다.

그건 그녀의 산발에 가까운 곱슬머리가 한몫을 하고 있었다. 흑인들의 머리같이 곱슬거리는 머리는 그녀의 작은 얼굴을 더 작아 보이게 했다. 그리고 조명 없이 창밖의 달빛에 비춰지는 그녀의 피부는 한번 만지고 싶을 만큼 자극적이었다.

그녀가 가격표를 단 채로 식당에 들어왔을 때 그는 그녀의 가느다란 손목을 잡고 식당 밖으로 나갔었다. 그건 가격표를 떼어내기 위함이 아니라 그녀의 안경을 벗기면 어떤 느낌이 들까 하는 생각 때문에 충동적으로 벌인 일이었다.

그런데 그녀가 이번에는 무슨 바람이 불어 저렇게 헐벗은 차림으로 그의 앞에 또 서 있는지 그는 알 수가 없었다. 설마 그를 유혹하기 위한 건지 의심이 갔다.

그는 요즘 전 세계에서 가장 핫한 작가였다. 수입 또한 만만치 않아서 그는 미국에서는 억만장자라는 소리를 들었다. 물론 그보다는 못했지만 그래도 그는 나이에 비해 굉장한 부를 축적한 건 사실이었다.

그러니 그를 향해 여자들은 불나방처럼 달려들곤 했다. 김 기자도 그러지 않으리라는 법은 없었다.

무슨 뜻이 있지 않고서 이 야심한 야밤에 슬립 하나 걸치고 그와 단둘이 있는 2층에 저렇게 서 있을 수는 없었다.

"지금 뭘 하는 거지?"

"깜짝이야!"

여전히 그녀는 발연기를 하고 있었다. 마치 아무런 의도도 없이 이렇게 서 있다가 갑작스런 그의 등장에 놀란 얼굴을 하고 있었지만 그의 눈은 속일 수가 없었다.

"옷을 아주 헐벗게 입고서."

그녀가 그의 말에 얼른 팔로 가슴을 가렸다.

"더워서 나왔어요. 잠도 오지 않고 해서. 헐벗은 건 저뿐만은 아닌 것 같은데요."

반바지만 입은 그의 모습을 보며 그녀가 말했다. 그의 가슴에는 아직도 땀방울이 맺혀 있었다.

"마음에 드나?"

그가 한쪽 눈썹을 치켜세우며 물었다.

"뭐, 나쁘진 않네요. 그럼 전 이만. 내일 출근을 해야 해서요."

그녀는 그의 옆을 지나쳐 자신의 방으로 가려고 했다. 하지만 그의 눈에 띈 이상 그대로 들어갈 수는 없었다. 그는 그녀의 팔을 잡아 자신과 마주 보게 돌려 세웠다.

"어머, 진짜 왜 이러는 거예요?"

그녀는 그를 쏘아보며 떨리는 목소리로 말했다.

"의도가 뭐지?"

솔직하게 그는 지금 그녀의 모습에 흥분이 되었다. 어떤 남자도 이렇게 아름다운 몸매를 가진 여자를 보고 흥분하지 않을 수 없을 것이다.

"무슨 의도요."

"늦은 밤에 이런 옷차림으로 단둘이 있는데 의도가 없다?"

"국 작가님께는 미안하지만 진짜 덥고 불안한 마음이 들어서 나온 것뿐이에요."

"방 안에도 창은 있어."

그의 말에 그녀의 눈이 흔들렸다.

"전 방 안에만 있어야 하나요?"

"아니, 김 기자는 자유로이 아무 곳이나 다닐 수 있어."

"그럼 됐네요. 그러니 이 팔 좀 놔주시겠어요?"

그의 시선이 김 기자의 가슴으로 향했다. 보지 않을 수 없을 만큼 그녀의 가슴은 마른 몸에 비해 볼륨감이 대단했다. 한번 만지고 싶을 만큼 유혹적이었다. 그는 자신도 모르게 마른침을 삼켰다.

"정말 덥기 때문에 나온 건가?"

그는 그녀가 솔직하길 바랐다. 그의 돈 때문이든 아니면 그의 다음 작품이든 어느 것이든 지금 이 순간 그녀가 원한다면 다 줄 수도 있었다. 그만큼 지금 그녀는 그에게 유혹적이었다.

"네, 몇 번이나 말해야 알겠어요?"

"난 알아야겠어. 왜 이렇게 자꾸 자극적인 모습으로 날 흔들리게 하고 있는지."

"난 그런 적 없어요."

그녀의 목소리가 갈라졌다.

"아니, 김 기자는 지금 날 자극하고 있어."

그녀의 눈빛이 흔들렸다. 그녀의 입술이 유혹적으로 벌어졌다. 본인은 아니라고 하겠지만 지금 그녀도 그처럼 흥분하고 있었다.

"국 작가님……."

그는 그녀의 뒷말은 듣고 싶지가 않았다. 그녀의 눈빛은 분명히 그에게 다른 말을 하고 있었다. 그가 그녀의 입술을 자신의 입으로 막아버렸다. 그의 행동에 놀란 김 기자의 몸은 그대로 얼어붙었다.

그는 얼어붙은 김 기자의 심장을 녹이기 위해 그녀의 얼굴을 양손으로 감싸고는 그녀의 입안에 자신의 혀를 힘차게 밀어 넣었다. 지난번에도 느꼈지만 그녀와의 키스는 퍼즐 조각이 맞춰지는 것 같이 딱 맞아떨어지는 느낌이 들었다.

그리고 폭탄의 심지에 성냥불을 붙인 것처럼 두려움과 폭발력이 동시에 느껴졌다. 빠져들 것 같은 두려움이 그를 지배했지만 반대로 그녀의 방어막을 깨부수고 싶은 충동 또한 느껴졌다.

그녀의 벌어진 틈새로 그는 맹공격을 퍼부었다. 그녀와 키스했던 그 어떤 남자보다도 강한 인상을 그녀에게 남기고 싶었다. 다시는 그를 잊지 못할 그런 키스의 기억을 말이다.

그의 혀가 그의 통제에서 벗어나 마음껏 그녀의 입안을 누비고 있었다. 입을 열 때마다 독설을 내뱉는 그녀와는 다르게 그녀의 입안은 매우 순종적이었다. 그의 혀가 움직일 때마다 그녀의 입안의 혀도 같이 움직였다.

그의 키스에 그녀도 반응을 하고 있었다. 그녀의 혀를 빨아들일 때의 쾌락은 그의 페니스가 여자의 몸 안으로 들어갈 때와 같은 쾌감을 주었다.

"으음."

저도 모르게 그의 입안에서 신음이 흘러나왔다. 그만큼 만족스러운 자극적인 키스를 나누고 있는 그들이었다.

입안은 마치 자석이 붙어 있는 듯이 꼭 들어맞아 있었고 그의 손은 그녀의 가슴을 움켜쥐었다. 그녀를 안아 들었을 때 대충의 사이즈가 이 정도일 거라 생각했는데 손으로 만져보니 더 큰 볼륨감이 느껴졌다.

손안에 꼭 차는 느낌이 너무나 환상적이었다. 그는 슬립 위의 느낌보다 그녀의 맨가슴을 만지고 싶어 한쪽 슬립의 어깨끈을 내렸다. 스르르 흘러내리는 어깨끈에 그녀의 한쪽 가슴이 그대로 노출이 되었다.

달빛에 그녀의 모습이 그대로 노출되자 그의 손끝이 자동적으로 그녀의 가슴 위를 향했다. 말랑거리는 느낌이 온몸에 소름을 돋게 만들었다.

"으으음."

그녀가 그의 입안으로 짙은 신음을 내뱉었다. 그는 부드러운 그녀의 가슴을 주무르기 시작했다. 태어나서 처음으로 이렇게 부드러운 것을 만져본 것처럼 그는 너무나 황홀한 경험을 하고 있었다.

여자와 섹스를 안 해본 애송이처럼 그의 페니스는 벌써부터 단단해져 있었고 그의 온 신경은 그녀의 가슴으로 향해 있었다. 그의 손끝에 그녀의 유두가 닿자 저도 모르게 신음이 터져 나왔다.

그는 그녀의 입술을 놓고는 점점 아래로 자신의 입술을 내리고 있었다. 오직 목표는 그녀의 유두였다. 빨고 싶다는 생각이 강하게 들었다. 아무것도 생각할 수가 없었다.

탁탁탁!

누군가 계단을 오르는 소리가 들렸다. 그는 재빠르게 그녀를 안아 어두운 장식장 뒤로 몸을 숨겼다. 옆으로 살짝 보니 아주머니가 켜져 있는 등들을 끄면서 지나가고 있었다.

"아아하!"

하품을 크게 하면서 그녀는 그들이 있는 곳까지 다가왔다. 그리고 마지막으로 켜져 있는 등을 끄고는 아래로 내려갔다. 그때까지 그는 그녀를 품에 안고 있었고 서로의 거친 심장이 마주하고 있었다.

탁탁탁!

아주머니가 계단을 내려가고 있는 소리가 들리자 그는 다시 그녀의 입술을 머금었다. 그리고 그녀의 목선을 따라 자신의 입술을 내리고 있었다. 멈출 수가 없었다. 아니, 멈추고 싶지 않았다.

이렇게 자극적인 느낌은 처음이었다. 여자를 이렇게 강하게 원한 것도 처음이었다. 그의 페니스가 빨리 그녀의 안으로 들어가 달라고 그에게 애원을 하고 있었다.

"으으음."

그녀는 별말 없이 그의 키스를 받아들였다. 아니, 그가 입술을 막고 있어서 말을 할 수가 없었을지도 몰랐다. 하지만 지금 그의 입술은 그녀의 목을 타고 내려와 쇄골에 가 있었다.

"으으음, 그만해요."

그녀의 그만하라는 소리는 욕망에 짓눌려 있었다. 마침내 그가 그녀의 가슴을 빨아들이자 그녀의 입에서 거친 신음 소리가 터져 나왔다. 단단한 유두가 그의 혀를 자극하고 있었다. 달빛이 그녀의 황홀한 유두를 비추고 있었다.

그 모습이 어찌나 에로틱한지 그의 페니스에 고통이 몰려들고 있었다.

"으으윽."

그는 억눌린 신음 소리를 내뱉으며 그녀의 유두를 연신 빨아들였다.

"아아앙."

그녀의 입에서도 흐느끼는 소리가 들렸다. 강한 쾌감이 어떤 건지 수호는 오늘 처음으로 느꼈다. 그동안 그가 한 키스는 아무것도 아니었었다. 만지는 것만으로도 이렇게 벅찬데 그녀의 안에 들어간다면 얼마나 황홀할지 그는 기대가 되었다.

그녀의 슬립 치마를 조금씩 걷어 올렸다. 그녀의 유두를 빨고 있어서 그녀는 그가 자신의 치마를 올리고 팬티를 손으로 감싸고 있다는 것도 모르는 것 같았다. 따뜻한 그녀의 여성을 손으로 감싸자 그는 또 한 번 페니스의 압박을 느꼈다.

"으윽."

이제는 더 이상 참을 수 없는 고통이 몰아치고 있었다.

"어디로 갈까?"

"……"

그는 김 기자의 얼굴을 다시 양손으로 감싼 채 차오르는 숨을 참고 물었다.

"……"

그녀는 욕망으로 젖은 눈빛을 하고는 그를 그저 바라볼 뿐이었다. 그는 그녀를 안아 올렸다.

"내 방으로 가지. 오늘 널 갖지 못한다면 난 미칠 것 같아."

"……"

그녀는 그의 품에 안겨 그의 목에 팔을 감을 뿐 아무런 말을 하지 않았다. 그가 거의 뛰듯이 그녀를 안아 들고 자신의 방 안으로 들어가서 침대 위에 그녀를 놓았다.

"조금 거칠지 몰라."

그는 이렇게 말을 하고는 자신의 바지를 단번에 벗어버렸다. 그의 페니스가 그 위용을 드러내자 김 기자의 눈이 커다랗게 변해 있었다.

"난……."

그녀가 뭐라고 말하기도 전에 그가 그녀의 몸 위로 올라와 입술을 삼켜 버렸다.

쫘악!

그녀의 검은 슬립은 그녀의 몸에 걸쳐진 지 얼마 안 돼서 둘로 찢어져 버렸다.

"어머!"

그녀가 그의 거친 행동에 놀랐는지 자신의 몸을 손으로 가렸다.

"오늘은 천천히 하기 힘들어. 이건 다 김 기자 때문이야."

그는 이렇게 말을 하면서 그녀의 가슴에 입을 맞추었다. 그리고 손을 뻗어 그녀의 여성을 어루만지기 시작했다.

"으으윽, 이상해요. 그만해요."

그녀가 몸을 비틀었다.

"세상에서 가장 나쁜 여자군. 남자를 이렇게 흥분하게 만들고 그만하라니, 안 될 말이지."

그가 손가락으로 그녀의 여성을 가르고 질 안으로 밀어 넣었다.

"아앙."

그녀의 촉촉이 젖은 질 안에서 그는 손가락을 움직여 질 벽을 긁어대기 시작했다. 욕망으로 젖은 그녀의 질 안은 홍수가 난 듯이 애액으로 젖어 있었다. 미끈거리는 욕망의 흔적들이 그를 미치게 만들고 있었다.

더 이상 참을 수 없을 지경에 이르자 그는 그녀의 다리를 벌리고는 그 위에 자리를 잡았다. 그리고 단 한 번의 동작으로 그녀의 질에 자신의 페니스를 박았다. 하지만 그의 뜻대로 그녀에게 쉽게 들어갈 수가 없었다.

"으윽."

이번에는 그에게도 상당한 쾌락의 고통이 밀려왔다.

"힘 빼."

그는 그녀에게 이렇게 말을 하고는 다시 한 번 힘차게 그의 페니스를 밀어 넣었다.

"으으악!"

고통의 소리가 커지자 그가 그녀의 입을 자신의 입으로 막았다. 밑에 층까지 그들의 신음 소리가 들릴 것 같았기 때문이었다. 그녀의 조임은 정말 끝내줬다. 상상했던 것 이상으로 타이트하게 그의 페니스를 조이고 있었다.

"윽!"

그도 모르게 신음 소리가 났다. 밑에서부터 전해지는 쾌감에 그는 미칠 것 같았다. 그녀의 질에서 작은 경련이 일었다. 그리고 그녀가 흐느끼기 시작했다.

"아파."

그녀의 몸이 떨리자 그는 몸을 들어 달빛에 비치는 그녀의 얼굴을 보았다. 몹시도 고통스러운 표정이었다. 마치 처음인 것처럼 말이다. 순간 그는 그녀와 그가 연결이 되어 있는 곳을 쳐다보았다.

처음을 알려주는 핏기가 그들 사이에 있었다. 처녀막이 터진 것이었다. 그의 일생에서 처음으로 그는 처녀와 관계를 가졌다. 그는 당황스러움과 기쁨이 뒤섞인 아주 복잡한 감정이었다.

"처음인가?"

그가 여전히 자신의 페니스를 그녀의 질에 남겨둔 채로 물었다. 그녀는 대답 대신에 고개를 끄덕였다.

"왜 말하지 않았지?"

"말할 시간을 주기나 했어요?"

그녀가 그를 똑바로 쳐다보며 말했다. 그건 그녀의 말이 맞았다. 하지만 왜 이토록 매력적인 여자가 남자 경험이 없다는 게 믿어지지가 않았다. 그의 페니스는 그의 이성이 뭐라고 생각을 하든지 말든지 격하게 그녀 안에서 움직이기를 바라고 있었다.

"왜 처음이지?"

"처음인 여자가 싫은 건 알겠는데 내가 처음이든 말든 그건 당신이 상관할 바가 아니에요."

그녀가 몸을 빼려 하자 그의 페니스에 자극이 왔다. 그가 그런 그녀의 어깨를 눌렀다.

"아파요."

"아프기만 하진 않을 거야."

"뭐라고요?"

그가 허리를 움직이기 시작했다.

"이건 김 기자가 시작한 일이야."

"아흐, 내가 언제 시작했다고 그래요."

"블랙 슬립 차림으로 내 정신을 혼미하게 만들었어."

"아니에요."

그녀가 그의 가슴을 밀어내며 말했다.

"그리고 우리는 술자리에서 키스를 하지 말았어야 했어."

그날 술 배틀에 키스를 걸면 안 되는 것이었다. 그는 그녀의 몸에서 자신이 헤어 나오지 못할 것이라는 불길한 예감이 들었다. 그 예감이 불길한 이유는 그의 예감은 한 번도 틀린 적이 없기 때문이었다.

"그 키스가 그렇게 기분이 나빴나요?"

"아니, 영혼을 빼앗길 만큼 좋았어."

"……."

그녀가 충격을 받은 눈으로 그를 올려다보았다.

"나도 충격을 받긴 했어. 요물과 같이 키스를 했다고 생각했는데 처녀였다니 말이야."

그가 허리를 튕기자 그녀의 입에서 신음 소리가 터져 나왔다.

"언제나 이렇게 아픈가요?"

"아니, 하면 할수록 좋아지지. 미쳐 버릴 만큼."

"작가님은 지금 미칠 만큼 좋은가요?"

"응."

그는 더 이상 말을 할 수 없을 정도로 쾌감의 끝을 향해 달리고 있었다. 김 기자의 얼굴이 고통스러움에서 환희의 표정으로 점점 바뀌어가고 있었다. 그는 자신과 그녀의 쾌락을 위해 점차 속도를 높이고 있었다.

아까 운동할 때보다 더 많은 땀이 그의 조각 같은 몸 위로 흐르고 있었다. 그녀를 볼 때마다 지금 이 쾌락적인 장면이 생각이 날 것 같았다. 그녀의 곱슬머리가 침대에 펼쳐져 있었고 쾌락에 몸을 뒤틀고 있는 김 기자의 비너스 같은 몸매가 그의 뇌리에 박혀 버렸다.

"요물이야."

"아흐, 누가요?"

"김 기자."

"처녀에게 할 소리는 아닌 것 같군요."

그녀는 이렇게 말을 하면서 그를 살짝 흘겨보았다. 매력적인 여자였다. 모든 걸 걸 만큼의 아주 매혹적인 여자였다. 그리고 그와의 섹스를 위해 태어난 것처럼 그녀의 모든 것이 그에게 딱 들어맞았다.

"헉헉헉, 이제 끝을 내야 할 것 같아."

그는 마지막으로 속도를 높이고는 그녀의 배 위에 자신의 분신들을 쏟아냈다.

"아아악."

그녀 또한 그와 함께 절정을 맞이했다. 그의 이마에서 땀이 흘러 그녀의 얼굴에 떨어졌다. 그는 그것을 손으로 다정하게 닦아주었다. 그리고 그녀를 안아 들고는 자신의 욕실로 향했다.

"여기서 샤워를 하면 다 들리는 거 알아요?"

"알아, 내내 김 기자가 어떻게 샤워를 할까? 생각했지."

"변태예요?"

"물이 가슴 위를 타고 흘러서 배꼽을 지나 검은 숲을 적시고 있겠다는 생각을 하면서 그쪽으로 넘어가지 않으려고 애를 썼지."

"솔직하시네요."

차가운 물줄기를 맞고 있었지만 그들의 열기를 식힐 수는 없었다. 그의 페니스가 미친 것처럼 다시 단단해지기 시작했다. 여자와의 섹스가 이렇게 흥분되는 것인지 그는 처음으로 느끼고 있었다.

그가 그녀의 가슴을 손으로 잡았다.

"신이 만든 작품 중에 가장 훌륭한 것 같아."

그렇게 말을 하면서 그는 그녀의 입술을 찾았다. 평생 이렇게 그녀와 키스를 한다고 해도 질리지 않을 것 같았다. 이렇게 갑작스럽게 여인에게 빠진 적이 한 번도 없는 그였다.

"으으음."

그녀의 신음 소리가 그를 미치게 만들었다. 입안 깊숙이 혀를 집어넣으며 그는 생각했다. 이러다가 미칠 것 같다고 말이다. 그는 그녀와 키스한 채로 그대로 그녀를 들어 올렸다. 그녀의 탄력 있는 엉덩이가 그의 손에 딱 들어맞았다. 그리고 다른 생각을 할 여유도 없이 한 번의 동작으로 그녀의 질 안에 자신의 페니스를 밀어 넣었다.

좁은 입구로 들어가는 쾌감이 그를 사로잡았다.

"으윽!"

"아흐."

그녀의 쾌락에 찬 신음 소리가 그의 귓가를 울렸다. 조금 전보다는 덜 아픈 모양이었다. 그가 그녀를 단단히 안고는 허리를 움직이기 시작했다. 그녀도 떨어지지 않으려 그의 목에 팔을 꽉 감았다. 그녀의 볼륨감 넘치는 가슴이 그의 가슴을 위아래로 오르락내리락하며 자극을 하고 있었다.

욕망으로 인해 그녀의 유두가 단단해져서 그의 가슴에 박힐 듯이 닿자 그는 또 다른 흥분을 느꼈다. 참을 수가 없었다.

퍽퍽퍽!

물소리와 그들의 살 부딪치는 소리가 욕실 가득 강하게 울리고 있었다.

"아아앙."

"미치겠군."

그녀의 신음 소리가 그의 페니스를 자극하고 있는 것 같았다. 그녀 안에서 그 크기가 더 커지고 있었다. 샤워기의 물도 끄지 않은 채로 그들은 그렇게 한참을 엉켜 있었다.

"헉헉헉."

그의 숨이 턱까지 차올랐지만 그녀의 안에 있는 페니스를 빼고 싶지 않았다. 아니, 그녀의 질이 그의 페니스를 잡고 놓아주지 않고 있었다.

"아아아."

그의 입에서 저도 모르게 거친 호흡과 함께 신음 소리가 흘러나왔다. 어쩌면 이렇게도 조이는지 그는 짜릿한 쾌감이 어떤 것인지 오늘에서야 경험을 했다. 그전에 했던 경험들은 섹스라고 할 수도 없었다.

그는 그녀가 그에게서 떨어지지 않으려 그의 목에 팔을 감고 그의 허리에 다리를 감고 있는 게 너무나 사랑스러웠다. 욕망을 이제 안 그녀였다. 하지만 적응을 너무나 잘하고 있었다.

그가 잠시 피스톤 운동을 멈추고 가만히 있자 불안했는지 말자가 그에게 물었다.

"내가 뭐 잘못했어요?"

"아니, 너무 잘하고 있어. 조금 더 움직이면 끝내야 할 것 같아서."

"몰라요."

그녀의 말에 다시 흥분한 그가 거칠게 허리를 움직이기 시작했다. 잠시 후 안 움직이냐고 묻던 김 기자도 녹초가 되었는지 그의 어깨에 그대로 매달려 있었다. 섹스를 처음으로 한 그녀를 너무 몰아붙인 것 같아서 그는 김 기자를 꼭 안아주었다. 자신의 분신들은 타일 바닥에 그대로 쏟아져 물과 함께 사라졌다.

그는 그녀를 꼭 끌어안아 들고는 욕실에서 나와 커다란 타월로 몸을 닦아주었다.

"방으로 돌아갈게요."

김 기자가 얼굴을 붉히며 말했다.

"자고 가."

"아니에요. 아침에 아주머니들도 볼 수 있으니까 그냥 갈게요."

그녀는 자신이 찢은 슬립을 챙겨 들고는 타월을 두른 채 그의 눈앞에서 사라졌다.

그녀가 사라진 방문을 멍하게 바라보고 있는 수호는 이게 꿈인지 생신지 구분을 할 수가 없었다. 꿈이었다면 깨지 말았으면 좋겠다는 생각이 들 정도였다. 내일부터는 그녀와 같은 공간에 있어야 하는데 걱정이었다.

"가만히 둘 수 있을까?"

그는 헛웃음을 지으면서 고개를 흔들었다. 아무래도 당분간은

'앤티크'에서 행복한 고통의 시간을 보낼 것 같았다. 그는 자신의 침대에 누워 매트의 냄새를 맡았다. 아직 김 기자의 체취가 그대로 남아 있었다.

그는 침대에 엎드린 채로 그렇게 기분 좋은 잠을 청했다.

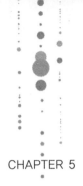

CHAPTER 5

며칠 만에 인사동 집으로 향하는 말자였다. 당분간은 성북동 국회장의 집에서 지내야 할 것 같아서 그녀는 오늘은 새벽같이 일어나서 먼저 나왔다.

집에서 나온 그녀는 처음으로 그녀를 지키고 있던 경호원들을 보았고 그중 한 사람의 차로 이곳까지 오게 되었다. 며칠 사이에 많은 것이 달라져 있었다. 차 안에서 그녀는 경호원에게 물었다.

"왜 그렇게 많은 인원이 절 지키는 건가요?"

"적은 인원입니다."

"10명이요?"

"교대도 해야 하니까 10명이 다 지키지는 않습니다."

하긴 그들은 돈을 받고 지키라면 지키는 것이었다.

"사설 경호업체인가요? 제가 아는 분들도 하시는데."

기자란 직업상 그녀는 다른 사람에게 질문이 많았다. 그런 데다가 그녀는 특히 좀 심했다.

"아닙니다. 저희는 국 회장님을 모시는 사람들입니다."

올백으로 머리를 넘기고 검은 양복을 입은 그들은 모두가 같은 공장에서 나온 듯이 비슷하게 생긴 사이보그들 같았다. 지금 그녀와 얘기하는 사람도 그리고 운전을 하는 사람도 그녀의 옆에 앉아 있는 사람도 모두가 비슷하게 생겨서 놀라울 따름이었다.

"네? 사설 업체가 아니고요?"

"네, 국 회장님께서 직접 저희들을 고용하신 겁니다."

"그럼, 다 집에서 묵으시는 건가요? 몇 명이요?"

"저희의 숙소는 별채에 있습니다."

성북동의 본가에는 수십 명의 경호원들과 일하는 분들이 계셨던 것이었다.

"언제부터 경호원을 쓰셨는지 알 수 있을까요?"

"아드님이 돌아가시고 난 후부터인 걸로 알고 있습니다."

생각보다 소상하게 말해주었다. 당사자이기 때문에 말해주는 것 같았다. 아들이 죽은 이후로 국 회장은 손자와 자신을 지키기 위해 아예 경호 인력을 고용한 것 같았다.

"그럼 다들 오래 근무하셨겠네요?"

"네, 가장 최근에 들어온 막내가 5년이 되었으니까요."

"저만 경호를 받고 있는 게 아닌가 봐요?"

"네, 나머지 5명의 인원은 인사동에 갈 예정입니다. 국 회장님과 도련님을 경호하기 위해서입니다."

"저는 10명인데 왜 그분들은……."

"5명은 미국에서 도련님을 지키던 팀이고 저희는 국 회장님을 지키던 팀입니다."

그녀는 고개를 끄덕이며 창밖을 보았다. 국 회장이 그녀에게 얼마나 신경을 써주었는지 알 것 같았다. 그리고 국 작가의 얼굴이 떠올랐다.

사실 오늘 아침에 얼굴을 마주하기 힘들어서 그녀가 먼저 집을 나온 것이었다. 어제 무슨 정신으로 그 남자에게 안겼는지 말자는 알 수가 없었다.

뭔가 그와 함께 있으면 자꾸만 홀리는 느낌이 들었다. 그리고 오기가 생겼다. 이기고 싶었다. 아니, 차지하고 싶다는 생각이 들었었다.

그래서 그의 말에 발끈해서 그와 함께 밤을 보낸 것이었다. 하지만 그에게 끌리는 건 사실이었다. 아무런 감정 없이 그와 섹스를 한 건 아니니까 말이다.

말자는 머리를 흔들며 정신을 차리려고 애를 썼다. 이제 더 이상 끌려 다녀서는 안 되는 일이었다.

이렇게 멍하게 생각을 하는 동안 그녀는 인사동에 있는 그녀의 빌라 앞에 도착했다.

"출근 시간에 맞춰서 나올게요. 잠깐만 기다려 주세요."

그녀는 이렇게 말을 하고는 빌라 안으로 들어섰다. 시계는 7시를 가리키고 있었다.

"할매!"

아직 가게로 나갈 시간이 아니어서 그녀는 큰소리로 할매를 부르며 집 안으로 들어갔다. 할매가 아직 집 안을 다 치우지 못해 집이 좀 어수선 했다. 얼마나 그걸 찾으려고 집 안을 쑤셔놨는지 아직도 집 안이 엉망이었다.

"밥은 먹은 거야?"

화장실에서 할매가 씻고 나왔다.

"깜짝이야, 할매는 왔으면 왔다고 인기척을 해야지."

"네가 먼저 온다고 알려야 하는 거 아냐?"

"하긴."

할매를 보며 어린아이처럼 매달린 말자였다. 말은 무뚝뚝하게 하지만 할매는 그 누구보다 말자에게 다정한 사람이었다.

"무슨 일인지 진짜 얘기 안 할 거야?"

"나중에 할게. 그리고 나 옷 좀 챙기려고 왔어. 국 회장님 집에서 좀 오래 지내야 할 것 같아."

"안 불편해?"

"할매 없는 것 빼고는 다 괜찮아."

그녀가 할매를 꼭 끌어안았다. 닭살스러운 걸 정말 싫어하는 분이었지만 오늘은 받아주셨다.

"밥 먹고 가."

짐을 쌀 동안 할매가 오랜만에 아침상을 차려주었다. 모처럼 다정하게 식탁에 앉은 할매와 말자였다.

"할매, 여기에 아주 오래된 열쇠장이는 없나?"

"열쇠는 왜?"

"아주 오래된 사람이어야 하는데⋯⋯."

"한 분 계시지. 지금은 그 손자가 하고 있고."

"오래된 열쇠에 대해 물어보면 알려주실까?"

"모르긴 몰라도 그분은 자기가 최곤 줄 알아서 모르는 거라면 자기가 공부해서라도 알려줄걸."

말자는 할매에게 그 위치를 대충 듣고는 알았다고 고개를 끄덕였다. 밥 한 그릇을 뚝딱하고는 그녀는 여행가방 하나를 들고 출근을 했다. 생각보다 일찍 도착한 그녀는 회장이 올 때까지 차 앞에서 경호원들과 대기하고 있었다.

이런 생활이 익숙하지는 않지만 아들을 잃은 국 회장은 충분히 그녀를 위해 이런 경호를 생각할 수 있었다.

"저기 한 가지 더 묻고 싶은 게 있는데 혹시 저도 경호를 하셨나요?"

그가 소리 없이 미소를 지었다.

"아가씨의 경호도 맡았습니다. 어떻게 알아보십니까? 마주친 적이 없는데."

"저도 딱 마주친 기억이 없어서 아는 체를 못했는데 낯이 익다는 생각이 들어서요."

"네, 집은 아니었어도 24시간 항상 붙어다녔습니다."

이 사람이 뭐라는 건지. 그러니까 이 낯익음은 그가 그녀를 어릴 때부터 경호를 했기 때문이라는 건가?

"제가 경호의 대상이었다는 건가요?"

"네, 마 매니저님과 사고가 나던 날 저희도 그 자리에 있었습니다. 손쓸 경황 없이 벌어진 일이라서 놀라긴 했지만 그런 테러가 여러 번 있었고 그걸 저희들이 거의 다 아가씨 모르시게 막아낸 겁니다."

너무 놀라서 입이 딱 벌어졌다. 경호원에게 뭔가를 물어보려고 할 때 국 회장의 차가 '앤티크' 앞에 섰다. 그리고 그 안에서는 국 회장이 아닌 국 작가만 나왔다. 그가 평소의 차가운 얼굴로 그녀를 쳐다보았다.

"안 들어갈 건가?"

"갑니다."

오늘부터 어쨌든 그의 비서였다. 아무것도 모르는 비서이긴 했지만 그 누구보다 눈치 빠르게 배울 자신은 있었다. 그가 찬찬히 그녀를 위아래로 훑어보았다. 그가 꼬투리를 잡으려고 해도 잡을 수 없을 것이다.

왜냐면 오늘은 그가 사준 옷으로 풀 장착을 하고 왔기 때문이었다. 흰색 반팔 블라우스에 짙은 하늘색 치마에 짙은 청색 구두까지 신고 거기에 머리는 스프레이를 마구 뿌려서 고정을 한 올림머리까지 했다.

원래 잘 못 꾸미는 성격이라 화장은 그냥 비비크림에 피치 계열의 립스틱만 살짝 발랐다.

거기에 평소에는 끼지 않는 렌즈까지 끼고 나와서 청바지 차림의 김 기자의 모습이 아니었다. 평소에 즐겨 입는 헐렁한 옷이 아닌 완벽하게 몸매가 드러나는 옷이라서 신경이 쓰이긴 했지만 완벽하다고 자신할 수 있었다.

그의 감탄 어린 시선을 은근히 기대했지만 그의 표정은 싸늘하기만 했다.

"뭐, 내가 안 예쁜 건 인정하지."

그녀는 작은 소리로 이렇게 말을 하고는 그의 뒤를 따라 안으로 들어갔다. 매장 안에는 매니저로 보이는 나이 든 남자가 먼저 나와 있었다. 마 매니저가 병원에 있는 관계로 그를 대신할 사람 같았다. 할매의 떡볶이집이 같은 건물에 있어서 웬만한 오래된 직원들은 얼굴 정도는 다 알았지만 이 사람은 처음 보았다.

"안녕하십니까?"

그가 정중하게 인사를 하자 말자도 자동적으로 고개가 숙여졌다.

"안녕하십니까. 김말자입니다. 오늘부터 사장님의 비서로 이곳에 오게 되었습니다. 처음이라서 모르는 것이 많으니 많은 가르침 부탁드립니다."

그녀의 말에 그가 흐뭇한 미소를 지었다.

"저도 잘 부탁합니다. 저는 김동수 매니저입니다. 저는 마 총괄 매니저님을 대신할 부총괄 매니저입니다."

그는 완벽하게 백발에 고급 슈트를 입고 있었다. 중후함이 철철 넘치는 사람이었다.

"주로 외부에서 작품을 매입하기 때문에 저도 매장에는 익숙하지 않습니다. 서로 노력을 많이 해야 할 것 같습니다."

그는 이렇게 국 작가를 보고 이야기를 했다.

"매장의 운영에 관한 관련 서류를 가지고 제 방으로 와주셨으면 합니다."

"네, 알겠습니다."

국 작가는 이렇게 말을 하고 2층의 자신의 방으로 갔다.

"안 따라올 건가?"

"아뇨, 갑니다."

그녀는 서둘러 그의 뒤를 따랐다. 이곳에서는 그가 그녀의 보스인 것이다.

2층의 사무실은 갤러리 같은 분위기였다. 원래 회장이 쓰던 곳을 그가 임시로 쓰기로 한 상태였다. 그래서인지 방 안의 분위기가 굉장히 무거웠다. 비서실은 다행히 그의 사무실 바로 앞에 있었다. 국 회장이 일을 보지 않은 지 오래되어 비서는 없었고 비서의 일은 그간 마 매니저가 본 것 같았다.

"갑작스럽게 결정이 되어서 오늘 김 비서의 자리는 준비해 줄 거야."

"네."

그녀도 알고 있었다. 하지만 이렇게 세심하게 배려해 주는 걸 보면 그에게는 야성적인 면과 냉정함만이 공존하는 게 아니라 따뜻한 면도 있다는 걸 느낄 수 있었다. 아주 미약하지만 말이다.

책상 위에 컴퓨터가 다행히 있어서 그녀는 업무라는 걸 준비할 수 있었다. 오랜 기자 생활을 통해 어디에서나 사람들과 말을 하는 건 편했다.

하지만 이곳의 매장 여직원들은 그녀를 별로 환대해 주지 않고 있었다. 그녀들의 업무와 무관한데도 텃세가 이만저만이 아니었다.

"안녕하세요?"

그녀가 먼저 만나는 사람들에게 인사를 해도 다들 그냥 인사에만 답했지 그녀에게 말을 걸어오거나 친절하게 웃어주는 사람 하나 없었다. 물론 서운하기는 했지만 어쩔 수 없는 일이었고 그녀는 3개월만 견디면 그뿐이었다.

모든 진실은 화장실에서 알게 되는 것 같았다. 드라마의 법칙이 오늘은 그녀에게 적용이 되고 있었다. 책상을 정리하고 화장실에 잠깐 들른 말자는 직원들이 왜 그녀를 그렇게 대하는지를 알게 되었다.

화장실에서 나가려는데 직원들이 들어와서 그녀에 대한 이야기를 하기 시작했다.

"떡볶이집 손녀 봤어?"

"누구?"

"할매가 그렇게 자랑을 하는 떡볶이집 손녀."

"어, 김말자 기자."

"기자는 무슨."

"왜 또."

"우리 앤티크에서 일하잖아. 사장을 꼬시려고 아주 있는 대로 명품으로 휘감고 사장 뒤만 졸졸 쫓아다니잖아."

"설마, 김말자 기자는 촌스럽기로 소문이 났는데 아까 그 여자는 예쁘던데?"

"맞다니까. 내가 김 매니저님에게 물어봤어."

"정말이야? 그런데 왜 기자가 이곳에 와서 비서를 하는 거야?"

"모르지. 진짜로 사장 꼬시려고 기자고 뭐고 팽개치고 왔을지."

"하긴 나라도 그랬을 것 같아. 우리 사장님을 꼬실 수 있는 기회가 있다면 뭘 하든 잡아야지."

"그래, 매니저님도 어떻게 구워삶았는지 나한테 잘해주라고 그러시는 거야. 기가 막혀서."

여자들은 그녀가 듣고 있다는 것도 모른 채 계속해서 그녀의 험담을 하고 있었다.

"내버려 둬라. 떡볶이집 손녀 딸내미가 성공 좀 하겠다는데."

화장을 고치는지 뭘 하는지 그들은 좀처럼 나갈 생각을 하고 있지 않았다.

"우리 국 사장님 봤어?"

"봤지. 진짜 멋있더라. 작가님으로도 좋아했는데 우리 회사의 사장이 되다니 정말 믿어지지가 않아. 사인도 받고 싶고 사진도 찍고 싶은데 안 되겠지?"

"나도 그러고 싶당."

시간이 너무 지체되는 것 같아서 말자는 그냥 화장실의 문을 열고 나왔다. 그녀의 등장에 그들은 완전히 얼음이 되어 있었다.

"손 좀 씻을게요."

세면대 앞의 여자에게 말을 하며 말자는 손을 닦았다.

"전 여기 3개월 있을 거고 여러분들이 생각하는 그런 일을 할 시간이 저에겐 없네요. 그러니 사장님께 도전해 보세요. 파이팅!"

그녀는 그들을 향해 주먹을 불끈 쥐었다.

"……."

놀란 여자들이 그녀를 멍하게 보고 있었다. 하지만 말자는 아랑곳하지 않고는 화장실에서 나왔다. 기자 생활을 하며 그녀는 산전수전 공중전까지 거친 사람이었다. 이 정도의 뒷담화는 아무것도 아니었다.

사무실로 돌아온 그녀는 사장실로 들어갔다. 노크를 하고 들어가자 그는 산더미 같은 서류에 얼굴을 묻고 있었다. 안경을 쓴 그는 굉장히 차가운 느낌이 들었다. 말도 걸기 어려울 만큼 말이다.

"시키실 일이라도……."

이런 일을 처음해서 그런지 어색했다. 하지만 할매와 시간이 날 때마다 보던 드라마에서 비서들이 이렇게 하는 것 같아서 흉내를 내본 말자였다.

"커피."

"네, 어떻게 탈까요?"

"블랙으로 머그잔 가득."

"네, 알겠습니다."

모처럼 할 일이 생긴 말자는 기쁜 마음으로 그에게 커피를 타다 주었다. 그녀가 커피를 옆에 놓는데도 그는 서류만 살피고 있었다. 어제의 뜨거웠던 남자는 사라지고 완전하게 워커홀릭이 된 국 사장만 있었다.

"저기 사장님."

그녀가 조심스레 그를 불렀다. 그가 고개를 들어 그녀를 보자 괜히 심장이 두근거렸다.

"왜?"

"저기, 잠깐 다녀올 곳이 있습니다."

"어딜?"

"그건 말씀드리기가 좀 곤란합니다."

"알았어. 다녀와."

그가 쿨하게 그녀에게 다녀오라고 했다.

"그런데 경호원들과 같이 움직여야 합니까?"

"아마도 그렇게 해야겠지."

"그건 좀……."

"그들은 결코 눈에 띄지 않을 거야."

"다른 때는 어떨지 몰라도 오늘은 검은 양복에 사이보그처럼 저러고 있는데 어떻게 눈에 안 띕니까?"

그녀는 국 사장의 말에 괜히 욱했다가 후회를 했다. 그는 그녀의 보스였다.

"아니, 그러니까……."

"싫어도 어쩔 수 없어. 최대한 눈에 띄지 말라고 할게."

그의 말에 토를 달 수가 없었다. 그녀는 사장실을 나와서 인사동에서 제일 유명한 열쇠 집을 찾았다. 새벽이 아닌 사람들이 많은 시간에 오랜만에 인사동 길을 걸었다.

이곳에서 이 열쇠에 관한 실마리를 찾을 수 있을 것 같았다. 이 열쇠가 유 의원을 궁지로 몰아넣을 수 있는 최대의 단서가 되기를 바라면서 말이다.

그녀의 편지는 국 회장에게 갔고 그 명단은 외우고 있었지만 그걸 국 회장은 공개할 뜻이 없다고 했다.

다만 국 회장은 그 친일의 자손들이 무슨 일을 못 벌이게 막겠다는 취지였고 기자인 그녀는 유 의원의 조상들의 잘못과 또 유 의원의 잘못을 만천하에 공개하는 것이 임무였다.

그것이 기자들이 말하는 정의였다. 세상에 진실을 말하는 것.

그래서 열쇠는 국 회장에게 주지 않았다. 그녀가 밝혀내서 만천하에 공개할 생각이었다. 특종의 욕심보다는 그녀를 이렇게 정직 처분까지 받게 한 유 의원과 같은 권력층들에게 경고를 날리기 위함이었다.

인사동 끝에 위치한 그곳은 열쇠집이라기보다 전각 집이었다. 문을 열고 그 안에 들어서자 수많은 전각 작품들이 매장을 가득 채우고 있었다.

"어서 오세요."

그곳의 직원이 그녀를 향해 웃으며 인사를 했다.

"사장님 좀 뵈려고요."

"네, 접니다만."

한쪽 구석에서 전각을 파고 있던 오십대 남자가 그녀에게 눈인사를 했다. 인상이 아주 좋은 남자였다.

"무슨 일이시죠?"

"안녕하십니까? 전 민국신문의 김말자 기잡니다."

그녀는 주머니에서 명함을 꺼냈다. 정직 상태였지만 그래도 사람들에게 믿음을 주기에는 기자만 한 직업도 없었다.

기자란 말에 그의 얼굴에 미소가 걸렸다. 혹시나 이곳을 취재하나 싶어서일 것이다.

"제가 이번에 열쇠에 관해 취재를 하는데 이곳에 명인이 계신다고 들었습니다만."

"우리 회장님을 말씀하시는군요."

"네, 최만석 회장님을 뵐 수 있을까요."

"그럼요. 그런데 이곳에 나오시려면……."

"제가 가겠습니다."

"그러시겠습니까? 지금 집에 계실 겁니다."

그는 집 주소와 전화번호를 주고 아주 기쁜 마음으로 최 회장에게 전화까지 넣어주는 친절함을 보여주었다. 인사동에서 그리 멀지 않은 종로에 그의 집이 있었다. 종로는 다 상가뿐인 줄 알았는데 종로 3가의 뒤편에는 오래된 집들이 있었다.

택시를 타니 금방이었다. 택시 타는 걸 경호원들은 싫어하겠지만 그녀는 이게 편했다. 그리고 경호는 그들의 문제였다.

인사동에 살면서도 이곳은 처음이었다. 오래된 한옥 안으로 들어가니 마루에 최 회장으로 보이는 사람이 앉아서 부채질을 하고 있었다.

"안녕하십니까?"

"그래, 기자라고?"

"네."

"이리 와서 앉아요. 너무 더운데 우리 집엔 보시다시피 대접할 만한 게 없어."

마루에는 시원한 오미자차와 약과가 있었다. 도시에 살면서 이런 차 대접은 처음이었다. 보통은 커피를 주시는데 차를 대접받으니 괜히 환대받는 느낌이 들어 기분이 좋았다.

오미자를 한 모금 마시며 그녀를 뚫어지게 쳐다보고 있는 최 회장에게 어색한 미소를 지었다.

"날 찾은 이유가 열쇠 때문이라고?"

"네, 이 사진을 좀 봐주십시오."

그녀는 자신의 핸드폰에 찍힌 사진을 그에게 보여주었다. 온화한 표정이던 그의 미간이 순식간에 잡혔다가 언제 그랬냐는 듯이 다시 평온한 표정으로 돌아왔다. 뭔가를 아는 것 같았다.

"글쎄, 왜 묻는 거지?"

"제가 근대사에 우리나라의 열쇠에 관한 취재를 하고 있습니다. 사라지는 우리의 문화와 관련이 있어서요. 이 열쇠가 주로 어디에 쓰이던 물건인지 알고 싶습니다."

"실물을 가지고 있나?"

"제 것은 아니지만 있습니다."

그를 완전히 믿을 수는 없었지만 빨리 알아보는 방법은 이것뿐이었다.

"그래?"

최 회장의 표정이 복잡해지고 있었다.

"제가 알고 싶은 건 열쇠가 언제쯤 만들어진 것이며 무슨 용도로 제작이 되었느냐입니다."

"……."

"어르신이 알고 계신 것 다 압니다. 힌트라도 주시면 감사하겠습니다. 절대로 누가 되는 일은 하지 않겠습니다."

"……."

그가 대문을 바라보며 부채질을 하기 시작했다. 말자도 목이 타서 오미자차를 한 번에 마셔 버렸다.

"혹시 어르신께서 이 열쇠를 만드셨습니까?"

"아니."

그녀의 말이 떨어지기가 무섭게 말을 자르셨다. 뭐가 그리 그를 힘들게 하는지 아니면 날씨 때문인지 그의 이마에 땀이 흘러내렸다.

"난 모르는 일이네."

"회장님, 이건 회장님만이 풀 수 있으십니다. 그 어떤 훌륭한 열쇠장이도 이 열쇠에 관해 알지 못하지 않습니까."

회장의 능력이 최고라고 치켜세우며 그녀는 최 회장의 눈치를 살폈다.

"저의 할머니는 인사동의 할매 떡볶이집의 사장님이신데 제가 열쇠에 관해 최고인 분을 소개해 달라고 하자 최 회장님을 단번에 추천해 주셨습니다. 회장님께서는 열쇠에 관한 한 모르는 게 없으실 거라며……."

"……."

여전히 최 회장은 부채질만 할 뿐 말이 없었다.

"잘못 찾아왔나 봅니다. 다른 분을 섭외해야겠네요."

그녀가 그의 눈치를 살피며 자리에서 일어나는 척했다. 할매가 분명히 최고라는 소리를 좋아한다고 했었다. 그러면 약발이 먹혀야 하는데 도통 최 회장은 움직일 생각을 하지 않고 있었다.

"앉아."

드디어 그가 미끼를 물었다.

"그건 진짜로 내가 만든 물건이 아니야. 그건 우리 아버지께서 만드신 열쇠고 걸작 중의 걸작이지. 모든 게 놋쇠로 제작이 되었고, 6개 중의 하나야. 가장 작은 열쇠지."

"무슨 용도였나요? 예를 들어 창고나 집 열쇠? 아니면 보석함의 열쇠?"

"커다란 뒤주의 5개의 자물쇠와 열쇠를 만드셨고 작은 열쇠 하나는 그 뒤주의 열쇠를 보관하는 쇠로 된 상자의 열쇠로 총 6개야. 그러니까 이건 열쇠 상자의 열쇠인 셈이지."

"혹시 그걸 누가 주문했는지 아십니까?"

"알지."

그가 알고 있었다. 이름만이라도 안다면 실마리를 잡을 수 있을 것 같았다.

"누굽니까?"

"유필봉, 그 당시에는 우리나라에서 가장 부자인 만석꾼이었지. 아주 부자란 것만 알고 다른 건 몰라."

"그 사람이 왜 이것을 만들었을까요?"

"……."

"어르신."

"우리 아버지가 당시에 연세가 많으셔서 이게 아버지의 마지막 작품과도 같은 거라 내가 기억하지. 아버지는 이 열쇠를 만들고 후회를 하셨어."

"왜요?"

"일본에게 나라를 팔아먹은 놈들과 연관이 있다는 말만 하셨어. 그리고 자신이 부끄러운 일을 하셨다며 그 후로 아무것도 만들지 않으셨어. 그리고 얼마 안 있다가 돌아가셨지. 돌아가시는 순간까지 후회하셨으니까. 나도 잊을 수 없는 물건이지."

"직접 본 적은 있으신가요?"

"하도 어릴 적이라서."

"그런데 어떻게 아셨죠?"

"전목."

열쇠에 쓰여 있는 글자를 그가 알고 있었다.

"밭 전 자에 나무 목 자가 우리 아버지 존함이시고 값비싼 열쇠를 만드시면 반드시 쓰셨어."

"그럼 숫자는 뭐죠?"

"그 숫자는 아버지가 적은 게 아니야. 그건 따로 새긴 것이지. 아버지는 숫자는 적지 않으셔."

최 회장의 말이 많은 도움이 되었다.

"감사합니다."

"내가 도움이 되었다니 다행이야."

"많은 도움이 되었습니다."

"그런데 기자양반, 이 내용은 기사로 쓰지 말게. 왜냐면 마치 우리 아버지가 친일파가 된 것 같은 느낌이 드니까."

"참고만 하겠습니다."

그가 자리에서 일어나 안방으로 들어가더니 한참 만에 뭔가를 들고 나왔다. 그리고 그 물건을 그녀에게 건넸다.

"그 열쇠 보관함은 내가 너무나 마음에 들어서 똑같이 만들었던 걸세. 물론 아버지의 솜씨가 더 훌륭했지만 말이야. 이렇게 생긴 거야."

정사각형의 묵직한 열쇠함이었다. 쇠로 만들어졌고 겉에는 경회루 문양이 섬세하게 조각이 된 상자였다.

"이건 경회루죠?"

"알아보는군."

"정말 고급스러운데요. 옛날에 이런 작품을 만드셨다니 아버님도 대단하시고 회장님도 대단하세요."

"알아주니 고맙군."

"혹시 사진 한 장 찍어도 될까요?"

혹시나 안 된다고 할까 봐 말자는 있는 대로 그의 작품을 칭찬했다.

"물론."

그녀는 열쇠함을 사방에서 찍었다. 반드시 단서가 있을 것 같았다.

"감사합니다."

그녀는 최 회장에게 밖에 나와서까지 인사를 드렸다.

이렇게 오전 시간을 보내고 나니 점심시간이었다. 그녀는 할머니 집에 들러 떡볶이와 순대를 먹고는 서둘러 '앤티크'로 돌아갔다. 기분이 특종을 잡은 날보다도 좋았다.

사무실로 들어가자 누군가 그녀의 책상에 앉아 있었다. 놀란 말자는 덩치가 커다란 남자를 유심히 쳐다보았다. 남자는 그녀가 들어온 줄도 모르고 그녀의 책상에 앉아서 컴퓨터를 만지고 있었다.

"누구십니까?"

그녀가 따지듯이 묻자 남자가 고개를 들었다.

"아, 안녕하세요? 전 마이클의 매니저입니다."

약간 혀가 꼬부라진 소리를 하는 걸 보니 미국물 좀 먹은 사람 같았다. 청바지에 흰색 티를 입고 흰색 야구모자를 쓴 그는 아주 커다란 덩치의 소유자였다. 매니저라기보다는 보디가드 같은 느낌이었다.

"그건 좋은데 왜 제 책상에 앉아 있으신 건지?"

"마이클이 컴퓨터를 좀 손봐야 한다고 해서 제가 좀 만지고 있었는데……."

그가 그녀의 눈치를 보며 국 사장의 사무실을 쳐다보았다. 그때였다. 소란한 소리에 국 사장이 사무실에서 나왔다.

"다녀왔습니다."

그녀가 고개를 숙여 인사했다.

"그래. 이쪽은 미국에서부터 줄곧 내 매니저였던 필립 박. 이쪽은 내가 말했던 김말자 기자님이고 당분간은 내 비서로 근무하기로 했으니까 서로 인사하고."

둘은 어색하게 인사를 나누었다.

"필립의 책상은 곧 올 거고 당분간은 둘이 같이 근무를 해야 할 것 같아. 아참, 김 비서 책상의 컴퓨터를 좀 봐달라고 부탁했으니까 확인해 봐."

"네."

그는 이렇게 말을 하고는 다시 자신의 사무실로 들어갔다. 필립과 그녀는 둘만 아주 어색하게 남겨졌다.

"필립 박 씨도……."

"필립이라고 부르세요."

"필립도 여기서 일해요?"

"네, 마이클이 한국에 있어야 할 상황이니까 저도 따라온 거죠."

"글은 계속 쓰신대요?"

"네, 그럴 겁니다. 글 쓰는 게 천직인 사람이거든요. 그가 글을 안 쓰면 독자들이 많이 슬퍼할 겁니다."

필립은 국 사장을 우상시 하는 것 같았다.

"기자시면 글 잘 쓰시겠네요?"

"뭐 좀……."

"그러면 피비린내가 난무하는 사이코패스 소설 같은 거 써보실 의향은 없으십니까?"

그가 덩치에 맞지 않게 두 손을 모아 쥐고는 그녀에게 말했다.

"아, 아뇨."

"왜요? 그런 류의 사건들은 기자들이 잘 알 텐데……."

"전 사회부가 아닌 정치부 기잡니다."

"그럼, 정치인들의 비열함을 그린 소설은 어떤가요?"

"필립, 저는 아직 글을 쓸 생각이 없어요. 나중에 좀 시간이 되면 그때는 모를까."

그가 갑자기 명함을 그녀에게 건넸다.

"그때가 언제더라도 절 찾아주십시오. 왠지 김말자 씨에게서는 베스트셀러의 향기가 납니다. 이건 제 촉이죠."

"네, 감사합니다."

말자는 가지고 온 자신의 노트북을 꺼내 책상 위에 놓았다. 회사 컴퓨터로 개인의 일을 하기는 위험했다.

그리고 필립의 책상이 들어오고 필립이 정신없이 책상 정리를 할 동안 그녀는 아까 찍어온 열쇠함의 사진을 컴퓨터로 옮기고 크게 확대해서 그 전체를 살펴보기 시작했다.

말자는 어느덧 화면 속의 사진에 빠져들었다.

"어쩜 이렇게 정교할까?"

경회루의 모습은 진짜와 같았다. 쇠로 만들어진 상자의 문양은 꼭 동전에 그려진 모습과 같았지만 다른 점이 있다면 동전은 찍어냈지만 이건 마치 쇠를 조각해서 붙여놓은 것 같았다. 상자 모서리의 경첩들도…….

그녀의 시선이 경첩에 머물렀다. 경첩 네 모퉁이에 숫자가 하나씩 쓰여 있었다.

"1869?"

이건 486917이라는 숫자 중에 하나씩이었다. 그러면 나머지 4와 7은 어디에 있는 것일까? 그녀는 사진을 확대해서 보았다. 그리고 상자에서 4와 7을 찾았다. 밭 전 자와 비슷했지만 그건 한자로 4였고 나무 목과 비슷했지만 한자로 7이었다. 4와 7은 상자의 위아래에 있었다.

"뭘까?"

점점 미궁 속으로 빠져들었다.

"그냥 문양일까?"

그건 아닌 것 같았다.

"미스터리 스릴러인가요?"

갑자기 그녀의 뒤에서 필립의 목소리가 들렸다.

"뭐 하시는 거예요!"

깜짝 놀란 말자가 소리를 쳤다.

"아니, 그게 아니라 왜 그림을 거꾸로 보고 계시는지 의아해서요."

"네?"

"돌려 보는 게 맞는 거 아니에요?"

지금 그녀가 보고 있는 그림은 경회루였다. 하지만 그림을 그의 말대로 돌리자 경회루가 비춰진 연못에 경회루가 아닌 아닌 다른 건물의 모습이 보였다. 경회루가 아니었다!

비슷하게는 보이지만 거꾸로 돌리고 보면 정말 달랐다. 지붕이 경회루가 기와라면 이 건물은 그리스의 신전 같았다.

"맞죠? 저는 한국에 대해서 잘 모르지만 여긴 어디서 본 것 같은데……."

"여기가 어딜까요?"

경회루와 비슷하지도 않은 건물이었다. 완전히 다른 모습을 왜 방금 전까지 찾지 못했을까? 하긴 경첩 안에 새겨진 숫자들도 거꾸로 되어 있었다. 이건 암호일까? 도대체 무엇을 숨기기 위해 이렇게 많은 수고를 했는지 말자는 궁금했다.

그리고 그날의 기억을 떠올리려고 애를 썼다. 그러자 머리가 아프기 시작했다. 그날의 기억은 그녀에게 너무나 큰 고통이기 때문에 무의식적으로 떠올리고 싶어 하지 않는 것 같았다. 떠올릴 때마다 극심한 두통이 찾아왔다.

그녀가 그 봉투를 받게 된 그날의 기억들이 퍼즐처럼 맞추어지고 있었다. 그녀는 지금 국 사장의 아버지와 어머니의 얼굴이 떠올랐고 그중 유난히 그녀를 예뻐해 주던 국 사장의 어머니의 얼굴이 선명하게 떠올랐다.

그리고 자신도 모르게 눈물이 그녀의 뺨 위로 흘러내리고 있었다. 엄마가 없었던 그녀에게 엄마와 같은 다정한 미소를 보여준 분이었다. 그리고 항상 우리 집에 가서 살자고 할 정도로 그녀를 예뻐해 주셨던 분이었는데 20년을 넘게 잊고 살았었다.

아니, 그날의 일을 잊고 싶었던 걸지도 몰랐다.

"괜찮아요?"

필립이 그녀가 우니까 걱정이 되었는지 물었다.

"괜찮아요."

"이 건물 어딘지 내가 알아볼까요?"

"아뇨, 괜찮으니까 제 일에 신경 꺼주세요."

말자는 필립에게 차갑게 말했다. 그리고는 노트북을 접었다. 아무래도 집에서 해야 할 일인 것 같았다.

윙—

후배 기자인 유진이었다.

"어, 유진아."

그녀는 눈물을 닦으며 전화를 받았다.

[선배, 우리나라에서 최고의 열쇠장이를 찾았어요.]

"인사동 최 회장?"

[어떻게 알았어요? 김빠지게! 제가 얼마나 노력을 한 줄 알아요?]

"알아, 복귀하면 거하게 쏠게."

[복귀 전에는 안 볼 거예요?]

"복귀 전에는 좀 힘들 것 같아. 내가 미행을 당하고 있거든."

[미행요? 유 의원에게 말이에요?]

"그건 아니고. 그러면 당장에 특종을 잡아서 복귀하지."

[난 또…….]

유진이 실망하는 눈치였다.

"요즘 특종 없냐?"

[대선철도 아니고 먹잇감이 없습니다. 그리고 유 의원은 너무 깨끗해요. 아들 문제 빼고는 이렇다 할 비리가 없어요.]

"그래도 감시를 소홀히 해서는 안 돼."

말자는 이렇게 말을 하고 전화를 끊었다. 그런데 그녀를 필립이 넋을 놓고 바라보고 있었다.

"김 기자님은, 아니, 김 비서님은 애인 있어요?"

"그런 거 안 키웁니다."

그의 뜬금없는 질문에 말자는 고개도 들지 않고 답했다.

"왜요?"

이런 걸 집요하게 묻는 남자들은 싫었다.

"바빠서요."

"전 기다리는 거 잘하는데⋯⋯."

그가 얼굴을 붉히며 그녀에게 말했다. 한술 더 뜨는 그의 노골적인 관심에 슬슬 짜증이 나기 시작했다.

"전 연애는 노 땡큐예요."

"하긴 튕기는 여자가 매력은 있죠."

그가 여전히 턱을 괴고 앉아서 그녀에게 말했다.

"책상 정리 안 해요?"

"전 다 끝났어요. 전 전화기만 있으면 되거든요."

"국 사장님 스케줄이 그렇게 없어요? 그리고 그 스케줄은 저와 공유하셔야 합니다."

"전 뭐든 다 드릴 준비가 되어 있습니다."

필립의 말에 말자가 고개를 절레절레 흔들었다. 그 후의 시간은 비서로서의 국 사장의 스케줄을 정리하는 것이었다. 일단 그는 '앤티크'의 일보다는 마이클 쿡으로서의 일정이 정말 많았다.

소설 종류를 그리 좋아하지 않아서 잘 몰랐는데 그를 모른다는 건 백치라는 얘기였다. 그 정도로 그의 인기는 대단한 것이었다.

일정을 정리해서 사장실로 들어간 말자는 여전히 서류에 묻혀 있는 그의 옆에 일정이 정리된 파일을 두고는 조용히 방을 나왔다.

그는 그녀가 들어왔다가 나오는 줄도 모르고 열심히 일만 할 뿐이었다. 말자는 자신의 자리로 돌아와서 '앤티크'에 관한 자료들을 읽기 시작했다. 아무리 3개월 단기사원이라도 알아야 할 것은 알아야 할 것 같았기 때문이었다.

그녀는 퇴근 시간까지 열심히 집중해서 일을 하기 시작했다.

CHAPTER 6

　답답하다. 수호는 자신의 넥타이를 좌우로 흔들며 느슨하게 내리고 있었다. 방 안에 에어컨은 빵빵하게 틀어져 있었고 그의 소매는 팔뚝까지 접어져 있었다. 더운 게 아니었다. 이건 답답한 것이었다.

　그가 하루 종일 보고 있는 서류는 '앤티크'에 관한 서류가 아니었다. 할아버지의 할아버지 때부터 우리나라를 뒤에서 받쳐 온 숨은 일꾼들에 관한 관련 서류들이었다. 이렇게 나라를 위해 희생을 했는데 그들 중의 대부분이 가정은 제대로 돌보지 못해서 지금은 기초생활 수급자들도 많았다.

　그보다 더 안타까운 건 그들이 나라를 구했다는 걸 그들의 가족

들조차도 모른다는 것이었다. 할아버지와 뜻을 같이하는 분들은 그들의 자녀들을 자신들이 고용해서 쓰는 경우가 많았다. 지금 '앤티크' 대부분의 사람들이 그들의 자녀들이었다.

더 열이 받는 건 '반자이'라는 단체와 연관이 되어 있는 사람들은 모두가 상류층이라는 것이었다.

"불공평해."

오늘 하루 그는 애국심이 최고조로 상승을 하고 있었다. 미국 유학 시절 월드컵 때 보였던 애국심보다 수십만 배가 된 큰 애국심이 그의 몸 안에서 꿈틀거리고 있었다. 하지만 이것이 그가 할아버지의 뒤를 이을 결심을 할 만큼 마음을 움직이지는 못하고 있었다.

사실 지금 그의 마음을 잡고 있는 건 애국심이 아닌 김 기자였다. 어제의 일로 그는 미칠 것 같은 혼란에 빠져 있었다. 김 기자는 위험한 여자였다. 자칫하다가는 그의 영혼까지 뒤흔들 것 같은 위험 인물이었다.

그녀의 신음 소리가 하루 종일 그의 귀에서 맴돌았고 그녀의 부드러운 몸이 하루 종일 그의 손을 근질거리게 했다. 그래서 더욱더 서류에 매달렸는지도 모른다.

똑똑!

필립이 안으로 들어왔다.

"마이클, 언제 끝이 나나요?"

자유로운 영혼인 필립은 딱 짜여진 퇴근 시간이 마음에 들지 않는 것 같았다. 시간을 보니 7시가 넘었다.

"여기는 10시까지 문을 열어."

"이건 불공평합니다."

"필립은 6시까지만 근무하면 돼."

"그럼 가도 되는 건가요? 이쪽으로 바로 오는 바람에 짐도 정리를 못 했고 정신이 없어서……."

"알았으니까 가봐."

필립이 나가자 그는 서둘러 보던 서류를 정리하고 자리에서 일어섰다. 하지만 그가 집으로 가려면 김 기자와 같은 차를 타야만 했다. 그는 한숨을 쉬고는 자신의 재킷을 들고 사장실 밖으로 나갔다. 그리고 여전히 자신의 책상에 앉아서 일을 하고 있는 김 기자를 보았다.

"아직 멀었나?"

그의 목소리에 자리에서 벌떡 일어난 김 기자는 여전히 비서 코스프레를 아주 잘하고 있었다.

"아닙니다. 끝났습니다."

그녀는 컴퓨터에 여전히 시선을 고정하고 있었다.

"뭐지?"

그가 그녀의 곁에 다가서 모니터를 내려다보았다.

"앤티크에 관한 내용들입니다."

차분하게 말을 하는 말자는 기자라기보다 제법 비서 같았다.

"다 분석했나?"

"뭐, 어느 정도……."

"그럼 나도 앤티크가 처음이니 자료를 정리해서 내일 올려주게."

"오늘 하루 종일 서류를 보시지 않았습니까?"

"다른 일이야."

그는 이렇게 말을 하고는 먼저 밖으로 향했다.

"차에서 기다리지."

"네, 서둘러 나가겠습니다."

그의 뒤통수에 대고 그녀가 말했다. 그녀의 향이 그의 코끝을 간질이고 있었다. 그가 아래층 매장으로 내려가자 관광객들이 매장에 가득했다. 그를 본 김 매니저가 다가왔다.

"퇴근하십니까?"

"네. 매장에 사람들이 많군요."

"평일 저녁은 매일 그렇습니다. 주말은 오후까지 바쁘고 저녁은 한산한 편이고요."

"직원들은 언제 쉬죠?"

그를 힐끗거리며 보는 여직원들을 보며 그가 말했다.

"돌아가면서 일주일에 한 번씩 쉬고 하루 생리휴가가 있습니다."

"직원들의 복지에 좀 더 신경 써주시고 좋은 의견이 있으면 말해주십시오."

"네, 알겠습니다."

하루 종일 그가 봤던 자료들이 그의 머리에서 맴돌고 있었다. 그리고 자신의 조상들에게 혜택을 입지 못하고 오히려 가난의 구렁텅이에서 헤어나지 못하는 그들이 너무나 안타까웠다. 그래서 수호는 직원들의 복지를 더 신경 써줄 계획이었다.

그가 김 매니저와 이야기를 하는 동안 김 기자가 아래로 내려왔다. 2층 계단을 내려오는 김 기자의 모습이 그에게는 슬로우 모션으로 보였다. 하룻밤을 잤다고 해서 여자에게 빠지는 스타일이 아닌데 그가 생각해도 우습게 느껴지고 있었다.

"그럼 이만 가보겠습니다."

"네."

'앤티크'를 빠져나와서 그들은 차에 올랐다. 운전석 옆에 경호원이 탔기 때문에 그의 옆에 자연스럽게 김 기자가 앉았다. 김 기자는 그가 불편한지 차 문에 거의 붙어 앉았다. 조금 떨어져서 앉아준 게 고맙기는 했지만 그녀의 화장품 향이 그의 코를 자극하고 있었다.

"향수는 뭘 쓰지?"

"안 씁니다."

향수를 쓰지 않는데도 그녀에게선 달콤한 향이 났다. 이러다가는 진짜로 미칠 것 같은 마음에 수호는 눈을 감았다. 집에 도착하자마자 그들은 국 회장이 있는 식당으로 향했다.

"늦었습니다."

"그래, 수고했다. 김 기자도 수고했고. 어서 식사부터 해."

"네."

그들은 그대로 앉아서 식사가 차려지길 기다렸다.

"김 기자는 할머니는 뵙고?"

"네, 짐도 좀 챙겨 왔습니다."

"오랜만에 보시니 좋아하시지?"

"네."

"조금 더 안전해지면 그때 돌아가도록 해. 내가 아들, 며느리를 그렇게 잃고 보니 마음이 쓰여서."

"압니다. 당분간 신세를 지겠습니다."

그녀의 말에 할아버지가 미소를 지으셨다. 할아버지도 김 기자가 마음에 드시는 모양이었다. 하긴 김 기자는 몰라도 할아버지와 그는 김 기자를 오랜 시간 동안 멀리서 바라봤고 안전에 신경을 써주었다.

그래서인지 시나브로 정이 든 모양이었다. 수호는 고개를 들고 자신의 앞에 앉은 김 기자를 슬쩍 보았다. 할아버지의 말에 공손하게 대답을 하는 모습이 참으로 예쁘게 느껴졌다. 처음에 그를 보고는 이빨을 드러내며 으르렁거리던 모습은 사라졌다.

하긴 으르렁거리던 모습도 좋았다. 그녀와 술 배틀을 하던 기억
이 떠올라 그는 피식 웃었다.

"실없이 왜 웃는 거냐?"

할아버지가 그를 보며 물었다.

"아닙니다."

"아니긴, 웃긴 일이 있으면 같이 웃어야지."

난감한 상황에서 아주머니가 식사를 가지고 나오셨다.

"식사하시죠."

"실없는 놈."

할아버지는 이렇게만 말씀하시고 더 이상은 묻지 않으셨다. 그
녀 때문이라는 생각이 들었는지 김 기자의 얼굴이 붉어졌다. 그는
다시 슬쩍 미소를 지으며 밥을 먹기 시작했다.

식사를 마치고 방으로 들어온 말자는 문에 기대 한참을 서 있었
다. 자꾸만 국 사장이 신경이 쓰여 견딜 수가 없었다. 어제의 실수
는 다시는 일어나지 않을 것이다. 그녀는 흔들렸고 그는 실수를
한 것이다.

어제 그녀를 그렇게 뜨겁게 안고서 오늘은 찬바람이 쌩쌩 불었
다. 충격적이었던 첫 경험 때문에 그녀는 죽을 것 같은데 그는 그
저 여자와 섹스를 한 것뿐이었다. 약이 올랐다. 그 인간은 여러모
로 그녀를 신경 쓰이게 했다.

정신을 가다듬은 말자는 하루 종일 숨통을 조이던 옷들을 훌훌 벗고는 욕실로 들어갔다. 시원한 물줄기를 맞으며 그녀는 생각에 잠겼다.

"나를 가지고 논 건가?"

속이 상했다. 그가 얄밉게 느껴질 때부터 경계를 했어야 했다. 그는 굉장히 능숙했고 그녀는 서툴렀다. 인정하기는 싫지만 인정하지 않을 수 없었다. 그녀가 그를 유혹한 게 아니라 그의 섹시함에 그녀가 굴복한 꼴이 되어버렸다.

샤워를 다 한 말자는 드라이어로 머리를 말리고 있었다. 곱슬거리는 머리를 단정하게 올림머리를 하기 위해서 아침에 스프레이 한 통을 다 쓰다시피 했더니 머리를 감는 데 애를 먹었다.

이렇게 머리를 감고 말리고 나니 개운한 생각이 들었다. 그녀의 마음도 이렇게 개운한 생각이 들었으면 좋겠다는 생각이 들었다. 드라이어를 갑자기 끈 그녀는 가운을 자신의 맨몸에 걸쳤다.

"확인해야겠어."

그녀는 발걸음을 다시 돌렸다.

"아니야."

그렇게 방을 서성이며 망설이다가 말자는 결심을 다시 하고는 방문을 나섰다.

"왜 그랬는지 궁금해."

그녀는 어디서 그런 용기가 났는지 자신이 가운만 걸치고 있다는 것도 잊어버린 채 그의 방문을 두드렸다.

똑똑!

자신이 그렇게 가벼워 보이는 건지 그에게 확인하고 싶었다. 한참이 지나도 그가 나올 생각을 하지 않자 그녀는 방문을 열고 들어갔다. 하지만 방 안에는 그녀의 생각과는 다르게 그가 보이지 않았다.

그녀는 그가 헬스장에 있을 거라는 생각이 들어 그곳으로 발을 옮겼다. 그녀의 예상은 적중했다. 문을 열기도 전에 러닝머신의 소리가 들리고 있었다. 말자는 정말 힘차게 문을 열고 안으로 들어갔다.

그는 그녀가 들어서는지도 모른 채 열심히 달리고 있었다. 검은색 반바지만 입고 뛰는데 온몸에서 섹시함이 풍겼다. 저 모습은 죄악의 온상이었다. 그녀를 현혹했고 나쁜 길로 빠져들게 한 몸이었다.

그의 등 근육이 그가 뛸 때마다 보기 좋게 움직이고 있었다. 말자는 더 이상 현혹되지 않기 위해서 머리를 흔들었다.

"정신 차리자."

그리고는 씩씩거리며 그가 뛰고 있는 러닝머신에 가서 스톱 버튼을 다짜고짜 눌렀다. 놀란 그가 뛰다가 넘어지지 않기 위해 옆의 봉을 잡았다.

"무슨 짓이지?"

화가 난 것 같은 목소리였지만 그러거나 말거나 그녀는 자신의 할 말을 했다.

"어제는 왜 그랬어요?"

"……."

그는 인상을 쓰고는 그녀의 얼굴을 이해할 수 없다는 표정을 담아 보고 있었다.

"어제는 즐겁지 않았나?"

"그리고 끝인가요?"

그녀가 말하고 싶었던 건 이게 아니었는데 그의 말에 엮여 버렸다. 말자는 고개를 흔들며 다시 정신을 차렸다.

"이 말을 하려고 온 거 아니에요. 그리고 내려와 줄래요?"

러닝머신 위의 그는 마치 거인같이 커 보였다. 그가 러닝머신에서 내려와서 그녀 앞에 섰다. 아니, 그녀를 창문과 그 사이에 가두었다.

"무슨 말이 하고 싶은 거지?"

그의 온몸이 땀으로 흠뻑 젖어 있었다. 어제처럼.

"난, 그러니까. 날 하룻밤 상대로 생각하고 함부로 취급한 게 아닌가라는 생각이 들기 때문에 왔어요."

"어제 왜 그렇게 열정적인 섹스를 했냐고 나에게 따지는 건가?"

그의 목소리가 위험스럽게 잠겨 있었다.

"아니면 하루 종일 내 머릿속에서 모기처럼 윙윙거리며 아무

일도 못 하게 만들고 밤에는 이렇게 유혹적으로 입고는 날 자극하는 건가?"

그가 그녀의 가운 깃을 손가락으로 쓸어내리며 말했다.

"내가 모기라고요?"

이제 모기 취급을 받는 그녀였다.

"그래, 오늘 하루 종일 난 김 기자 때문에 골치가 아팠어."

"왜요?"

"왜냐고? 키스하고 싶고 만지고 싶고 뭐 말로 해야 아나?"

"네, 난 말로 해야지 알아요. 그렇게 차가운 표정으로 있으면 내가 어떻게 알아요. 난 처음인데."

그가 그녀의 울 것 같은 얼굴을 보고 미소를 지었다. 그녀는 지금 그 어떤 때보다도 심각한데 그는 웃었다. 그녀가 투정을 부린다고 생각한 모양이었다. 그녀는 그가 느낀 사실을, 그리고 그날 이후에 왜 그렇게 차가운지를 알고 싶었다. 그녀가 서툴기 때문인 것일까? 화가 난 그녀는 자신도 모르게 그의 목에 걸려 있는 수건을 야무지게 잡아당겨 그의 입술에 입을 맞추었다.

"내가 키스를 못 하나요?"

입을 떼어내며 그녀가 그의 눈을 보고 절박한 심정으로 물었다.

"난 남친도 몇 명 못 만났고 또 키스도 많이 안 해봐서 사장님께서 실망하셨……."

그가 그녀의 입술을 먹어 치울 기세로 입술을 맞췄다. 그녀의 허리를 단단히 잡고는 그는 숨 쉴 틈도 주지 않고 몰아붙였다. 그와 1mm의 오차도 없이 몸이 딱 붙어 있었다. 그의 페니스가 단단해져서 그녀의 배를 누르고 있는 것까지 느껴졌다.

그가 지금 흥분을 하고 있었다. 그걸 증명하듯이 그의 키스는 거칠었다. 그의 혀가 그녀의 목젖까지 깊이 파고들어 왔다.

"으으읍."

진짜로 숨 쉬기가 힘이 들었지만 그녀는 그의 목에 팔을 감고 매달렸다. 그가 그녀에게서 입술을 떼어내고 거친 숨을 몰아쉬며 말했다.

"내가 이러고 싶어서 얼마나 참았는지는 신만이 아실 거야."

그가 이렇게 말을 한 뒤에 그녀의 가운을 활짝 열었다. 그리고 그녀의 허리를 당겨 안아 그녀의 맨가슴에 자신의 얼굴을 묻었다.

"날 죽일 셈이군."

"난 답이 듣고 싶다고요."

그녀가 그의 얼굴을 밀어내며 말했다.

"답은 충분히 되지 않았나?"

"아뇨. 더 헷갈리기만 해요. 이렇게 입고 온 게 실수인 것 같기도 하고."

"김 기자한테 키스한 게 나한텐 실수야."

"……."

"김 기자와의 키스가 나의 잠자던 욕망을 건드렸고 난 김 기자만 보면 발정난 강아지처럼 헐떡거리는 거지."

그의 말은 더더욱 이해가 가지 않았다. 왜 그렇게 그녀에게 욕구를 느끼는지 그는 답하지 않았다.

"그냥 우리는 섹스가 잘 맞는 건가요?"

"김 기자, 우리는 어른이고 서로에게 끌리는 건 어쩔 수 없는 진실이야."

"나한테 끌리는 거예요?"

"그래."

그의 입술이 그녀의 가슴을 헤매기 시작했다.

"이런 매력적인 가슴을 가진 여자에게 어떻게 안 끌릴 수 있지?"

그의 입술이 탐욕스럽게 그녀의 유두를 물고 강하게 빨아들였다. 지난번에도 미칠 것 같은 쾌감이 들었는데 지금은 한층 더 강한 느낌이었다. 그의 손이 그녀의 가슴을 쥐며 강하게 매만지고 있었다.

이곳에 올 때는 그에게 명확한 말을 듣고 싶었는데 그는 몸으로 그녀를 얼마나 원하는지 말을 하고 있었다. 그의 단단해진 페니스가 더 강하게 그녀의 복부를 자극하고 있었다. 오랜 기간 만나지 않아도 이렇게 섹스를 할 수가 있다는 걸 말자는 처음으로 알았다.

이런 섹스는 영화에서나 볼 수 있는 비현실적인 것이라고 생각했다. 하지만 아니었다. 그녀는 지금 만난 지 며칠 되지도 않은 남자에게 자신의 모든 걸 허락했다. 하지만 강제는 아니었다. 그녀 스스로도 강하게 그를 원했다.

그를 원하지 않았다면 그녀만 원해서 한 섹스라고 혼자 생각하고 마음 졸이지도 않았을 것이고 그걸 확인하겠다고 이 자리에 오지도 않았을 것이기 때문이었다.

그의 손이 검은 숲을 향해 내려가고 있었다. 풍성한 그녀의 검은 숲을 그가 지그시 눌렀다.

"아흐."

그녀의 입에서 절로 신음이 터져 나왔다. 그의 몸은 땀으로 젖어 축축했지만 오히려 거친 느낌이 들어서 흥분제가 되고 있었다. 그녀는 그의 맨가슴에 자신의 손을 얹었다. 그리고 그의 유두를 손가락으로 잡았다. 작은 유두가 주는 묘한 느낌이 좋았다.

그의 손가락이 그녀의 여성을 가르고 들어와 클리토리스를 찾았다. 그리고 그녀의 클리토리스를 자극하며 극한의 쾌감을 그녀에게 선물하고 있었다.

"아아앙."

그녀가 할 수 있는 건 아무것도 없었다. 그저 그의 목을 잡고 매달리는 것뿐이었다. 그가 그녀를 안아 올리더니 헬스용 벤치에 그녀를 눕게 했다. 그리고 그녀의 다리를 벌렸다. 적나라하게 드러나는 자신의 모습이 부끄러운 말자는 가운을 여미려고 했지만 그

가 자신의 한 손으로 그녀의 양손을 잡아 그녀의 머리 위에 고정
시켰다.

"뭐 하는 거예요?"

숨을 헐떡이며 그녀가 물었다.

"보고 싶어."

그가 이렇게 말을 하며 그녀의 다리를 양쪽으로 벌렸다. 그리고
그 가운데에 앉아서 그녀의 적나라하게 드러난 여성을 보았다. 놀
란 말자가 벤치에서 몸을 일으키려고 하자 그가 다시 말자를 눕게
했다.

"보지 마요."

"왜? 이렇게 예쁜데, 먹어치우고 싶을 만큼."

그녀가 그의 말을 이해하기도 전에 그의 입술이 그녀의 여성을
삼켰다.

"아아악!"

말자는 그의 머리를 밀어내며 비명을 질렀다. 진짜로 상상도 할
수 없는 짓을 국 사장이 하고 있었다. 이건 정말 미친 짓이었다.

"쉿! 할아버지께서 깨시겠어."

"……."

그의 말에 말자는 자신의 입술을 손으로 막았다. 하지만 그의
행동을 저지하지는 않았다. 솔직하게 그다음 그의 행동이 기대가
되었다. 그의 입술이 다시 그녀의 여성을 빨아들이자 말자는 자신

의 입을 손으로 막았다.

"으으읍."

그의 혀가 그녀의 여성을 반으로 가르며 들어오자 말자는 정신을 잃을 것 같은 쾌감을 맛보았다. 진짜 이렇게 진한 행위가 있을 수 있다는 게 놀라웠다.

"춥춥춥."

그가 그녀의 여성을 핥기도 하고 빨기도 하면서 야한 소리를 헬스장 가득 채우고 있었다.

"아흐."

신음 소리를 참을 수가 없었다. 그가 계속해서 그녀의 클리토리스를 혀로 건드리자 말자의 손이 그의 머리카락을 움켜쥐었다.

"미치겠어요."

"나도 미칠 것 같아. 이렇게 애액이 많이 흐르는 여자는 처음이야."

그가 그녀의 질 안으로 손가락을 넣고 혀로는 계속해서 그녀의 클리토리스를 공격하자 말자는 벤치에서 몸을 활처럼 휘었다. 극한의 쾌락이 몰려오자 그의 페니스를 받아들이고 싶은 욕구가 커졌다. 그의 손가락만으로는 만족을 할 수가 없었다.

"어서 들어와 줘요."

그녀의 말에 그가 움찔했다.

"더 이상은 못 참겠어요."

헐떡이며 말하는 그녀의 다리를 그가 더 넓게 벌리더니 자신의 거대한 페니스를 그녀의 질 앞에서 비비기 시작했다.

"왜 안 해줘요?"

"여기선 아니야."

그는 어제도 그녀를 안아 들고는 마지막은 자신의 침대에서 했다.

"여기서 김 기자를 가질 순 없어."

그는 그녀를 안아 들고는 자신의 방이 아닌 그녀의 방으로 갔다.

"왜 내 방이죠?"

"혼자 가게 하고 싶지 않아."

어제 그녀가 섹스 후에 자신의 방으로 혼자 돌아갔던 게 마음에 걸렸던 모양이었다. 그녀는 그의 세심한 배려에 너무나 감동을 했다. 이렇게 작은 것에 감동을 하다니 예전의 말자가 아니었다.

"그거 알아요?"

"뭘?"

"남들 눈에는 내가 국 사장님께 꼬리를 치는 걸로 보인다는 거?"

"아니었나?"

"뭐라고요?"

그녀가 그의 가슴을 살짝 쳤다.

"난 아무 꼬리나 좋아하지 않아."

그의 말이 그녀의 얼굴에 미소를 짓게 만들었다.

"저한텐 특별한 꼬리가 있나 봐요."

"그래."

그의 목소리가 허스키하게 가라앉았다. 그녀의 방에 들어온 그가 침대 위에 그녀를 살며시 내려놓았다.

"예뻐."

"이렇게 여자를 유혹하나 봐요?"

"특별한 꼬리를 가진 여자만."

그는 이렇게 말을 하고는 입고 있던 반바지를 벗어 던지고는 그대로 그녀에게 달려들었다. 굶주린 짐승도 이런 스피드로 달려들진 못할 것 같았다.

"너무 거친 거 아니에요."

그녀가 살짝 항의하자 그가 짙어진 눈동자와 거칠어진 호흡을 고르며 말했다.

"날 거칠게 만드는 건 김 기자뿐이야."

그의 그 말이 너무나 달콤한 사랑 고백처럼 들려왔다. 미친 게 분명했다.

그는 침대에서 애무 없이 바로 그녀의 안으로 자신의 페니스를 밀어 넣었다.

"윽, 하루 종일 너무 참았어."

"아아앙."

퍽퍽퍽.

"옷을 찢어버리고 책상에 눕히고 내 페니스를 이곳에 넣으면 얼마나 좋을까라고 수천 번도 넘게 생각했어."

"아악."

그의 페니스가 너무 거대해서 그가 피스톤 운동을 할 때마다 그녀를 둘로 나눌 것 같았다.

"아, 미치겠어."

그녀가 자신의 다리로 그의 허리를 휘감았다. 더 깊이 받아들이고 싶었다. 그녀의 질이 움찔거리며 아랫배에 짜릿한 쾌감을 느끼게 하고 있었다. 말자는 그의 목을 내려 그의 입에 진한 키스를 퍼부었다.

그가 허리를 움직일 때마다 그녀는 그의 혀를 빨기 시작했다. 섹스에 이렇게 미칠 수도 있구나라는 생각이 들었다. 그녀 스스로는 자신이 굉장히 이성적이라 생각했는데 오늘 보니 아니었다.

그녀는 철저하게 섹스에, 아니, 그와의 섹스에 매료되어 있었다.

"아, 더 깊이 들어와 줘요."

그녀의 말에 그가 더 깊이 자신의 페니스를 그녀의 안으로 밀어 넣었다. 더운 여름에 에어컨을 킬 생각도 하지 않고 그들은 열기와 함께 뜨거운 섹스를 했다. 온몸이 땀에 젖어 번들거리고 있었다.

마치 오일을 부어놓은 듯 둘의 몸은 달빛에 반짝이고 있었다.

"으으윽, 너무 좋아."

그녀의 눈에 포효하는 짐승의 모습이 보였다. 그는 그녀의 몸뚱이 위에서 마음껏 자신의 거친 움직임을 발산하고 있었다. 이렇게 남자들은 섹스를 할 때 정열적인지 그녀는 비교 대상이 없어서 알 수가 없었지만 아무것도 모르는 그녀가 생각을 해도 그는 최고의 섹스 파트너였다.

그가 속도를 높여서 마지막을 향해 달리고 있었다. 오늘은 그녀 또한 그와 함께 허리를 움직이면서 따라 달렸다. 그녀의 움직임이 그의 활활 타오르는 정염의 불꽃에 불을 질러 버린 것 같았다.

몸에 경련을 일으킨 듯이 마지막에 둘이 서로 몸을 떨었다. 좋았다. 극한의 쾌감을 그녀에게 선사한 그가 그녀의 몸 위로 부서져 내렸다. 그리고 한참을 말없이 그렇게 누워 있었다. 방 안에선 그들의 숨소리만 들리고 있었다.

잠시 후에 그가 몸을 일으켜 그녀를 안아 들고는 욕실로 들어갔다. 그녀의 욕실에는 작은 욕조가 있었다. 그는 무슨 이유에선지 욕조에 물을 받기 시작했다. 덩그러니 그의 뒤에 서 있던 말자가 물었다.

"뭐 하시는 거예요?"

이렇게 말을 하면서도 다리에 힘이 풀려 세면대를 잡고 있는 말자였다.

"욕조에서 몸을 풀지 않으면 내일 서 있기도 힘들 거야."

"괜찮아요, 자고 나면 좋아질 거예요."

그가 피식 웃었다.

"내가 오늘 김 기자를 재울 생각이 없어."

그가 말하는 뜻을 모르는 게 아니었다. 하지만 또 한 번의 섹스를 한다면 죽을 것 같았다.

"우리 그만해요."

"뭐?"

그가 이렇게 말을 하며 그녀를 안아 들고는 따뜻한 물이 차오르고 있는 욕조 안으로 그녀를 넣었다.

"국 사장님."

"둘이 있을 땐 수호라고 불러."

"사장님."

그녀가 고집스럽게 그의 직위를 불렀다.

"고집이 세."

"내가 아니고 국 사장님이 세죠."

그녀가 말하는 틈을 타고 그가 그녀의 뒤로 들어와서 그녀를 뒤에서 안았다. 반쯤 차던 물이 그가 들어오자 넘치고 있었다.

"사장님."

"수호라니까."

"수호 씨, 그만해요."

그의 손이 그녀의 가슴을 만지고 그의 입술이 그녀의 뒷목을 애무하기 시작했다. 그러자 말자의 온몸에 기대에 찬 소름이 돋기 시작했다.

"이러지 마요."

"내가 뭘?"

그의 손가락이 물속에서 그녀의 질 안에 들어가 질 벽을 탐욕스럽게 긁고 있었다.

"아아아앙, 이상하단 말이에요."

"뭐가?"

"또 하고 싶어지잖아요."

"하하하."

그의 웃음소리가 욕실 안을 울리고 있었다. 그리고 그가 그녀를 돌려 앉혀 자신을 마주 보고 앉게 만들었다.

"뭐 하는 거예요?"

"한 번 더 하려고."

짝!

그녀가 그의 젖은 가슴을 쳤다.

"안 된다고요."

"아니, 아주 기분이 좋을 거야."

그가 그렇게 말을 하며 그녀의 입술을 머금었다. 그리고 그녀의 허리를 손으로 잡고는 자신의 페니스 위에 정확하게 앉혔다.

"아아악!"

그의 페니스가 들어갈 때 여전히 아픈지 그녀가 비명에 가까운 신음 소리를 냈다.

"아, 미치겠어요."

"허리를 움직여 봐."

그가 시키는 대로 그녀는 허리를 움직였다. 한 번도 해본 적이 없는 본능적인 율동을 그녀가 하고 있었다. 그녀가 허리를 편하게 움직일 수 있도록 그가 그녀의 가는 허리를 잡고 있었다. 위아래로 몸을 움직이자 그의 입에서 신음 소리가 터져 나왔다.

"으으윽, 요물이야."

"내가요?"

그의 물에 젖은 얼굴을 매만지며 그녀가 물었다.

"그래, 너무 빨리 배우거든."

"내가 좀 다른 사람에 비해 뭐든 빨리 배우죠."

"인정하지."

그녀가 허리를 틀자 그의 입에서 또 한 번의 신음이 터져 나왔다.

"우리 이렇게 해도 되는 걸까요?"

"안 될 이유가 없지. 우리는 둘 다 솔로잖아."

"그러네요."

그가 그녀의 가슴에 입을 맞추었다. 그리고 그녀가 내려다보는 가운데 그녀의 유두를 핥고 있었다. 아랫배가 찌릿했다. 그의 까만 피부와 그녀의 하얀 피부가 너무나 대조적이었다. 말자는 자신이 이렇게 구릿빛의 피부를 가진 남자를 좋아하는지 처음으로 알게 되었다.

"헉헉헉, 책만 썼을 텐데 태닝한 건가요?"

"아니, 햇빛을 받으며 뛰는 걸 좋아하지."

"그렇구나. 그래서 이렇게 강하구나."

"뭐가 강하다는 거지?"

"몰라서 물어요?"

여전히 그의 페니스를 자신의 질 안에 품은 채 그녀가 말했다. 그의 끝도 없이 타오르는 정열은 운동 덕분에 생긴 무한 체력 때문인 것이다.

"그러는 우리 김 기자는, 아니, 우리 말자는 언제부터 이렇게 섹시했지?"

"당신을 만난 다음부터요."

말자는 진짜로 그와 오래전부터 알고 지낸 것처럼 친밀한 생각이 들었다.

"더 이상 참기 힘들어."

그가 갑자기 그녀를 일으키고는 자신도 물속에서 일어났다. 그리고 욕조 밖으로 나가더니 그녀에게 세면대를 잡게 하고는 자신은 뒤에서 그녀의 다리를 벌렸다.

"뭐 하는…… 아악!"

그가 뒤에서 그녀의 질에 자신의 페니스를 끼워 넣었다.

"아파요."

"조금 있으면 좋아질 거야."

그는 이렇게 말을 하면서 피스톤 운동을 시작했다. 정상 체위를 할 때와는 많이 달랐다. 몸속 깊숙이 그의 페니스가 들어와 그녀의 자궁벽에 닿았다. 그가 그녀의 엉덩이를 잡고 몰아붙이고 있었다.

진짜 짐승처럼 그는 그녀에게 달려들어 그녀의 영혼까지 먹어치우고 있었다.

"수호 씨, 미칠 것 같아요."

"으으윽, 나도."

그는 이렇게 말하며 자신의 분신을 그녀의 등 위로 뿌렸다. 그리고 그는 샤워기를 틀고는 그녀를 정성껏 닦아주고는 수건으로 감싸고 침대 위에 뉘어주었다.

그리고 그가 다정하게 그녀의 입술에 입을 맞추었다.

"내 방으로 돌아갈게."

"가지 마요."

그녀의 말에 그는 그녀 옆에 누웠다. 묵직하게 내려앉는 매트리스의 느낌이 새삼 좋았다. 한 번도 누군가와 같은 침대를 써본 적이 없었다. 할매도 그녀와 같은 침대에서 잠을 자지는 않았다.

그래서 그녀에겐 누군가와 그것도 남자와 이렇게 같이 누워 있
다는 게 의미가 컸다. 그가 그녀를 꼭 안았다. 답답했지만 그것을
참을 만큼의 행복을 그녀는 느끼고 있었다. 이래도 되는 걸까라는
생각이 들었지만 지금은 그냥 행복함만을 느끼고 싶었다.

그녀 평생 처음으로 남자와 밤을 보냈다. 그와는 처음으로 하는
게 많다는 생각을 하며 그녀는 깊은 잠에 빠져들었다.

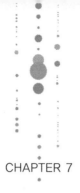

CHAPTER 7

"아이고, 수고하십니다."

상훈은 자신의 지역구 사무실에서 장애인들을 위한 기부 잔치를 준비하는 지역 주민들에게 몸을 구부려 인사를 하고 자신의 사무실 안으로 들어갔다. 모든 걸 봉사 하나면 눈을 감아주는 사람들이었다.

멍청하게 아들 녀석의 병역 문제를 처리한 직원들은 다 소리 소문 없이 사라졌다. 하나는 차 사고로 하나는 자살로 마무리를 지었다. 이젠 그의 이미지만 세탁을 하면 되는 것이었다. 가기도 싫은 장애인 시설이었지만 이번 일을 좋게 마무리하려면 매스컴에 좋은 인상을 줄 필요가 있었다.

그가 좋아하지도 않는 이 작은 사무실에 오랜만에 들른 것도 다 그 이유였다.

"의원님."

그의 비서인 조 실장이 서류 한 다발을 들고 들어왔다.

"보도자료입니다. 검토해 보십시오."

조 실장이 서류 다발을 그의 책상 위에 놓으며 말했다. 변호사 출신인 조 실장이 그의 밑으로 들어온 지도 벌써 5년째였다. 유 의원이 챙겨주는 뒷돈은 변호사로서 벌어들이는 수입보다 좋고 나중에 정치계에 입문하기 위해선 그의 도움이 필요했기 때문에 야망이 큰 조 실장은 그의 충직한 부하가 되었다.

조 실장은 그의 보좌관들보다는 훨씬 더 개인적인 일들을 맡아서 처리했다.

"알아서 해."

"그래도 읽어보시는 편이……."

"귀찮게 하는고만. 그나저나 김 기자는?"

"열쇠를 찾아다닙니다."

"열쇠? 문서가 아니고?"

"문서는 저희 쪽 사람들이 뒤져보았지만 찾지 못했습니다. 문서를 김 기자에게 국태환이 준 게 확실한지도 모르지 않습니까?"

"직감이야."

그의 감은 한 번도 틀린 적이 없었다.

"20년이 넘은 일이고 그날 우리 쪽 누군가가 배신을 해서 국태환에게 주었다는 확실한 증거가 없지 않습니까? 그리고 국 회장이 아들이 죽고 나자 김 기자에게 경호원들을 붙여두어 저희도 여간 힘이 드는 게 아닙니다."

"사라진 문서는 아주 중요한 거야."

"네, 다시 찾아보겠습니다. 열쇠에 대한 것도 같이."

조 실장은 '반자이'에 대해 전혀 모르고 있었다. 단지 그에게 주문한 건 아주 오래된 문서를 민국신문 기자가 가지고 있다는 것이 전부였다. 그래서 그녀의 집에서 오래된 문서는 다 가져오라고 주문을 했었다.

조 실장 전에는 조직에서 직접 나섰지만 성과가 없었다. 하지만 형사보다도 일을 잘하는 조 실장을 믿고 맡긴 일이었다.

"실망이야."

"죄송합니다. 하지만 아드님의 병역 논란은 조만간 조용해질 것 같습니다."

"난 조용한 걸 원하는 게 아니라 해결을 원하는 거야?"

"다행히 어진 군이 미국에서 유학 중이라서 당분간은 조용할 것 같습니다."

"그때 잘했어야 했어. 멀쩡한 애를 정신병으로 몰고 가선 안 되는 거였어."

그건 조 실장의 잘못이 아니었다. 차라리 그때 조 실장에게 맡겼다면 훨씬 잘 처리했을지도 몰랐다.

"알았어. 나가봐."

유 의원은 자신의 사무실 책상에 앉아 눈을 감았다. 머리가 터질 듯했다. 이럴 때는 정신적인 정화가 필요했지만 그럴 상황은 아니었다.

윙—

그의 인상이 있는 대로 일그러졌다.

"여보세요?"

[여보, 저예요.]

그의 가장 골칫거리는 가족이었다. 그는 솔직하게 가족 따위는 필요가 없었다. 귀찮은 존재들이었다. 그에겐 아들이 필요했기 때문에 결혼은 했지만 가족에게 애정 따위는 없었다. 죽음을 대비해서 조직의 뒤를 이을 아들이 필요한 것이지 가족의 정을 나눌 마음이 있는 것이 아니었다.

"왜?"

[우리 어진이 때문에요.]

"어진이가 왜?"

[미국으로 기자들이 와서 어진이를 괴롭히는 것 같아요.]

"그러니까 군대를 갔으면 이런 문제가 없었잖아?"

[그렇다고 지금 보낼 수는 없잖아요.]

"그러게 왜 군대에 보내지 않아 가지고."

[당신도 안 갔잖아요? 그리고 당신 같은 거물의 아들이 왜 군대에 가요?]

말이 안 통하는 여자였다.

말을 하다 보니 가장 손쉬운 방법은 아들을 군대에 보내면 그뿐이었다. 하지만 세상은 그렇게 호락호락하지 않았고 군대에 가면 가는 대로 또 다른 거짓말 시비에 휘말릴 수 있었다.

"내가 알아서 처리할게."

[알았어요. 오늘 집에 들어오시나요?]

"아니, 오늘 바빠."

[네.]

아내와는 완벽하게 쇼윈도 부부였다. 재벌가의 딸로 고이 자란 아내는 그가 집에 들어오는 것보다 자신의 몸을 치장하는 것에 관심이 있었고 스트레스를 쇼핑으로 푸는 여자였다. 그나마 아들은 끔찍하게 생각하니 다행이었다.

그는 지금 아내보다는 그의 스트레스를 풀 무언가가 필요했다. 요즘 같아서는 정치인이 된 게 후회가 되긴 했지만 어차피 조직을 위한 일이니 참는 수밖에 없었다. 조금 있으면 그의 인생에서 가장 재미있는 일을 벌일 수 있기 때문이었다.

그가 대통령이 되지 않고 대통령의 그림자를 자청한 이유는 앞에 나서서 할 수 있는 일은 제한적이라는 것이었다. 나라를 떡 주무르듯이 쥐고 있는 그이지만 반대 세력이 존재한다는 것을 알기 때문에 최대한 자신이 할 수 있는 일을 축소하고 훗날을 도모하고 있었다.

할아버지인 유필봉과 가장 닮은 상훈이었다. 잔인함과 권력에 대한 집착 그리고 돈을 위해서라면 뭐든 할 수 있는 것까지 그는 할아버지의 모든 것을 그대로 닮았다.

그리고 그는 유필봉처럼 우리나라는 나약하다고 생각했다. 그는 더 큰 강국에 우리는 귀속이 되어야 국민들이 정신을 차린다고 생각했다. 그리고 그의 부도 축적이 될 수 있다고 말이다.

하지만 그가 이런 결심을 하게 된 가장 큰 원인은 재미있을 것 같아서였다. 미친 소리 같지만 그는 지금 아주 심심했다. 별것도 아닌 일에 신경을 쓰느니 차라리 큰일을 터트리고 스릴을 느끼고 싶은 그였다. 전쟁이 일어난다면 얼마나 짜릿할까라는 생각이 들었다.

그가 전화기를 들었다. 오랜만에 아주 격렬한 파티를 즐기고 싶었다. 잘 하지는 않지만 이렇게 모든 게 무기력할 때는 한 번 피를 보는 게 활력을 주기 때문이었다. 그는 전화기를 들었다.

"나다. 준비해 둬."

그는 자리에서 일어나 자신의 차가 있는 곳으로 향했다. 그리고 오랜만에 트렁크에서 권투 글러브를 꺼냈다.

"유 의원님, 사진 한 장 찍어도 될까요?"

그의 옆으로 아기를 안은 여자가 다가왔다. 차가웠던 그의 표정은 온데간데없이 사라지고 금방 온화한 미소를 짓는 그였다.

"그럼요."

그가 아기를 받아 안았다. 그리고 세상에서 가장 부드러운 미소를 지었다.

"정말 팬입니다. 감사합니다."

여자가 그렇게 인사를 하고 가자 상훈의 얼굴이 굳어졌다.

"지금 출발해."

강원도의 그의 은밀한 별장에 가려면 시간이 좀 걸릴 것이다. 그가 차에서 눈을 감자 핸드폰으로 사진 한 장이 전송되어 있었다.

"오늘 노숙자는 몸집이 별로야. 하지만 할 수 없지."

그는 권투 글러브를 끼는 날은 맹수로 변했다. 상대가 죽기 전까지, 아니면 컨디션이 좋은 날은 죽을 때까지 때렸다. 손이 묶인 상대를 때리는 건 재미가 없지만 그래도 아쉬운 대로 재미는 볼 수 있었다.

"빨리 가지."

"네."

그의 운전을 하는 기사는 아무것도 모르고 그를 별장으로 데리고 갔다. 그는 기사에게 미소를 지었다.

"힘들지 않나?"

"괜찮습니다. 다 의원님 덕분입니다. 우리 집사람은 왜 의원님이 대통령 선거에 나오시지 않는지 모르겠다고 말합니다."

"하하하, 그렇게 말을 했단 말이지?"

"네."

상훈은 자신을 이렇게 맹목적으로 좋아하는 사람들이 우스웠
다. 좋은 게 아니라 그냥 우습게 느껴졌다. 이제 이들은 그가 벌일
일들에 놀랄 일만 남았다. 그는 썩소를 지으며 눈을 다시 감았다.

전날의 뜨거웠던 밤이 생각이 나지 않을 만큼 바쁜 하루를 보낸
그녀였다. 어제 오후에 잡지사에 아는 기자들이 있어서 홍보용으
로 국 사장의 인터뷰를 부탁한 그녀였다. 연락을 하자마자 잡지사
와 신문사들이 서로 인터뷰를 하겠다고 난리였다.

"유명하긴 하군."

마이클 쿡을 몰라본 죄로 그녀는 완전히 무식자가 되어 있었다.
하지만 비서로서의 재능은 발견한 그녀였다. 인터뷰 때문에 김 매
니저에게 칭찬을 들었다. 자고로 장사는 널리 알려지는 게 좋으니
까 말이다.

오전의 업무가 시작되자마자 말자는 바쁘게 일정을 소화하고
있었다. 생각보다 잔일이 많았고 국 사장이 유명한 탓에 인터뷰
스케줄도 많이 있었다. 오전에 벌써 잡지사 기자들이 2팀이나 다
녀갔다.

내일도 잡지사와 신문사의 인터뷰 스케줄이 줄을 이었다. 인터

뷰 자료나 기자들 상대에는 자신 있는 말자였다. 비서란 직업이 적성에 잘 맞는 것 같았다. 필립도 국 사장의 책에 관한 일들을 돕고 있어서 서로 오전에 얼굴을 마주할 일이 없었다.

그래도 점심시간이 거의 다 되어갈 즈음에 시간이 좀 남아서 그녀는 어제 본 그 열쇠 상자의 사진을 보고 있었다. 이리 보고 저리 봐도 알 수가 없었다. 이렇게 쳐다봐도 경회루인 것 같고 저렇게 쳐다봐도 경회루였다.

"내가 도와준다니까요."

필립이 그녀를 옆에서 한참 보더니 말을 했다.

"아니에요."

"근데 그 그림은 왜 그렇게 봐요?"

"신경 쓰지 마세요."

그녀의 말에 필립이 입술을 삐쭉거렸다. 하지만 그녀의 눈은 컴퓨터 화면에 가 있었다.

"그 건물이 뭔지 알고 싶은가?"

"어머!"

그녀는 정말 소스라치게 놀랐다.

"뭘 그렇게 놀라?"

"……."

그는 아무렇지 않게 말을 하고 있었지만 한 대 때리고 싶은 마음이 굴뚝같았다. 그가 어느새 와서 사진을 본 것이다.

"아십니까?"

"알 것 같은데."

그가 웃으며 말했다.

"알려주세요."

그녀는 절박하게 물었다.

"공짜론 곤란하지."

"전 가난한 기잡니다. 지금은 정직 중이고요."

"그렇군, 그럼 아쉽게 됐어."

"제가 점심 살게요."

"내가 뭘 먹을 줄 알고?"

역시 콘셉트는 쉽게 변하는 게 아니었다. 어쩌면 저렇게 한결같
이 얄미운지……

"좋아요, 살게요."

"필립은 뭐가 먹고 싶지?"

"불고기."

아주 얄미운 소리만 하고 있었다.

"아니면 어쩌려고요?"

"그럼 내가 밥을 사지."

"알겠습니다."

그녀는 보기에도 얇아 보이는 지갑을 들고 그들과 함께 인사동
의 한식당으로 갔다.

"어디예요?"

앉자마자 말자가 눈을 번뜩이며 물었다.

"작년에 소설을 쓰다가 조사를 했던 한국의 고궁들 중에 하나지. 가장 최근에 지어진 곳이고 서양식의 건물이야. 이걸 경회루의 물그림자로 둔갑시키다니 놀라운 상상력이야. 다를 그냥 경회룬 줄 알 것 같아."

"그런데 어떻게 한 번에 보고 알았어요?"

"그때 너무 공들인 자료 수집이라서 지금도 기억이 나. 그리고 우리의 고궁과 많이 달라서 아주 인상적이었거든. 그리스의 신전도 생각이 나고."

"그래서 어딘데요?"

하마터면 소리를 지를 뻔했다.

"덕수궁 안의 석조전."

"어디요?"

"석조전."

"석조전이 어디예요?"

이렇게 말을 하면서 그녀는 석조전을 검색해 보았다. 이런 건물이 있는지도 몰랐다.

"아마 영국의 건축가가 설계를 한 걸로 기억해."

별걸 다 아는 남자였다. 불고기가 왔지만 말자의 눈은 핸드폰 화면에 가 있었다. 정말로 그의 말대로 석조전이 경회루의 물그림자에 그대로 조각이 되어 있었다. 말을 하자면 경회루와 석조전이 붙어 있었다.

웃음이 났다. 그리고 말자의 엉덩이가 들썩거리기 시작했다.

"밥 먹고 다녀와."

그가 그녀의 마음을 알고 있는 듯이 그렇게 말을 했다. 그녀가 웃으며 그를 보자 필립이 자꾸만 수상하다는 듯이 그들을 번갈아 보았다.

"마이클, 좀 이상해요."

"뭐가?"

"둘이……."

그가 젓가락을 입술에 대고는 눈을 가늘게 뜨며 말했다.

"엉뚱한 소리 하지 말고 밥이나 먹어."

"네."

필립은 밥을 먹으면서도 자꾸만 말자와 국 사장을 쳐다보았다.

"수상해."

여전히 의심의 시선을 보이고 있었다.

"필립 씨 바빠요?"

"저요?"

"제가 오후에 자리를 잠깐 비울 건데 잘 부탁드린다고요."

"아, 걱정하지 마십시오. 오랜 세월을 해온 일인데요."

점심을 다 먹고 난 후에 그녀는 '앤티크'로 돌아가지 않고 바로 택시를 타고 덕수궁으로 향했다.

경호원들이 아마도 그녀의 뒤를 그림자처럼 따라다닐 것이기 때문에 그녀는 예전처럼 불안하지 않았다.

덕수궁에 도착한 그녀는 석조전 앞에서 망연자실했다. 왜냐하면 아쉽게도 발길을 돌릴 위기에 처해 있었기 때문이었다. 석조전은 인터넷으로 신청을 해야만 들어갈 수 있었다.

"일이 어째 잘 풀린다 했다."

발길을 돌리려는 찰나였다. 그녀는 무심코 서 있던 석조전의 계단 옆에서 뭔가를 발견했다. 웨딩 촬영 중인 커플이 계단을 쓰는 바람에 그녀가 잠시 뒤로 물러서 있다가 우연히 본 것이었다. 그건 대리석에 새겨진 숫자였다.

"4, 8, 6, 9, 1, 7?"

한곳에 쓰여진 게 아니라 각기 떨어진 곳에 쓰여 있었다. 그녀는 옆으로 가서 대리석을 살짝 눌러보았다. 하지만 아무것도 없었다. 뭔가가 있어야 하는데 아무것도 없었다.

툭툭.

그냥 영화에서 본 것처럼 그녀는 돌들을 두들겼다. 그러다가 그녀는 숫자 7의 돌이 움직인다는 것을 알았다. 돌을 어깨로 있는 힘껏 밀자 돌이 밀려들어 갔다. 다행히 사람들은 웨딩 촬영을 하는 팀뿐이어서 들키지 않고 그녀는 돌을 밀 수 있었다.

쑥 들어간 돌이 손이 들어갈 만큼 밀렸을 때 그녀는 그 안에 팔을 집어넣었다. 그리고 손을 더듬거리기 시작했다. 서늘한 느낌의 공간에서 쥐라도 나올까 걱정을 하며 그녀는 계속해서 손을 안으로 밀어 넣었다. 그때, 손에 뭔가 차가운 물건이 닿았다.

말자는 있는 힘껏 그것을 당겼다. 그리고 그 안에서 작은 상자가 나왔다. 그것이 무엇인지 바로 알 것 같았다.

주변을 살피며 그녀는 상자를 들고는 앞만 보고 달리기 시작했다. 오로지 생각은 경호원들이 어디서 보고 있겠지라는 생각뿐이었다. 빼앗길까 봐 두려운 생각에 그녀는 재빨리 눈앞에 보이는 택시를 타고는 바로 '앤티크'로 향했다.

"아가씨 괜찮아요?"

"네?"

"괜찮냐고요?"

"네, 아저씨. 빨리 가주세요."

그녀는 숨을 헐떡이며 말했다. 그녀는 열쇠함을 꼭 끌어안고 있었다. 그리고 생각을 했다. 이걸 국 사장에게 보여야 하는지 아니면 그녀 혼자서 끝까지 알아내야 하는지를 말이다.

하지만 이내 그녀는 혼자서 알고 있을 일은 아닌 것 같아 국 사장에게로 가져가기로 했다. 특종은 그녀의 것이라는 걸 분명히 할 것이다.

무엇이 들어 있는 줄은 모르지만 이 물건 때문에 국 사장의 부모님이 돌아가신 건 확실했다. 사람이 죽고 그녀의 집에 이 물건을 찾으러 사람들이 찾아온 것이라면 이 물건은 아주 귀한 것이었다. 보물이었으면 좋겠지만 말이다.

하긴 이게 그녀에겐 보물이었다. 20년간 궁금했던 실체를 알게되는 순간이기 때문이었다. 운이 좋다면 유 의원의 비리를 파헤칠수 있는 좋은 증거들이 이 안에 있을 수 있었다. 유 의원의 이중적인 면을 밝혀줄 증거들 말이다.

택시에서 내린 그녀는 뒤도 돌아보지 않고 사장실로 뛰어들었다. 노크도 없이 들어온 그녀를 필립과 국 사장이 멍하게 보고 있었다. 국 사장은 책상 의자에 앉은 채로 필립은 책상 앞에 선 채로 그녀를 보고 있었다.

"필립, 자리 좀 비켜줄래요?"

필립이 사장실에서 나가자 그녀가 국 사장 앞으로 다가갔다.

"특종은 내 거예요. 못 내게 막을 거라면 말 안 해요."

일단은 안에 것이 어떤 건지 모르지만 약속은 받아놓고 시작하는 게 좋을 것 같았다.

"난 기자가 아니니까 특종을 가로챌 이유는 없지만 때에 따라선 기사를 못 쓰게 막을 순 있겠지. 안 보여줄 건가?"

"생각 좀 해보고요. 기사를 막을 생각인가요?"

"김 기자도 쓰지 못하는 기사가 있지 않나? 예를 들어 모두가알아서 안 좋은 일이라든가 하는 것 말이야."

"모두에게는 알 권리가 있어요."

"내가 최대한 보장하지."

그녀가 그의 책상 위에 열쇠 상자를 꺼냈다. 생각보다 작은 상자였다. 사이즈는 스마트폰보다 조금 더 큰 직육면체였다.

"그 문양이군."

그가 지난번 사진 속 문양을 알아봤다.

"맞아요."

"열쇠는?"

"여기요."

그가 그녀에게 열쇠를 받아 들고는 상자를 열자 그 안에는 5개의 열쇠가 들어 있었고 편지 크기의 종이가 들어 있었는데 주소 같은 것이 적혀 있었다.

"회장님께 말씀하실 건가요?"

"왜, 말씀드리면 안 되는 건가?"

"당분간 비밀로 해주세요. 그리고 우리 둘이 가서 확인을 하는 게 좋겠어요."

"도대체 이 열쇠들은 뭐지?"

"이건 제가 지난번에 드렸던 문서와 함께 국태환 사장님께서 돌아가시기 전에 제 손에 쥐어주셨던 거예요."

"왜 지난번엔 문서만 줬지?"

"유 의원에 관한 비리를 캐고 싶어서요. 지난번처럼 문서만 빼앗기면 곤란하니까요."

"할아버지는 빼앗지 않으셨어."

"알아요, 하지만 저도 다시 달라고 할 수 있는 건 아니잖아요. 이것만큼은 안 되겠어요."

그는 한참을 말없이 그녀를 바라보더니 어디론가 전화를 했다. 그리고 자신의 재킷을 들고는 자리에서 일어났다.

"어디 가는 거예요?"

"여기."

그가 그녀가 준 주소를 챙기고 열쇠함도 들었다. 말자는 그의 뒤를 따랐다. 심장이 거칠게 뛰었다. 특종을 앞두고 느끼는 감정이었다. 뭔가 특별한 것이 그녀와 그를 기다리고 있을 것 같았다.

유 의원의 인생 최대의 위기를 그녀가 맞이하게 해줄 것이다. 그는 계속해서 어디론가 전화를 걸었다. 그리고는 마침내 북촌 한옥마을의 한 집 앞에 서 있게 되었다. 그 집은 비어 있는지 사람이 살고 있지 않았다.

문이 닫혀 있었지만 그가 열쇠장이를 불러 문을 따고 안으로 들어갔다.

"이건 불법이라고요."

"달리 방법이 있나?"

그의 말에도 일리가 있었다. 집 안은 너무 오래 방치가 되어 거의 흉가나 다름이 없었다. 먼지와 거미줄이 집 안을 도배하고 있었지만 살림이 없어서 그런지 생각보다는 지저분하지 않았다.

"열쇠로 열 만한 게 아무것도 없어요."

온 집 안을 돌아다니며 그녀는 열쇠 구멍이란 구멍은 다 살펴보 았다.

"너무 아무것도 없군. 이상할 정도로 말이야."

그는 거미줄을 걷어내며 방방마다 살피기 시작했다. 그와는 다 르게 말자도 따로 집 안을 둘러보았다. 그리 크지 않은 집이었고 창고도 없었다. 그래서 아까와 같이 무슨 표시가 있나 싶어서 장 독대까지 살핀 그녀였지만 아무것도 없었다.

"사장님, 뭐 생각나는 거 없으세요? 예를 들어서 뭔가를 사장님 이 숨긴다면 이 집의 어디에 숨기시겠어요?"

"지하."

그들은 서로의 얼굴을 보았다. 그리고 안방으로 들어가서 방 전 체를 손으로 두들겨 보기 시작했지만 아무런 증거도 못 찾고 옷만 먼지로 더럽혀졌다.

"정말 지하일까요?"

"열쇠의 크기로 봐서 자물쇠도 클 거고 그러면 부피가 큰 상자 에 있을 거 아냐? 다락에 숨기기엔 부피가 너무 크니 지하가 가장 안전하겠지."

"그런데 왜 이걸 숨긴 사람들이 관리를 안 하고 있을까요?"

"그들도 도난을 당했거나 무슨 이유에선지 이 장소를 모르고 있는 것 같아. 그러니까 그 문서를 찾기 위해 20년이 넘는 시간 동안 김 기자에게 집착을 한 거지."

"우리 집 물건을 뒤진 건 두 번밖에 안 돼요."

"아니, 수도 없이 많아. 우리가 다 막은 거지."

"네?"

"우리 쪽 경호원이 김 기자에게 항상 붙어 있었고 집도 주변에서 지켰지. 경호가 약간 소홀해진 틈을 타서 이번 일이 이루어지긴 했지만 말이야."

말자는 그의 진지한 눈을 보며 그가 말한 게 사실임을 알았다. 그녀는 지금까지 국 회장의 보호를 받고 있었던 것이었다. 물론 지난번에 듣기는 했지만 이렇게 그가 직접 말하니 느낌이 달랐다.

"감사하다고 해야 하는 건지 잘 모르겠어요. 항상 누군가의 눈에 노출이 되어 있는 건 기분이 좋은 건 아니니까 말이에요."

"어쨌든 아버지가 돌아가시던 날의 일은 모르긴 해도 아버지와 어머니도 몰랐던 일이 갑자기 생긴 것 같아. 그러지 않고서는 나와 사촌형과 함께 만날 약속을 하진 않으셨을 테니까."

"그리고 저도 그 자리에 낄 일이 없었겠죠."

"그래."

"누가 오기 전에 빨리 찾아봐요."

"뭔가 힌트라도 있으면 좋으련만……."

그는 다시 열쇠통을 보았다.

"숫자가 있어요."

"어디?"

그녀가 숫자에 대해 이야기를 해주었다.

"이것 때문에 찾았죠."

"다른 힌트는?"

"모르겠어요."

그가 열쇠 상자의 뚜껑을 열고 열쇠 5개를 꺼내 살펴보기 시작했다. 그러자 열쇠에 또 다른 숫자가 각각 쓰여 있었다.

"1, 3, 0, 8, 2."

하나씩 숫자가 쓰여 있었다. 그녀는 곰곰이 생각해 보았다. 숫자가 들어갈 만한 무언가가 있는 장소를 말이다. 그리고 그녀는 눈을 들어 기둥을 모았다. 기둥에 숫자들이 쓰여 있었다.

"대청마루였어요."

"대청마루는 가릴 게 없어서 숨기기 어려울 텐데?"

"병풍으로 가리면 되죠."

"그렇다면 대청마루의 안쪽이겠군."

네 개의 기둥 뒤쪽으로 바닥에 0처럼 보이는 구멍이 뚫려 있었다. 손가락이 겨우 들어가는 사이즈였다. 그가 손가락을 넣어 들어 올리자 꽤 큰 정사각형의 뚜껑이 열렸다. 구멍 아래를 보자 정말 뒤주들이 있었다. 상당히 낮은 구조라서 키가 큰 그는 들어가지 못하고 말자가 대신 그곳으로 들어갔다.

"좋은 세상이야."

스마트폰 앱에서 플래시를 찾아서 불을 비춘 그녀는 대청마루 바닥에 있는 여러 개의 뒤주를 발견하고는 열쇠의 숫자가 적힌 뒤주를 열었다.

뒤주를 열고 보니 그 안은 옛날 서책들이 가득했다. 무슨 내용일지는 모르지만 대충 살펴도 대부분은 사람의 이름인 것 같았다.

"뭐지."

그녀는 다른 뒤주를 열었고 그 안도 똑같이 서류였다. 뭔지는 모르지만 그들이 지키고자 했던 것들이었다. 그중에 그녀의 눈에 띄는 서찰이 있었다. 그건 분명히 비단 두루마리에 싸여 있었고 펼쳐 보니 임금의 옥새 같이 커다란 도장도 찍혀 있었다.

중요한 서류임에 분명했다.

"이건 뭐지?"

일단 그녀는 비단 두루마리를 품에 안고 서책들도 몇 권 들어 위로 올려 보냈다. 그리고 그녀는 다음을 기약하고는 위로 몸을 올렸다.

"이걸 다 가져가려면 사람들이……"

그녀의 눈에 경호원들이 보였다. 하긴 항상 따라다닌다고 했었다.

"다 가져가야 할 것 같아서. 많은가?"

"아뇨, 이 인원이면 될 것 같아요. 천장이 낮아서 뒤주의 크기가 그렇게 크지 않아요."

"알았어."

경호원 중에 몸이 호리호리한 남자가 들어가서 나머지 물건들을 가지고 나왔고 아무 일도 없었다는 듯 그들은 그곳을 빠져나왔다.

"이걸 어디로 가져가죠?"

"본가."

"집으로요?"

"거기가 제일 안전해."

그녀는 그의 말에 따라 바로 그의 본가로 향했다.

"특종은 잊지 말아줬으면 싶네요."

"알았어."

이걸 본가로 가지고 가면 국 회장이 모르게 할 수가 없는 일이었다. 그리고 누구보다 고문서를 잘 아는 국 회장의 도움이 필요한 것도 사실이었다.

집에 도착하자 거실에서 차를 마시며 조용한 시간을 보내고 있던 국 회장이 퇴근 시간도 안 된 시간에 들어온 그들을 어리둥절한 눈으로 바라보았다. 그리고 문서를 한 아름씩 가져다 나르는 경호원들의 모습도 의아하게 보고 있었다.

"둘 다 웬일이냐?"

"드릴 말씀이 있습니다."

국 사장은 오늘 있었던 일을 토씨 하나 빠트리지 않고 국 회장에게 말했다. 생각보다 입이 가벼웠다. 뭘 그렇게 하나서부터 열까지 말하는지 말자는 국 사장이 마음에 들지 않았다. 하지만 어쩌랴, 지금 도움을 줄 사람은 국 회장뿐인 것을. 잠시 후, 말자는 그것이 얼마나 잘못된 생각이었는지 문서의 실체를 알게 되면서 후회하게 되었다.

서책과 서신들은 서재로 옮겨졌다. 그리고 서재 앞을 경호원들이 지키고 있었다. 이게 무슨 일인지 말자는 솔직하게 두려웠다.

서재 안에는 국 회장과 국 사장 그리고 말자가 있었다. 서류를 살피던 국 회장이 말자에게 나가라는 말을 했다.

"김 기자는 나가는 게 좋겠어."

"왜요?"

"알게 되면 더 힘들어져."

"김 기자도 각오가 되어 있습니다. 어차피 우리가 알려주지 않는다고 가만히 있을 김 기자도 아닙니다. 괜히 여기저기 파헤치고 다니는 게 더 안 좋을 것 같습니다."

국 회장이 고개를 끄덕였다.

"이건 모두 일제시대에 비밀리에 거래가 되었던 것들의 목록이야."

"사람의 이름 같던데 그러면 그 사람들이 벌인 일인가요?"

"아니, 여기에 적힌 것은 일본에 노예로 팔려간 사람들의 명단이야. 사람, 문화재, 당시에 고가에 거래가 되던 작물 등 그 규모가 너무나 방대해서 다 말을 할 수가 없군."

"그런데 이건 모두 다 아는 일 아닙니까? 징용에 끌려가거나 위안부로 뽑혀간 사람들도 있고 조공 식으로 우리가 일본에 바친 것들이 많은 건 모두가 다 알고 있지 않습니까? 그런데 자료들을 왜 이렇게 숨기려고 애를 썼을까요?"

"여기에 쓰여진 것들은 친일파란 이름의 벌을 받지 않은 사람들이 벌인 일들이야. 더 잔혹하고 악랄하게 자신들의 부를 위해 사람들을 희생시킨 부관참시를 해도 부족한 놈들이 벌인 기록들이란 말이다."

"이건 그럼 그 다섯 명의 기록들인가요? 지난번 제가 가지고 있던 편지에서 나온."

"맞아, 장부는 아주 꼼꼼하게 기록이 되어 있고 마치 어딘가에 검사를 맡아야 하는 것처럼 자신들이 한 일을 마치 공적을 쌓은 것처럼 기록을 하고 있어."

"유필봉의 일도 있나요?"

"물론이지, 그가 거의 주도적인 것 같아."

"사람이 아니었군요."

"그렇다고 봐야지. 징용도 모자라서 인간을 거의 개처럼 다룬 기록들이야. 어떻게 같은 민족으로 이렇게……."

국 회장이 말을 하다가 울컥했는지 목소리가 젖어 있었다. 잠시 말을 멈춘 국 회장은 한동안 자료만 살펴보았다. 누구보다 고서에 조예가 깊은 분답게 다른 사람의 도움을 받지 않고서도 문서들을 읽어나갔다.

"회장님, 죄송한 질문인데 저 두루마리들은 뭔가요?"

"그건 왕의 비밀 외교 문서다. 다른 나라에게 우리의 어려움을 알리려고 했던 문서들인데 모두가 이들이 중간에서 가로챈 것이다."

"그럼 불살랐으면 될 것인데 증거를 이렇게 남긴다는 것이 이상하지 않나요?"

"나도 그게 수상하긴 하다. 어떻게 자신들의 치부를 이렇게 다 보관하고 있는 건지……."

말자는 이런 엄청난 걸 자신에게 주고 간 국태환 사장이 죽으면서도 그녀를 보호하고 이걸 끝까지 지키려고 했는지 알 것 같았다. 그녀는 알고 싶지 않은 역사의 치부를 들여다본 느낌이었다. 이들의 후손들이 국회의원을 하고 있다는 게 화가 났다.

그리고 이상했다. 왜 이 모든 걸 보관하고 있었을까?

"혹시 이건 저의 생각인데 이걸 보관하고 있으므로 해서 그들이 얻는 이득이 뭐가 있을까요?"

"글쎄다."

"이걸 폐기하려다가 실패했을까요?"

"아니, 그걸 폐기하려고 했으면 일제시대 당시에 했겠지. 이걸 그 긴 세월 동안 지켰고 지금도 찾으려고 하니 폐기보다는 보존을 해야 그들에게 유리한 뭔가가 있을 거야."

국 사장이 옆에서 있다가 말했다.

"유리한 게 뭘까요?"

말자는 머리를 굴리기 시작했다. 자료를 가지고 있어서 유리한 점이라면 협박용인데 이건 역으로 그들이 협박을 당할 물건이라 말이 되지 않았다.

"뭘까?"

그때 갑자기 말자의 머리에 떠오른 것이 있었다.

"만약에 말이에요. 다시 그 단체가 일본에 과거 자신들이 한 것을 증거로 보여주고 지금도 그렇게 일본을 돕겠다고 한다면 어떻게 될까요? 그때는 저 자료들이 필요할 것 같은데……."

국 회장과 국 사장이 놀란 표정으로 그녀를 보았다.

"설마 그럴 생각으로 저 물건을 찾고 있는 건 아니겠죠?"

순간 소름이 온몸에 끼쳤다.

"아닐 거예요. 설마……."

"뭐든 지금은 가능성을 열어두고 생각을 해봐야겠어. 지금 할아버지가 문서를 전반적으로 살펴보시고 계시니, 작업이 끝난 후에 다시 이야기를 해야 할 것 같아. 얼마나 걸릴까요?"

"문서의 보관 상태가 생각보다 좋으니 조금 빨리 읽는다면 3일쯤 걸리면 정말로 정확한 윤곽이 잡힐 것 같구나. 지금 다른 사람의 도움을 받기에는 내용이 너무 위험해."

국 회장과 그를 서재에 남겨두고 그녀는 먼저 방으로 올라갔다. 한자를 잘 아는 것도 아니었고 일제시대 당시에 사용되던 한글도 잘 아는 게 아니어서 거기에 있어봐야 할 일이 없었다. 차라리 방으로 들어가서 유 의원에 대해서 뒷조사를 하라고 후배들에게 부탁을 하는 편이 훨씬 나을 것 같았다.

서재 앞에는 경호원들이 서 있었다. 뭔가 큰일이 그들에게 닥쳐오고 있음을 그녀는 직감적으로 알 수 있었다.

2층의 방으로 들어온 말자는 돌아오자마자 자신의 노트북을 켰다. 그리고 유 의원에 대한 그동안의 자료들을 살펴보기 시작했다. 너무나 완벽하게 평범한 일상이었다. 오히려 그는 누구보다 지역구에 헌신적인 국회의원이었고 전국구 의원으로서도 명성이 자자했다.

언론에서는 대통령보다도 인기가 많은 국회의원으로 치켜세웠고 언제부터인가 차기 대권주자 0순위인 사람이었다.

"지나치게 완벽해."

그래도 그나마 찾은 것이 아들의 병역 비리였다.

"스탠퍼드 대학에 다니는데 정신병이라……."

대권주자였다면 크게 흠이 되고 이슈가 될 일이었지만 그는 당대표도 아닌 그냥 국회의원이었고 아들은 국내에 없었기에 검증 방법이 없었다.

유 의원의 일정을 보던 말자는 유 의원이 쉬는 날에는 그의 조사원도 그가 뭘 하는지 모르는 것을 깨달았다.

"왜 이걸 체크를 안 했지?"

유 의원은 일주일에 거의 하루는 쉬었고 그 날짜는 일정하지 않았다. 다만 집에서 하루 종일 나오지 않고 있다는 기록뿐이었다.

"왜 하루 종일 집에만 있지?"

그때 조사를 도와준 후배 기자 유진의 말에 따르면 진짜로 한 발자국도 나오지 않고 집에서 키우는 강아지들과 함께 시간을 보낸다고 했다. 유 의원은 부드러운 성격과는 다르게 사냥개들을 키운다고 했다.

"부드럽긴 개뿔!"

그녀는 핸드폰을 들었다.

"바쁘냐?"

[너무 한가해서 서류가 산더미처럼 쌓였다.]

동기인 우정이었다.

"너 바쁜 거 아는데 나 좀 도와줘라."

[내 코가 석 자다, 인간아.]

"내가 특종에 네 이름도 써주마."

[뭔데?]

"유 의원을 전담 마크할 수 있어?"

[내가 막내 기자냐?]

"싫으면 말고."

살살 긁어야 뭔가가 나오는 우정이었다. 실력은 좋은데 뭔가 길게 취재하는 걸 좋아하지 않았다.

[그래, 눈물나게 한가한 내가 하마.]

"그런데 있잖아. 유 의원이 일하는 시간 말고 그 뒷시간을 조사해야 해."

[뭐? 난 언제 쉬고?]

"그러니 너한테 부탁하는 거 아니냐."

[싫다. 나도 좀 쉬자.]

"알았다."

난감한 상황이었다. 후배 기자들에게 맡기기엔 유 의원은 너무 여우였다. 말자는 깊은 생각에 빠졌다. 진짜로 이번엔 그의 꼬리를 잡아야 하는데 걱정이었다. 볼펜을 자기도 모르게 깨물며 말자는 고민에 고민을 하고 있었다.

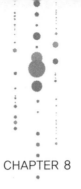

CHAPTER 8

　푸른 숲이 우거진 이곳은 강원도와 서울의 가장 근접한 군사 보호 구역이었다. 하지만 기존의 도로와는 아주 떨어진 곳이라서 일반인들은 이곳의 위치를 잘 몰랐다. 군인들도 훈련지로 선택을 잘하지 않을 만큼 험난한 산중이었다. 김씨와 이씨는 오늘도 이곳에서 약초를 몰래 캤다. 철저하게 민간인 금지 구역인 이곳은 사람들의 발길이 닿지 않아 약초들이 많이 있었다.

　운이 좋으면 산삼도 캘 수 있었고 특히 송이버섯과 영지 등 진짜 값나가는 것들이 많았다. 지난 주에는 석청을 따기도 했었다.

　웬만한 심마니들도 모르는 이곳은 그들에게는 보물창고나 마찬가지였다.

"오늘은 왜 이렇게 눈에 안 띄지?"

"그러게."

"막걸리라도 뿌리고 시작할 걸 그랬나?"

"지금이라도 좀 뿌리고 할까?"

이씨의 말에 김씨가 막걸리와 그들이 먹으려고 가지고 온 고구마를 놓고는 절을 하고 산에 뿌렸다. 산신에게 잘 보여야 좋은 약초들이 보인다고 그들은 믿었다.

"저기."

산신령이 금방 효험을 보여주셨다.

"진작에 막걸리를 뿌릴 걸 그랬어."

나무 위의 영지버섯을 보고는 김씨가 말했다. 그들은 조금 높은 곳의 영지만 보고 걷기 시작했다. 지뢰가 있어서 항상 발밑을 조심해야 했지만 이곳으로 다닌 지 1년이 넘은 지금까지 아직 지뢰는 없었다.

"꽤 커 보이죠?"

"그렇네."

요 며칠 비가 와서 질퍽거리고 습한 기운이 올라와 후덥지근하기는 했지만 그래도 약초를 캘 욕심에 그들은 날씨쯤이야 신경 쓰지 않았다.

"아이고."

"왜 그래?"

김씨가 갑자기 뭔가에 걸려 넘어졌다.

"괜찮은 거야? 그렇게 다리가 부실해서 어디다가 쓰나?"

20년지기 친구인 그들은 가끔 이렇게 산에서 상대가 넘어지면 이렇게 놀리곤 했었다. 그런데 다른 때 같으면 벌떡 일어날 김씨가 그 자리에 얼어붙은 듯이 그대로 있었다.

"다친 거야?"

"⋯⋯."

"왜 그래?"

"으으으으악!"

김씨의 비명 소리가 산중을 울리고 있었다.

"뭐야?"

허겁지겁 이씨가 김씨의 곁으로 갔다. 그런데 그곳엔 사람의 손이 나와 있었다. 밤새 내린 비에 묻어둔 시체의 손이 바깥으로 나온 것이었다. 너무 놀란 그들은 그곳을 재빠르게 빠져나왔다.

"헉헉, 신고해야 하는 거 아니야?"

"그러면 우리도 벌금을 낸다고."

"그럼 어쩌지?"

"그냥 내버려 둬."

"그래도 되나?"

산 중턱쯤 내려오자 그들은 등 뒤에서 개 짖는 소리를 들었다. 이곳은 사람들이 들어오지 않는 곳이었고 멧돼지나 고라니 종류는 있어도 개 종류는 있을 곳이 아니었다. 소름이 끼쳤다.

"이봐요!"

뒤에서 누군가 그들을 향해 소리쳤다. 그들은 사람의 소리에 안도의 한숨을 쉬었다. 이곳에 사냥꾼이 온 모양이었다. 뒤를 돌아보았지만 아직 사냥꾼은 보이지 않았다.

"이봐요, 도망쳐요."

이건 또 무슨 소리인가?

슝— 탁!

그때 갑자기 옆의 나무에 총알이 박혔다. 소리가 나지 않는 총이었다.

"이런 곳에 오면 안 되는 거 몰라?"

사냥꾼이 말을 하며 총을 장전하는 소리가 가까이서 들렸다.

갑작스런 소리에 남자들은 죽을힘을 다해 달리기 시작했다.

억!

김씨가 총을 맞았는지 자리에 쓰러졌다.

"도망쳐!"

자신에게 오지 말고 무조건 달리라는 소리였다. 이씨는 뒤도 돌아보지 않고 앞만 보고 달렸다. 드디어 그들이 차를 세워둔 곳까지 내려온 이씨였다. 내려가도 비포장도로여서 차도 잘 다니지 않는 곳이었다.

"헉헉헉."

갑자기 등 뒤에 열기가 느껴지며 자신의 척추 뼈가 바스러지는 소리를 들었다. 그리고 이씨는 그 자리에 그대로 쓰러졌다. 극심한 고통으로 숨조차 쉴 수가 없었다. 죽는 게 이런 것이구나 하는 생각이 들었다.

그때 그의 옆으로 개들이 몰려들었다. 수없이 많은 개들이었다. 어찌나 짖는지 귀청이 떨어질 것 같았지만 그는 지금 고통 때문에 개들 따위가 짖든지 말든지 소용이 없었다. 개들 사이로 한 남자가 등장했다.

어디선가 본 인상이었다. 심마니는 아니었다. 하지만 분명히 아는 얼굴이었다.

"이렇게 금지구역을 다니면 안 되지."

그의 얼굴보다 목소리를 듣자 그가 누군지 알 것 같았다. 총을 들고 무서운 개들 사이에 서 있는 남자는 유상훈 의원이었다.

"잘 가라고."

그가 자신을 향해 총구를 겨누었다. 아침에 나오면서 마누라에게 뭐라고 하지 말걸이라는 후회가 밀려왔다.

탕!

군에 간 아들 녀석이 보고 싶었다. 이씨는 눈을 뜬 채 그대로 숨을 거두었다.

"갑자기 쓰레기들이 많아졌어."

"잘 처리하겠습니다."

상훈의 옆에 서 있는 험상궂게 생긴 남자가 그에게 허리를 굽히며 말했다. 오혁수라는 이름의 남자는 그를 아주 맹목적으로 따르는 충직한 자였다. 이곳도 지키며 귀찮은 시체 처리도 그가 했다. 상훈은 돈으로 사람을 후릴 줄 알았다.

그의 아버지도 그랬고 그의 할아버지도 그랬다. 그의 집안은 대대로 유씨 가문의 머슴들이었다.

그의 유일한 취미는 쉬는 날 이렇게 나와서 인간 사냥을 하는 것이었다. 노숙자들은 널렸고 이 산에 시신은 날로 늘어났다. 아무도 접근하지 못하는 험한 구조의 산이었다. 그는 어릴 때부터 이곳에 아버지와 함께 사냥을 다녀서 잘 알고 있었다.

산짐승의 사냥은 인간 사냥보다 그 재미가 약했다. 처음에는 아버지처럼 잔인한 사람이 되기 위해 하기 시작했고 지금은 모든 스트레스를 인간 사냥으로 풀었다.

"날이 춥습니다."

혁수의 말에 상훈은 발길을 별장 쪽으로 돌렸다. 혁수는 조용히 오늘 죽은 노숙자를 포함해서 시체 3구를 땅에 말없이 묻었고 상훈은 온몸에 묻은 피를 씻어내기 위해 샤워를 했다.

그는 지난 주에도 이곳에 왔었다. 그리고 오늘 또 갑자기 내려왔다. 김 기자의 동태가 심상치 않다는 이야기를 듣고 나서는 불안한 마음이 생겨서 일에 집중을 할 수가 없었다.

미행을 붙이기는 했지만 김 기자의 주변에 경호원들이 붙어 있어서 미행하는 그의 부하들의 접근이 쉽지가 않았다. 대충 김 기자가 어디 있는지 정도만 파악이 된 상태였다.

수건으로 머리를 털며 그는 밖으로 나왔다. 그리 크지 않은 별장은 다른 사람들이 들어올 수 없는 곳이었다. 이곳에는 혁수와 그의 마누라가 함께 살고 있었다.

인적이 드문 곳이라서 그의 행동에 제약은 없었지만 당분간은 찾지 말아야 할 것 같았다. 김 기자가 뜬금없이 덕수궁에 갔던 것과 북촌마을의 한옥에 들렀다는 게 자꾸만 마음에 걸리는 그였다.

그리고 솔직히 김 기자가 국 회장에게 가 있는 것도 마음에 들지 않았다. 국 회장의 아들은 그의 조직원의 손에 죽었다. 그자는 애국회 소속이었고 어쩌면 국 회장도 애국회의 일원일지도 몰랐다.

하지만 국 회장에게선 이렇다 할 증거가 없었다. 그는 조용하게 그냥 장사를 하는 부자 장사꾼에 불과했다. 그런데 그가 왜 갑자기 김 기자를 보호하기 시작했을까? 보고에 따르면 국 회장의 아들이 죽으면서 마지막까지 지킨 게 김 기자였기 때문에 그럴 가능성이 크다는 것이었다.

그냥 넘기기엔 그쪽도 걸리는 부분이 있었다. 거기에 요즘 국 회장의 건강이 좋지 않아서 국수호라는 세계적인 베스트셀러 작가가 자신의 할아버지를 돕기 위해 들어왔고 그 손자가 죽은 국 사장의 아들이라고 했다.

서로 모른 척하고 살았지만 그들은 너무나 복잡하게 얽힌 사이였다. 머리를 말리기 위해 창가에 서 있는데 뭔가 번쩍 하는 빛이 보였다. 카메라 렌즈였다. 누군가 그를 미행하고 있는 게 분명했다.

유 의원은 서둘러 불을 끄고 자는 척을 했다. 한 두 시간 더 있다가 새벽에 몰래 이곳을 빠져나갈 생각이었다.

"미행이 붙었군."

그는 비릿한 미소를 지으며 잠시 침대에 몸을 뉘었다.

강원도에 이렇게 아무것도 없이 산만 있는 곳이 있는 줄 말자는 처음 알았다. 저녁 시간이 아닌데도 이곳은 금방 어두워졌다. 산 속이라서 그런지 빛이라고는 하나도 없었다. 유 의원의 별장에서 조금 떨어진 곳에 차를 세워두고 날이 어두워지기를 기다린 말자와 국 사장이었다.

여름인데도 이곳은 서늘했다.

"여기는 인가가 없어도 너무 없어요."

"군사 보호 구역이야. 이곳에 별장이 있는 게 더 이상하지."

"여기에 있는 줄도 모르겠어요."

유 의원의 별장의 모습은 별장이라기보다 국가기관의 건물처럼 보였다. 흰색으로 지어진 것이 아니라 마치 군대의 기지처럼 군복 문양으로 집 전체가 보호색을 두르고 있었고 집 안은 어떨지 몰라도 겉모습은 진짜 군사시설 같았다.

"들어갈 수는 없을 것 같아요."

"그래도 누가 들어가는지는 알 수 있겠지."

그가 그녀의 뒤에서 이렇게 말을 했다. 그의 입김이 그녀의 귓가를 간질이고 있었다. 며칠 전에 서책과 문서들을 발견하고 그다음 날 말자는 그에게 정중하게 부탁을 했다. 유 의원의 뒤를 밟았으면 한다고 말이다. 의외로 그가 흔쾌히 응해주었고 이렇게 며칠을 붙어 다니게 되었다.

요 며칠은 유 의원에게 별다른 일이 없었지만 오늘 처음으로 먼 곳까지 쫓아온 것이었다. 사냥개를 태운 트럭을 끌고 나와서 유 의원이라는 생각도 하지 못했지만 말자가 선글라스와 모자를 눌러쓴 유 의원을 알아보고 미행을 한 것이었다.

"필립이 운전을 아주 잘하던데요."

"필립은 만능이야."

"그래도 어쩜 그렇게 잘하는지 카레이서인 줄 알았어요."

필립이 아니었다면 이곳까지 쫓아오지도 못했을 것이었다. 지금도 좀 떨어진 장소에서 그들을 기다리고 있었다.

"추워지는군."

"조금요."

그가 그녀의 어깨 위로 담요를 덮어주었다.

"고마워요."

"별말씀을……."

"이대로 끝일까요?"

"일단은 이곳의……."

펑!

누군가 국 사장의 머리를 뭔가로 쳐서 기절을 시켰고 그녀도 갑자기 머리가 깨질 듯한 충격을 받고는 자리에 쓰러졌다.

아주 사나운 꿈을 꾸고 있는 것 같았다. 아니, 가위에 눌린 듯이 온몸을 움직일 수가 없었다. 악몽이라면 빨리 깨고 싶었다.

"으윽!"

머리가 깨지는 듯이 아파왔다. 눈이 제대로 떠지지가 않았다. 눈은 뜰 수가 없었지만 그녀는 자신이 의자에 앉아 있다는 건 느낄 수가 있었다.

"김 기자."

그의 목소리가 들렸다. 그의 목소리를 듣자 안도의 마음이 생겼다.

"김 기자."

"네."

그녀가 초점을 맞추려고 애를 쓰며 눈을 떴다. 그녀의 옆에 그가 묶인 채로 앉아 있었다. 이마로 핏자국이 있었다.

"괜찮아요?"

"어, 김 기자는?"

"저도 괜찮아요."

머릿속에서 종을 치는 것 같았지만 진짜로 괜찮은 마음이었다. 그건 그가 무사했기 때문이었다. 그가 몸을 이리저리 비틀며 줄을 풀려고 애를 썼지만 줄은 아주 견고하게 매듭이 지어져 있었다.

"등산을 많이 한 사람이야."

"뭐가요?"

"우리를 묶은 사람 말이야."

그들이 있는 곳은 집 안의 창고 같았다. 온갖 종류의 도구들이 너무나 깔끔하게 정리가 되어 있었고 부품들도 있고 전기톱도 있었다. 미국영화에 나오는 편집광의 창고 같았다. 그리고 신기한 건 이곳에는 장총이 걸려 있었다.

"여기 총도 있어요."

"사냥을 하는 것 같군. 그런데 총이……."

그때였다. 문이 열리더니 사람이 들어오는 소리가 등 뒤에서 들렸다.

"이게 누군가? 김 기자."

유 의원이었다.

"안녕하십니까?"

"안녕은 무슨. 서로가 안녕하지 못한 것 같군. 난 김 기자 때문에 김 기자는 지금 나 때문에."

"전에도 의원님 때문에 안녕하진 못했죠."

"왜?"

유 의원이 가식적으로 안타까운 표정을 지었다.

"저도 정직 처분을 받았으니까요."

"그런가? 안타깝군. 하지만 나만큼의 피해는 입지 않았을 것 아닌가? 나는 미국에 있는 아들 녀석에게까지 기자들이 달라붙어 있어서 아주 골치가 아프거든."

"신분도 아셨는데 풀어주시죠."

"내가 왜?"

"저희들이 이곳에 온 줄 아는 사람들이 많이 있습니다."

"그런가?"

그는 얼굴 표정 하나 변하지 않았다.

"조금 있으면 이곳으로 올 겁니다."

"아무리 사람들이 와도 이곳 지하로는 들어올 수가 없어. 두 사람은 지금 세상과 아주 단절이 되신 거지."

"유 의원님, 장난도 너무 지나치면 화를 부르는 법입니다."

국 사장이 이를 악물며 말했다. 금방이라도 의자를 부술 것처럼 국 사장은 화가 많이 나 있었다.

"워 워. 난 있잖아 유명한 사람들을 건드리고 싶진 않아. 하지만 날 위험에 빠뜨리는 사람이라면 언제든지 쥐도 새도 모르게 죽여버릴 수도 있지. 도대체 왜 나를 미행한 거지?"

"그야, 의원님이 먼저 제 집을 뒤지셨으니까 저로서도 가만히 있을 수는 없으니까요."

"내가 왜 김 기자 집을 뒤졌다고 생각하지?"

"그야, 국 사장님이 돌아가시면서 저에게 주었을 거라고 생각하시는 물건 때문이죠."

"국 사장?"

"네, 국태환 사장님이요."

"국 사장이 누군지 난 몰라."

그가 딱 잡아뗐다.

"진짜로 모르시나요? 난 또 아신다고. 그러면 저를 풀어주시는 조건으로 딜을 할까 생각했는데……."

"딜? 무슨 딜?"

"그 문서……."

"알고 있다는 투 같군."

"의원님도 국태환 사장님을 아시는 것 같고요."

"오래전 일이야."

"아니라면요? 그리고 제가 그 문서뿐 아니라 모두를 가지고 있다면요?"

유 의원의 눈동자가 흔들리고 있었다.

"농담은 그런 식으로 하는 게 아니야."

"반자이."

그 소리에 유 의원의 얼굴이 완벽하게 굳어졌다. 아니, 심지어는 눈 밑에 경련이 일어나고 있었다.

"그게 뭔지는 모르지만 그 서류에 언급이 되어 있더군요. 그리고 아직 다 살펴보진 못했어요. 전문가가 있어야 할 것 같았거든요. 그게 5개의 뒤주에 가득 차 있으니까요."

"김 기자."

국 사장이 그녀를 말렸다.

"왜 그러세요. 난 종이 쪼가리보다 우리가 여기서 나가는 게 중요해요."

"그래? 어디에 있지?"

"그게 필요하면 저흴 놔주세요."

"내가 어떻게 믿지?"

"보시면 아실 것 아니에요. 그리고 난 내 목숨 걸고 장난하지 않아요."

"그래? 그러면 그것이 장난이면 네 할머니는 조금 더 일찍 저승사자를 볼 거야."

예상 밖의 할매 얘기에 당황하기는 했지만 일단은 물건을 전달하면 이상은 없을 것 같았다.

"아무도 건드리지 않는다고 약속하면 내가 그 물건을 건네도록 할 테니까 이 끈부터 풀어줘요."

"약속은 지키는 게 좋을 거야."

유 의원은 그들을 풀어주지 않고 밖으로 나갔다. 그리고 웬 남자가 들어오더니 그들의 눈을 가리고는 묶은 채로 어디론가 데리고 갔다. 거긴 다름 아닌 차 안이었다. 그는 그들을 차에 태워 필립이 서 있는 근처까지 데려다주었다. 그리고는 홀연히 사라졌다.

필립은 얼굴이 사색이 되어 그들에게 달려왔다.

"얼마나 걱정했는지 알아요?"

"가자."

그는 필립에게 아무 말도 하지 않고는 말자를 데리고 뒷좌석에 탔다.

"괜찮은 거예요? 머리에 피는 뭐예요?"

"아무것도 아니니까 빨리 집으로 가기나 해."

그의 어깨에 말자가 기댔다. 몸을 얼마나 떨었는지 모른다. 그가 그녀의 어깨를 감싸 안았다.

"괜찮을 거야."

"……"

그가 그녀의 정수리에 입을 맞추었다. 필립이 룸미러로 그들을 이상한 눈으로 봤지만 그는 신경을 쓰는 것 같지 않았다. 이번 일 때문에 일주일 간 서로 일만 했던 그들이었다. 이렇게 그녀에게 애정표현을 하는 건 정말 오랜만이었다.

하지만 이건 애정표현이라기보다는 위로일 수도 있었다. 다만 그녀는 그의 어떤 행동도 신경이 쓰이고 심장이 두근거린다는 것이었다.

그들은 새벽이 되어서야 집으로 돌아왔고 유 의원에게서는 연락이 없었다.

"연락이 오겠죠?"

"그래."

자신의 방으로 들어간 말자는 침대에 멍하게 앉았다. 다리가 떨리고 아무 생각도 나지 않았다. 그녀의 인생은 순탄치가 않은 것 같았다.

그때 방문이 열리더니 그가 들어왔다. 손에는 구급상자를 들고서 말이다. 그가 침대 옆에 앉아서 구급상자를 열었다.

"머리에 약 발라줄까요?"

"아니."

"그런데 구급상자는 왜요?"

"머리에서 피가 나니까."

"누가요?"

"김말자 씨."

그의 말에 그녀는 그때서야 거울을 보았다. 이마 위로 많은 피가 흘러내려 굳어 있었다. 아니, 그녀의 어깨에도 상당량의 피가 묻어 있었다.

"어디 봐. 꿰매야 하면 지금 응급실에 가야 하고."

그가 서서 그녀의 머리를 살피기 시작했다.

"아, 아파요."

"이제야 아픈 거야?"

피를 보니 더 큰 아픔을 느꼈다.

"사람은 간사한 동물이에요. 피를 보기 전엔 몰랐지만 지금은 아프네요."

"알았어. 어디가 찢어졌는지 보여. 소독 한 번 하고 얼마나 찢어 졌는지 보자."

"앗, 따가워."

"엄살 부리지 마."

"진짜 따갑다고요."

그가 거즈로 그녀의 머리를 소독해 주었다.

"병원 안 가도 될 것 같아."

그녀는 구급상자에서 소독약을 꺼내 그의 상처를 똑같이 소독 해 주었다. 그는 침대에 앉아 있었고 말자는 그의 다리 사이에 서 서 그의 피 묻은 이마를 소독약을 묻힌 거즈로 닦아내고 있었다.

그가 갑자기 그녀의 허리를 양손으로 잡았다.

"오늘은 안 돼요."

"뭐가?"

"뭐든요, 지금 머리가 깨질 듯이 아프거든요."

"안고만 잘게."

"거짓말."

"나도 지금 머리가 깨질 것 같아."

그는 이렇게 말을 하며 말자를 아주 선량한 눈으로 바라보고 있었다.

"그럼 진짜 안고만 자는 거예요."

"그럼."

그는 구급상자를 침대 아래로 치우고 그대로 그녀의 침대에 누웠다.

"옷 안 갈아입어요?"

"그냥 자고 싶어. 이리 와. 벗고 오면 더 좋고."

그녀도 그의 옆에 옷을 입을 채로 누웠다.

"힘든 하루였어."

"그러게요."

그가 팔베개를 해주었다. 그의 자연스러운 행동에 그녀는 언제나 그가 이렇게 해준 것처럼 아주 자연스럽게 그의 팔베개를 베고 깊은 잠에 빠져 들었다. 아주 편안하게.

욱신거리는 머리 때문에 인상을 쓰며 눈을 뜬 수호였다. 눈을 뜨니 아침햇살이 눈부시게 창을 비추고 있었다. 어젯밤에 커튼을 치지 않고 잠을 잤기 때문에 이렇게 아침에 눈부신 광경을 볼 수가 있었다.

그가 눈이 부신 또 하나의 이유는 그 옆에서 세상모르고 자고 있는 김 기자 때문이었다. 아기처럼 몸을 말고 잠이 든 그녀는 몹시도 사랑스러웠다. 잠든 말자의 얼굴을 손가락으로 살며시 쓸어보았다.

세상의 그 어떤 것보다도 부드러웠다.

"잠잘 때가 제일 예쁘군."

잠을 잘 때는 이렇게 아기 천사 같은데 잠에서 깨면 그녀는 너무나 열정적인 기자였다. 이번 유 의원을 감시하는 것도 그가 안 도와준다고 하면 분명히 다른 사람에게 부탁을 할 테고 그러면 그의 입장에서는 그녀의 안전이 불안하기 때문에 직접 그녀 옆에 있기로 한 것이었다.

이렇게 지키고 싶은 여자는 처음이었다.

"으으음."

그녀가 기지개를 켜며 일어났다.

"몇 시예요?"

"일어나면 돼."

"기분이 이상해요."

"뭐가?"

"이렇게 눈을 뜨자마자 잘생긴 남자를 부은 얼굴로 보는 기분요."

"하하하."

그녀의 말에 그가 웃었다.

"내 얼굴 완전히 풍선만 하죠."

"응."

"그럴 줄 알았다니까요."

그녀가 손으로 얼굴을 가렸다. 그가 그런 그녀의 얼굴에서 손을 치우며 말했다.

"지금은 완전히 매력적이야."

"거짓말."

윙—

그녀의 핸드폰이 요란하게 울렸다.

[잘 주무셨나?]

유 의원이었다.

[할머니께도 인사를 드려야지.]

그녀의 얼굴에서 핏기가 사라지자 그가 전화를 빼앗아 스피커 폰으로 바꾸었다.

"할매."

그녀는 울며 할매를 불렀다. 이렇게 빠르게 할매에게 마수를 뻗을 줄은 상상도 하지 못했었다.

[난 괜찮아. 난 살 만큼 살았어. 그러니…….]

유 의원이 할매의 전화기를 빼앗은 모양이었다.

[할머니의 소원대로 빨리 하늘로 가게 할지도 모르지. 난 친절한 사람이니까.]

"북촌마을이야."

[그렇게 말을 하면 안 되지.]

"할매를 모시고 직접 나와."

[무슨 그런 섭한 말을 김 기자와 나 단둘이 만나서 물건을 확인하도록 하지.]

"아뇨, 내가 물건의 위치를 알려줄 테니까 할매를 먼저 보내줘요."

[그건 아니지.]

"알았어요. 일단은 먼저 위치를 알려줄 테니까 우리 할매 건드리지 마요. 만약에 그랬다가는 내가 가만히 안 있을 테니까."

[아이고 무서워라.]

그녀는 알았다고 하고는 위치를 그에게 알려주었다.

"지금 할머니를 어쩌진 못할 거야."

"어제 할머니를 이곳으로 모셔오는 건데 잘못했어요."

그녀가 울기 시작하자 그가 살며시 그녀를 안았다. 그녀의 몸이 가늘게 떨리고 있었다.

"이렇게까지 악하게 굴 줄은 우리도 몰랐잖아."

그녀는 여전히 그의 품에서 흐느끼고 있었다. 그는 그런 그녀를 데리고 식당으로 내려갔다.

"왜 울어?"

국 회장이 그녀가 우는 모습을 보고 물었다.

"김 기자의 할머니께서 유 의원에게 인질로 잡혀 계십니다. 저희 때문에 나쁜 일을 하지는 못하겠지만 걱정입니다."

"뭐야?"

놀란 국 회장이 말자와 수호를 번갈아 보았다. 그리고 곧 평정심을 찾고는 말자를 달랬다.

"괜찮으실 거다. 우리가 이렇게 있는데 유 의원은 손해 볼 짓은 하지 않아."

"확실하게 제자리에 두셨습니까?"

"그래."

"고생하셨습니다."

"고생은 무슨, 이제 그걸 가지고 유 의원이 어떻게 할지가 궁금할 뿐이지. 문서들이 뒤주 안에 있으니 걱정하지 않아도 된다."

"……."

김 기자가 말없이 눈물을 흘렸다.

윙—

그때 전화가 울렸다. 김 기자는 스피커폰으로 전화를 받았다.

"여보세요."

[말자야.]

"할매, 괜찮은 거야?"

[응, 나는 지금 삼청동이다. 그놈들이 날 여기다가 떨구고 갔어.]

"할매, 거기에 있어. 내가 갈게."

[아니다. 지금 핸드폰 빌려서 하는 거고 금방 걸어가면 된다.]

"할매."

[끊어, 남의 전화 오래 쓰면 안 되니까. 난 가게로 갈 거다.]

여간 억척스러우신 분이 아니었다. 납치당한 후에 가게 문부터 열 생각을 하시니 말이다.

"인사동에 가봐야겠어요."

"앉아. 일단은 할머니께서 무사히 풀려나신 걸 감사하고. 경호원들을 보강해서 할머니도 경호를 철저히 하도록 할게."

"김 기자, 좀 쉬어. 수호 너도 더 쉬고. 할머니는 내가 경호원들에게 보고받도록 할 테니까."

할아버지께서 식사를 마치시고 자리에서 일어나셨다.

수호는 여전히 불안한 얼굴로 있는 말자의 옆으로 가서 그녀의 어깨를 감싸 안았다.

"괜찮아, 내가 옆에 있으니까."

그의 말에 그녀가 흐느껴 울었다. 강한 줄 알았던 김 기자가 할머니의 납치에 무너져 내렸다. 그는 그녀의 어깨를 감싸고는 실컷 울게 놔두었다. 지금은 그 어떤 위로보다 그녀의 옆에 그냥 이렇게 있어주는 게 더 큰 위로가 될 것 같았다.

정신없는 하루의 연속이었고 일이 자꾸 터질 때마다 그는 말자라는 여자를 다시 보게 되었다. 그전에도 좋았지만 지금은 가슴이 따끔거리는 마음이 자꾸 느껴지고 있었다. 자신의 변화가 그리 달갑지 않았지만 그는 자신의 품에 안긴 여자가 그를 변화시키고 있음을 느꼈다.

CHAPTER 9

쾨쾨한 냄새가 그의 코를 자극하고 있었다. 비밀 장소로 운반이 되어온 문서들을 살피기 시작한 상훈의 입가에 만족스러운 미소가 걸렸다. 할아버지 때부터 이 집 안에서 이루어진 진짜 멋진 일들이 이 안에 다 기록이 되어 있었다.

왕의 교지까지 정말로 놀라운 물건들이 가득했다. 그가 다 알아보지는 못했지만 아버지로부터 들었던 이야기들이 지금 이 뒤주 안에 가득한 것이었다.

문서를 들고 있는 그의 얼굴이 아주 밝았다. 보물단지를 얻은 것 같은 얼굴이었다.

"무슨 일인데 이렇게 긴급하게 부르셨습니까?"

그가 가장 마음에 들어하지 않는 주현탁 대동그룹 회장의 모습이 먼저 보였다.

"아주 중요한 일입니다. 주 회장님이 돈방석에 앉는 일입니다."

"……."

주 회장은 눈이 동그래져서 그들의 테이블 옆에 있는 옛날 뒤주들에 가까이 가서 서책들을 살피기 시작했다.

"이건 명단 아닙니까?"

"아시네요."

그리고 주 회장의 눈이 커다랗게 변했다.

"찾으셨군요!"

"네, 이걸 20년이 넘는 동안 그렇게 애타게 찾았는데 발견이 되었습니다."

"그랬군요."

주 회장의 얼굴에 화색이 돌았다.

"계획대로 진행하실 겁니까?"

"물론입니다."

상훈과 주 회장이 모처럼 서로의 얼굴을 보며 미소를 짓고 있었다.

"이제 첨단 무기들이 세상 밖 구경을 할 때입니다. 그동안 훈련용이던 물건들이 이제 피로 젖게 될 것입니다."

"암요."

주 회장과 이야기를 하는 동안 구 경찰청장과 이 행정관 그리고 조 부장판사가 차례로 들어왔다. 그리고 그들에게 상훈은 하나씩 설명을 하기 시작했다.

"이게 우리에게 진짜 좋은 영향을 미칠까요?"

이성적인 조동우 부장판사가 우려의 표정을 지으며 물었다.

"조 판사는 너무 생각이 많은 것 같습니다."

주 회장이 조 판사를 못마땅하다는 듯이 보며 말을 했다.

"전쟁을 꼭 해야 합니까?"

조 판사는 여전히 부정적이었다.

"우리는 그저 이 상태를 유지하면서 사는 것이 나은 것 같습니다. 뭣 하러 문제를 일으킵니까?"

상훈의 표정이 굳었다. 그가 평생을 걸고 한번 해보려 하는 일에 조 판사가 브레이크를 건 것이었다.

"이 물건을 가지고 어떻게 할 것입니까? 우리가 어려울 때 일본의 도움을 받은 것들이 대부분인데 그걸 근거로 지금도 도움을 받아야 합니까?"

"조 판사!"

주 회장이 언성을 높였다.

"우리가 애국단체입니까? 우리는 우리의 이익을 위해 일하면 되는 것이고 지금 우리나라를 뒤집지 않으면 우리가 힘들어집니다. 그동안은 건드리지도 못했던 유 의원을 건드린 기자도 있지 않습니까? 우리가 위협받기 전에 먼저 우리를 건드리지 못하게 해야 합니다."

"우리가 뭘 잘못해서요."

조 판사가 오늘 아주 벼른 것 같았다. 구 경찰청장이 조 판사를 말렸지만 조 판사가 말을 이어했다.

"다른 분들은 어떠실지 모르겠지만 전 깨끗합니다."

상훈의 눈썹이 모아졌다.

"깨끗하다고요? 뭐가 깨끗합니까? 전 재산이 천억 원이 넘는 게 깨끗한 겁니까? 아참, 공무원 재산 공개 때는 10억 원만 하셨던가요?"

상훈의 말에 조 판사의 얼굴이 굳어졌다.

"아, 부인 되시는 분도 아주 씀씀이가 크시던데 그런 말씀을 하시면 곤란하죠. 그걸 안 쓴 것도 아니고 처가의 이름으로 요트도 있으시고 수입차도 장난이 아니던데 드러난 것만 가지고 우리는 더럽고 본인은 깨끗하다고 말하면 안 되는 거 아닙니까?"

상훈의 목소리는 아주 차분했다. 그의 목소리가 이렇게 차분하다는 건 아주 화가 났다는 것이었다.

"전 이 일에서 빠지겠습니다."

"알아서 하십시오."

조 판사가 밖으로 나가 버렸다.

"저대로 둬도 되는 겁니까?"

"……."

상훈의 눈썹이 모아졌다.

"그리고 이 일은 언제 시작이 되는 겁니까?"

조 판사의 행동에 이 행정관도 불안한 모양이었다.

"불안하십니까?"

"불안하다기보다는 그러다가 우리가 죽게 되는 건 아닌지 걱정입니다."

"그럴 리는 없습니다."

상훈은 단호하게 말했다.

"대동그룹은 국가에서 무기를 팔아주지 않으면 안 되는데 요즘은 미국의 압력으로 제대로 무기를 납품하지 못하고 있습니다. 아닙니까?"

이 행정관이 날카로운 질문을 했다.

"대동그룹 하나 살리자고 전쟁이라니……."

"……."

정곡을 찔린 주 회장은 아무런 말도 하지 못하고 있었다.

"아닙니다."

"네?"

"이 일은 우리의 할아버지 때부터 해왔던 이 조직의 일들을 이어가는 일입니다. 대동그룹 하나 망하면 어떻습니까? 그게 없어도 우리는 살 수 있는데. 하지만 우리나라는 어떻게 됩니까? 우리가 나라를 걱정하는 건 우습지 않습니까?"

이 행정관이 그를 보았다.

"우리는 나라를 우리가 원하는 방향으로 이끌었고 뒤에서 즐겼습니다. 남들이 하지 못하는 모든 것을 우리는 했습니다. 살인, 납치, 강간, 불법 약물 투여, 뭐 하나 걸리는 것이 있었습니까?"

"유 의원!"

"왜요? 내가 틀린 말을 했습니까? 여태까지 이렇게 뒤에서 즐길 걸 즐기며 살았는데 이제는 세상이 달라져서 우리의 뒤를 캐려는 사람들이 하나둘씩 생겨났으니 막아야 하는 것 아닙니까? 틀려요?"

그때였다. 갑자기 비밀 회의실의 문이 열리더니 조 판사가 남자 둘에 의해 끌려서 들어왔다. 몸을 축 늘어트리고서 말이다.

"뭐, 뭡니까?"

"왜요? 반대를 하면 저세상으로 가야죠. 그리고 조 판사의 숨겨둔 재산은 똑같이 나누어서 여러분들에게 갈 겁니다."

모두의 얼굴이 하얗게 질렸다.

"또 반대하시는 분."

모두가 입을 다물었다. 상훈의 잔인한 모습을 처음으로 보았기 때문이었다. 그것도 비밀 조직원을 상대로 말이다. 그들은 태어나면서부터 어른들에 의해 조직원으로 키워진 사람들이었다.

그들만의 단단한 끈이 있다고 생각했는데 그것이 한순간에 무너진 것이었다. 유 의원은 그들을 언제든지 처단할 수 있는 인물이었다. 두려웠다.

"우리가 뭘 반대합니까. 다 찬성이지."

주 회장이 모두를 선동해서 박수를 치게 했다. 그렇게 그들은 한동안 조 판사의 시체 옆에서 회의를 했다.

그다음 날, 조 판사는 산에서 목을 맨 채 자살했다는 소식으로 일단락이 되었다. 하지만 모임의 사람들은 언제 자신들이 조 판사처럼 유 의원에게 죽을지 몰라 불안에 떨기 시작했다.

종이 냄새가 향기롭게 느껴지는 서재는 오랜만이었다. 지난번에 이용했을 때는 느끼지 못했는데 오늘은 그녀의 코끝에 히노키향 같은 나무향이 은은하게 나고 있었다. 처음에는 책장에서 나는 향인 줄 알았는데 수많은 책에서 나는 향이었다.

"으으윽!"

그녀는 기지개를 크게 켰다. 수능 시험 이후로 엉덩이에 땀이 날 정도로 책상에 앉아 있었던 적이 있었나 생각을 해보니까 없었다. 기자란 직업상 취재를 다니는 일이 많아서 기사 쓸 때를 제외하고는 책상은 그리 친한 물건이 아니었다.

하지만 어제오늘 말자는 하루 종일 책상에 앉아 있었다. 유 의원이 개입했을 법한 일들을 조사하기 위해서였다. 대통령을 만들었으니 그로 인해 유 의원이 얻었을 이득에 관해 조사 중이었다.

"없어."

너무나 깨끗한 게 이상했다.

"너무 깨끗이 자신을 포장했어. 틈이 있을 거야."

그때 커피향이 그녀의 코끝에 퍼지고 있었다. 눈을 들어 서재의 출입구를 보니 그가 커피를 들고 서 있었다.

"언제 왔어요?"

그를 보며 말자는 책상에서 일어나 그에게 다가갔다.

"좀 전에."

그가 그녀에게 시원한 아이스커피를 건넸다.

"이건 더 반가운데요."

그가 그녀의 정수리에 입을 맞추었다.

"밖은 잘돼가나요?"

"어제 서류가 어디로 갔는지 알았고 그 장소에 누가 들어갔는지 알아냈잖아?"

"네, 모두가 처음에 제가 가지고 있었던 문서 속 사람들의 손자들이었잖아요."

"그중의 한 명인 조 판사가 오늘 목을 매서 자살을 한 거 알고 있었나?"

"아뇨, 일하느라 정신이 없어서……."

말자는 온몸에 소름이 돋았다.

"그들이 있는 곳의 용도는 알아냈나요?"

"아니, 그냥 유스호스텔 같은 호텔이고 영업은 하는데 손님은 거의 없어."

"하긴 거긴 관광지도 없고 사람이 쉽게 들어가기도 어렵고 하니까 당연한 결과죠. 왜 자신의 별장들을 다 그런 곳에 지을까요? 지난번에 군사지역 안에 있던 그곳도 그렇고."

"알려지면 안 되는 것들이 있기 때문이겠지."

"오늘 하루 종일 그걸 조사하러 다니느라 바빴어요?"

"아니, 오늘은 인터뷰들이 많아서 바빴지. 조사는 다른 사람이 한 거고."

"그렇군요."

그가 그녀의 얼굴을 쓰다듬었다.

"그러는 말자는 하루 종일 뭘 했지?"

"유 의원 캐느라 바빴죠."

"성과는?"

"없어요. 아주 깔끔하게 처리를 한 거죠."

그의 손이 그녀의 얼굴을 따라 목으로 내려왔다.

"커피를 좀 마시고 싶은데요."

그가 갑자기 자신의 커피를 한 모금 마신 후에 그녀의 입에 키스를 했다. 그의 입에서 나온 커피는 그녀의 입을 통과해서 목으로 넘어가고 있었다. 커피의 쌉쌀한 맛이 그녀의 입안 가득 퍼지고 있었다.

그의 혀가 굶주린 듯이 그녀의 입안을 휘젓고 다녔다. 얼마나
오랜만에 하는 키스인지 몰랐다. 이렇게 그의 키스가 그리울지 상
상도 하지 못했었다. 그의 힘에 밀려서 엉덩이가 책상에 닿았다.
그는 그녀는 책상 위에 앉히고는 목이 젖혀질 정도로 강하게 그녀
에게 키스를 했다.

"으으음, 커피를 아주 좋은 곳에서 샀나 봐요. 진짜 달콤하네
요."

"매일 이 집에서 살까 봐."

"어딘데요?"

"집 앞에 새로 생겼어."

대답을 하면서도 그의 입술은 그녀의 목 주위를 맴돌고 있었고
손은 그녀의 가슴을 어루만지고 있었다.

"여기는 서재고 수시로 회장님이 들어오신다는 사실을 아나
요?"

"주무시는 것 확인하고 왔지."

"주도면밀하네요."

"나에게 유리할 땐."

그의 입술이 그녀의 가슴 위에 머물렀다.

"설마 여기서 옷을 벗기는 일이 없길 바라요."

"문은 잠갔어."

"옆방이 회장님 방이라고요."

말자는 그의 손을 잡았다. 너무나 적극적인 그였지만 그래도 언제 사람이 들어올지도 모르는 이곳은 싫었다.

"말자가 신음 소리만 참으면 돼."

그녀의 면티는 벌써 그녀의 머리 위로 벗겨져 나갔다.

"진짜 이럴 거예요? 안 돼요."

그녀가 자신의 가슴을 가렸지만 그의 힘에는 당할 수가 없었다. 그의 눈동자는 이미 짙은 색으로 변해 있었다.

"갖고 싶어."

"국수호 씨. 읍!"

그의 입술이 그녀의 입술을 또다시 거칠게 삼켜 버렸다. 이렇게 자신을 원하는 남자는 처음이라서 말자는 당황스러웠다. 말자가 당황스러운 건 그녀도 그의 이런 거친 면이 싫지 않다는 것이었다.

"진짜 이건 아닌데……."

그의 입술에 또다시 말문이 막혔다. 그의 혀가 거칠게 밀고 들어왔고 그의 손은 그녀의 바지를 벗기느라 여념이 없었다. 그녀가 그의 키스에 정신을 못 차리는 사이 그녀는 완벽하게 나신이 되어 있었다.

그의 손이 그녀의 검은 숲을 만지고 있었고 그의 입술은 그녀의 유두를 탐욕스럽게 빨아들였다.

"으으응."

자신의 신음 소리에 놀란 말자가 손으로 입을 가렸다. 그의 혀가 유두를 사탕 핥듯이 핥아대자 말자의 몸이 활처럼 휘기 시작했다.

"미칠 것 같아요."

그녀의 말에 그는 힘 있게 그녀의 유두를 빨아 정신을 더 혼미하게 만들었다. 그녀의 몸이 그를 원하고 있었다. 그녀의 손이 여전히 옷을 입고 있는 그의 가슴을 더듬기 시작했다.

"벗어요."

그녀의 말에 그가 넥타이를 풀어 머리 위로 던졌다. 그 모습이 너무 웃겨 그녀는 웃음을 터트렸지만 그는 웃지 않았다. 그는 그녀의 웃음에 으르렁 소리를 내며 자신의 와이셔츠를 찢듯이 벗어 버렸다.

사방에 단추들이 튀었다. 그리고 그의 바지는 그 어떤 것보다도 빨리 그의 몸에서 사라졌다.

"근육질이네요."

그의 가슴을 손으로 쓸어내리며 그녀가 말했다. 그는 흥분을 했는지 가슴을 들썩거리며 거친 숨을 내뱉고 있었다.

"마음에 들어요."

그녀의 말이 끝이 나기도 전에 그가 그녀를 들어 올렸다. 그리고 소파 위에 그녀를 내려놓았다.

"오늘은 여유가 없어. 거칠지도 몰라."

그의 말에 말자의 얼굴에 미소가 떠올랐다. 사랑이 상대를 미친 듯이 원하는 것이라면 그녀는 지금 사랑에 빠진 것이었다. 그를 원했다.

"들어와서 날 가져요."

그녀의 말에 그는 으르렁거리며 달려들었다. 그녀의 다리를 벌리기가 무섭게 그는 자신의 페니스를 그녀의 젖은 질에 밀어 넣었다.

"아아악."

그녀는 고통에 비명을 질렀다. 물론 얼른 손으로 막아서 옆방에 들리진 않았을 것 같았지만 그녀의 질은 커다란 그의 페니스를 받아들이기엔 너무나 좁았다. 하지만 몇 번의 피스톤 운동을 하고 나면 그녀의 애액으로 인해 미끄러지듯이 들어오는 페니스의 느낌이 너무나 좋아졌다.

다른 사람과는 안 해봐서 모르겠지만 어쨌든 그와의 섹스는 너무나 환상적이었다.

퍽퍽퍽.

"아흐, 너무 소리가 커요."

"부끄러운가?"

"그런 게 아니라 회장님이 깨실 것 같아서……."

"신경 쓰지 마. 지금은 우리의 일에 집중해."

그가 허리를 더 적극적으로 움직이기 시작했다. 그의 움직임에 말자는 숨이 넘어갈 듯했다. 세상에 이런 느낌이 있다는 게 충격이었다. 그리고 그와 관계를 가지면 가질수록 좋다는 것도 신기할 따름이었다.

그녀가 땀이 흘러내리는 그의 맨가슴에 손을 얹었고 그는 그녀의 손의 감촉을 느끼면서 허리를 조금 더 부드럽게 움직이기 시작했다. 거친 움직임도 좋았지만 그의 부드러운 리듬도 마음에 들었다.

"아, 미칠 것 같아."

그가 피스톤 운동을 계속하면서 손을 그녀의 숲으로 가져가 동시에 클리토리스를 자극했다. 두 배로 강한 쾌감에 말자의 눈에 절정의 눈물이 흐르고 있었다.

"아아앙."

흐느낌과 신음 소리가 절묘하게 섞이고 있었다.

"허억헉, 하지 마요."

그의 손을 붙잡으면서 말은 하고 있었지만 부끄러움보다는 너무 강한 쾌감이 그녀는 두려웠다.

"갈 것 같아요."

그녀의 클리토리스가 진동을 하며 극한의 오르가슴을 그녀에게 가져다주었다. 하지만 그는 더 그녀를 자극했고 말자는 거의 실신을 할 지경이었다.

그녀는 몸을 일으켜 그의 목을 붙들었다. 그러자 이번에는 체위를 바꾸어 그는 의자에 앉고 그 위에 그녀를 올려놓고 마주 안았다.

둘 다 온몸이 땀으로 젖어 미끈거리고 있었다. 더위도 그들을 갈라놓을 순 없었다. 그녀의 가는 허리를 그의 팔이 감싸고 있었고 그녀는 그의 목을 감싸 안았다. 그녀의 풍만한 가슴이 그의 단단한 가슴에 눌려 있었다. 그래도 그녀는 좋았다.

그의 피부가 주는 느낌이 좋았다. 단단한 방패가 그녀를 지켜주고 있는 것 같았다. 여전히 그의 페니스는 그녀의 질 안에 있었다. 그녀가 살짝 엉덩이를 움직이자 그의 입에서 거친 신음 소리가 터져 나왔다.

"움직이지 마."

그녀는 움직이고 싶었다. 움직일 때마다 그의 페니스가 그녀의 자궁을 건드리는 느낌이 너무나 좋았다. 그래서 그의 경고를 무시하고 허리를 자신이 좋은 방향으로 움직였다.

"으윽, 움직이지 마."

"싫어요."

그녀의 움직임이 계속되자 그가 그녀를 다시 소파에 누이고 다리를 벌려 그녀의 질 안으로 페니스를 넣고는 거칠게 허리 짓을 시작했다.

"아아아아앙."

"더 이상은 힘들어."

그는 마지막을 향해 속도를 높이고는 자신의 분신을 그녀의 배 위에 쏟아냈다. 그는 거친 숨을 몰아쉬며 한참을 그대로 있었다. 그리고는 티슈를 가지고 와서 그녀의 배 위를 닦아주었다.

그녀와 그는 조금 멋쩍은 상태로 옷을 입기 시작했다. 그렇게 열정적으로 섹스를 했는데도 옷을 입는 건 부끄러운 말자였다.

말자는 등을 돌리고 옷을 입었다. 그리고 등을 돌리자마자 그가 그녀의 손을 잡고 서재를 나섰다. 그런데 진짜 그녀의 얼굴을 달아오르게 한 것은 서재 앞에 경호원들이 서 있다는 걸 깜빡했다는 것이었다.

"수고하십니다."

그녀가 할 수 있는 말은 이 말이 전부였다. 얼굴이 홍당무가 되어 빠른 걸음으로 그녀는 2층으로 올라갔다.

"같이 가."

그의 목소리가 등 뒤에서 들렸지만 그녀는 뒤도 돌아보지 않고 계단을 올랐다. 계단에 다 올라갔을 때 그가 그녀의 손을 잡았다. 그리고 그녀의 방으로 끌고 들어갔다.

"뭐 하는 거예요?"

"피곤해."

"네?"

다짜고짜 피곤하다는 말을 들으니 기가 막혔다.

"말자도 피곤할 테고."

"그런데요?"

"그래서 씻고 자야지."

"어머!"

그가 그녀를 어깨에 둘러멨다. 너무나 가볍게 그녀를 데리고 욕실로 가는 그였다.

"내려줘요."

"싫어."

그의 고집은 대단했다. 욕실 안에 들어서자 그녀를 내려놓고는 그녀의 옷을 빠르게 벗겨냈다.

"이보세요?"

"……."

"혼자 씻을 수 있다고요."

"같이 씻고 싶어."

그는 고집쟁이 아이처럼 그녀의 옷을 다 벗기고 자신의 옷도 벗었다. 그리고 미지근한 물을 틀고는 그녀를 샤워기 앞에 세웠다.

"더운데 찬물로 해요."

"갑자기 차가워지면 감기 걸려."

의외로 자상한 구석이 있었다. 말은 무뚝뚝하게 하는데 그의 행동은 자상했다. 언밸런스한 모습이 매력적이었다. 그건 인정하지 않을 수가 없었다.

"왜 이렇게 친절해요?"

"싫은가?"

"그런 건 아니지만……."

"그럼 됐어."

그는 언제나 간단명료했고 다른 것과는 다르게 섹스는 솔직했고 뜨거웠다. 그는 그녀의 몸에 비누칠을 하기 시작했다.

"국수호 씨!"

그녀가 그를 부르자 그가 갑자기 샤워기의 물을 껐다. 놀란 그녀가 말을 멈추었다. 그가 그녀에게 한발 다가서자 그녀가 뒤로 한발 물러섰다. 그녀의 등에 차가운 타일이 닿았다.

"왜, 왜요?"

그녀가 용기를 끌어 모아 고개를 들고 그에게 물었다. 그러자 그가 세상에서 가장 매력적인 미소를 지으며 거품타월을 들어 올렸다.

"비누칠 해야지."

"뭐요?"

약이 올랐다. 틈만 나면 그녀를 놀리는 재미로 사는 남자 같았다.

"진짜 얄미운 거 알아요?"

"내가 얄미운가?"

"많이요."

"미안하군."

그의 손이 그녀의 가슴에 비누칠을 하자 그녀는 다시 숨이 차오르기 시작했다.

"아."

"아주 매끄러운 피부를 가졌어. 가슴도 너무 풍만해서 마음에 들고 가는 허리는 팔 안에 가두어두고 싶은 마음이 들지."

그는 자신이 말하는 순서대로 거품타월을 움직이고 있었다. 말자는 욕실 벽을 손으로 짚었다. 그렇지 않고서는 다리가 떨려 서 있을 수가 없었다.

그가 그런 그녀를 뒤돌게 했다. 그리고 이번에는 등을 타월로 문지르고 있었다. 그의 손은 에로틱하게 움직였다. 지금 그녀를 더 흥분시키는 건 그녀의 엉덩이를 찌르고 있는 그의 페니스 때문이었다.

그가 허리를 움직이며 자신의 페니스로 그녀의 엉덩이를 계속해서 자극했다.

"자꾸 이러지 말아요."

그녀의 목소리가 잠겨 있었다.

"왜?"

그의 손이 그녀의 가슴을 어루만지고 있었다.

"하고 싶어지잖아요."

그녀의 솔직한 말에 그의 호흡이 거칠어졌다.

"내가 요물에게 걸려든 것 같군."

그가 거품으로 온몸이 도배가 된 그녀의 미끄러운 몸을 손으로 어루만졌다. 그리고는 그녀의 양손을 벽에 붙이게 했다. 그리고 자신의 몸을 바싹 그녀의 몸에 겹치고는 귓가에 속삭였다.

"아주 부드러워."

그의 손은 그녀의 가슴을 어루만지고 유두를 비틀기 시작했다. 그리고 그의 페니스는 그녀의 엉덩이에서 춤을 추고 있었다.

"넣어줘요."

"여기에 넣어줄까?"

그가 그녀의 질에 페니스를 비비기 시작했다. 그가 그녀를 자꾸 달아오르게 만들고 있었다. 갑자기 물이 그녀의 등 뒤로 쏟아졌다. 물이 그녀의 몸을 타고 내려가면서 빠르게 거품을 씻어냈지만 그녀의 열기를 식힐 수는 없었다.

그가 물줄기와 함께 자신의 페니스를 그녀의 질 안으로 밀어 넣었다. 타들어가는 것 같은 느낌으로 그의 페니스가 그녀의 질을 벌리면서 들어왔다. 고통과 환희가 공존하고 있었다.

"아아아."

절로 신음 소리가 나왔다. 그가 그녀의 엉덩이를 잡고서 뒤에서 그녀를 공격하고 있었다. 어찌나 깊게 들어왔는지 그녀의 자궁의 끝까지 닿는 느낌이었다.

퍽퍽퍽!

서로의 살이 부딪치는 소리가 욕실을 울렸다. 그래도 서재에서 할 때처럼 회장이 들을까 의식을 덜할 수 있다는 건 좋았다.

그의 손이 매끈한 그녀의 등을 따라서 움직이기 시작했다.

"아윽."

그의 신음 소리도 그녀의 신음 소리와 섞여 있었다. 벽에 손을 짚고 있어서 그의 표정을 볼 수는 없었지만 그가 어떤 표정일지는 짐작이 갔다. 그가 마침내 그의 분신들을 쏟아냈고 말자는 욕실 바닥에 주저앉았다.

"괜찮아?"

그가 놀라서 샤워기 물을 끄고는 그녀를 일으켜 세웠다.

"아뇨, 다리에 힘이 풀렸어요."

"그건 남자들이 하는 말 같은데?"

"놀리지 말아요."

그가 그녀를 대형 타월로 감싸고는 침실로 데리고 갔다.

"난 이제 잘 거니까 건들면 안 돼요."

"알았습니다."

그가 그녀의 물기를 닦아준 다음에 침대에 눕혀주었다. 그리고 그녀의 옆에 누웠다.

"오늘 밤은 같이 있어줄게."

마치 선심을 쓰듯이 말을 하며 그녀의 침대로 들어오는 그를 말자가 살짝 때렸다.

"아직 힘이 있었군."

"뭐요."

그가 팔베개를 해주었다. 지난번에도 느꼈지만 그의 팔 근육 때문에 돌베개를 벤 느낌이었다.

"너무 딱딱해요."

"뭐가?"

"당신 팔."

그가 소리 내어 웃으면서 그녀의 정수리에 입을 맞추었다.

"불편해도 참으라고. 난 이게 좋으니까."

"그런데 정말 유 의원이 걸려들까요?"

"내 생각에는 100%야. 무슨 일을 벌일지 정확하게 맞히긴 힘들겠지만 일어날 수 있는 경우의 수는 따져보고 대비를 해야지. 하지만 지난번에 말자가 이야기했듯이 그들에게 가장 이득이 있는건 전쟁이야."

"설마 그렇게까지 일을 벌일까요?"

"요즘 장사가 잘되지 않는 무기상이 그들에 속해 있다는 게 마음에 걸려."

"대동그룹이요?"

"그래, 게다가 그들 조상은 예전에도 한 번 그런 경험이 있고. 당시에도 대동그룹의 창시자는 우리나라에 총과 화약을 공급하던 거상이었어."

"진짜요?"

"그래, 그때 가난한 조선보다는 부자인 일본과 거래를 하는 게 더 이득이라서 나라를 팔아먹은 꼴이 된 거지. 물론 그 당시 그는 철저하게 숨겼지만 말이야. 조선후기에서 일제시대에는 조선인이 부자로 산다는 건 친일을 하지 않으면 불가능한데 그들은 해방 후에는 친일파에 속해 있지 않았어. 그만큼 힘이 있었다는 소리지."

그가 그녀의 머리를 쓰다듬었다.

"국 회장님도 대단하시지만 그 물건을 역으로 이용하는 당신도 대단해요."

"증거 없이 자료들만 세상에 나온다면 지금처럼 유 의원의 세상에서는 무용지물이야. 확실한 증거를 잡기 위해 잠시 그들에게 맡겨두는 거지."

"증거를 없앨까 봐 걱정이에요."

"할아버지께서 그것들을 완벽하게 복사해 놓으셨어. 촬영도 했고."

그가 다시 그녀를 자신의 품에 가두었다.

"뭐가 그렇게 두려워. 그 뒤주를 유 의원에게 줌으로 해서 우리는 '반자이'의 회원들을 정확하게 알게 되었고 앞으로 무슨 일을 벌일 줄도 알게 되었는데 말이야. 막아내면 돼."

"할 수 있겠죠?"

"그럼, 내가 당신 몸을 보면 흥분하는 것처럼 당연히 성공할 거야."

그랬으면 하는 마음이 굴뚝같았다.

진짜 모든 걸 완벽하게 처리하는 유 의원이었다. 빈틈이 없었다.

"유 의원은 그렇게 만만한 사람이 아니에요."

"너무 완벽해도 제 꾀에 제가 넘어가는 법이야."

제발이지 그러기를 너무나 바랐다.

"뒤주를 가지고 간 그곳이 너무나 궁금해요. 그리고 지난번에 우리가 갔던 다른 별장도 궁금하고요."

"내일 사람들을 시켜서 그 주변을 감시하라고 해볼게."

"고마워요."

"직접 가는 일은 없었으면 좋겠어. 지금은 김 기자의 안전이 제일 중요하니까 말이야."

그가 그녀의 정수리에 입을 맞추었다.

"피곤하니까 자자."

"알았어요."

그의 단단한 팔이 그녀를 감싸고 있으니까 보호받는 느낌이었다. 남자에게 이렇게 보호받는 건 처음인 것 같았다. 가슴이 따뜻해지고 있었다.

애정 표현을 잘하지 못하는 말자였다. 애정 표현도 사랑을 받아본 사람이 잘하는 것이었다.

웬만한 남자 뺨치는 무뚝뚝함을 가진 그녀가 지금 그의 품에 꼭 안겨 있었다. 말자는 금세 규칙적인 숨소리가 들리는 그의 얼굴을 손가락으로 살며시 만졌다. 그녀의 남자였다. 사랑을 서로 확인한 건 아니었지만 그녀는 그를 사랑하고 있었다.

그가 이번 일로 인해 다치는 건 원하지 않았다. 그녀가 사랑하는 사람들은 항상 그녀의 곁을 떠났다. 엄마, 아빠가 이혼을 함으로써 그녀의 곁을 떠났고 잠시나마 정들었던 국태환 사장 부부도 죽음으로 그녀를 지키며 떠나갔다.

그도 어떻게 될까 봐 그녀는 자신의 감정을 쉽게 드러낼 수가 없었다. 그녀는 잠든 국 사장의 얼굴을 보며 한동안 잠을 이룰 수 없었다.

CHAPTER 10

일제시대부터 운영이 되어 오던 일식집이 서울의 중심부 노른 자위 땅에 있었다. 하지만 이곳은 모두를 위해 오픈되어 있는 곳이 아니었다. 이곳은 영업을 하기 위한 공간이 아니라 상훈이 일본의 정부 인사들과 기업인들을 접대하기 위해 만들어놓은 아주 은밀한 곳이었다.

파내기 좋아하는 기자들에게 몇 번 들킬 뻔하기는 했지만 워낙에 은밀하게 이용되는 곳이라 아직은 보안 장소로는 적합한 곳이었다.

외관상 간판도 없는 일반 주택인 이곳의 관리는 요미코라는 일본인이 했다. 상훈의 내연녀기도 한 요미코의 집안도 아버지 때부터 이곳의 주인이었다. 모든 게 대물림이 되었다. 혈족 간이기 때문에 이어올 수 있는 비밀이었다.

집 안에 들어서자 요미코가 버선발로 뛰어나왔다.

"오셨어요?"

그녀가 오랜만에 기모노 차림으로 그를 맞이했다. 혼혈이 아닌 일본 여자치고는 아름다운 여자였다. 애교도 어찌나 많은지 그는 그녀의 애교에 절로 미소가 지어졌다. 한국에서 나고 자란 그녀였지만 영락없는 일본인의 모습이었다.

"보고 싶었습니다."

"그런가?"

"네."

그녀가 발을 들어 그의 입술에 살며시 입술을 맞추었다.

"오늘은 자고 가실 거죠?"

"그건 힘들 것 같아."

그의 말에 실망한 표정이 역력했다. 하지만 지금은 요미코의 어리광을 받아줄 때가 아니었다. 한시가 급했다.

"오늘 손님들은 아주 각별히 모셔야 할 거야."

"알았어요."

요미코는 상황을 판단하는 능력이 아주 재빨랐다. 그 점이 그가 요미코를 곁에 두는 이유였다. 다다미 방 안으로 들어가 그는 자리를 잡고 앉았다. 잠시 후 그의 운전기사가 비단 보자기로 싼 커다란 상자를 가지고 들어왔다.

오늘 협상의 기초가 될 서류였다. 상훈은 이걸 그냥 넘겨준 김 기자에게 고마움을 금치 못했다.

"제 손으로 넘겨주었어."

그의 얼굴에는 웃음이 가득했다. 이건 그에게 귀한 물건이었지만 그들에겐 그저 오래된 종잇조각에 불과하다는 걸 그는 알았다. 아니, 김 기자가 이 물건들의 뜻을 알고 있다면 이렇게 쉽게 포기하지는 않았을 것이었다.

잠시 후면 그가 원하는 세상을 향한 입질이 시작될 것이다. 뭐 사실 원하는 세상이라기보다 한번쯤 해보고 싶은 일이었다. 대통령을 만드는 일은 너무나 쉬웠다. 그렇게 쉬운 일 말고 나중에 그의 후손들이 그를 위대한 할아버지로 기억할 수 있는 일을 하고 싶었다.

자신의 할아버지 유필봉처럼 말이다.

그는 그의 옆에 든든하게 놓인 비단 상자를 손으로 툭툭 쳤다.

"새로운 한일 협정이라……."

그의 얼굴에 미소가 걸렸다.

그러고 보니 요미코가 들어오지 않고 있었다. 아마도 밖에서 손님을 기다리고 있는 모양이었다. 한참을 기다렸는데 손님들이 생각보다 늦었다. 서울의 교통 상황이야 그가 더 잘 아는 것이니 그는 초조함을 누르고 자리에 앉아 그들을 기다렸다.

그때였다.

"의원님, 빨리 피하셔야 합니다."

요미코가 얼굴이 하얗게 질려 안으로 들어왔다.

"뭐야?"

"지금 경찰들이 들이닥쳤습니다. 어서요."

"괜찮아. 구 경찰청장이 있는데……."

"아닌 것 같아요. 빨리요. 이쪽으로……."

그녀가 병풍 뒤의 비밀 통로로 그를 밀어 넣었다. 언제 들고 왔는지 그의 구두를 건넸다.

"뒤로 나가면 골목길이 나올 거예요. 우측으로 가면 택시들이 많이 있어요. 타고 집 말고 다른 곳으로 피하세요."

그녀의 말대로 그는 상자를 들고 지하 통로를 따라 뒤도 돌아보지 않고 뛰기 시작했다. 뭐가 어떻게 돌아가는지 알 수는 없지만 그의 인생 최대의 위기가 온 것이었다.

그는 일단 택시를 잡아타고 자신의 비밀 장소로 향했다. 그곳에서 잠시 사태를 파악해야 할 것 같았다.

유 의원이 사라졌다. 하늘로 솟았는지 땅으로 꺼졌는지 알 수가 없었다. 국 회장이 알아본 바로는 그는 아직 국내에 있었다. 그것 이외에는 지금 그의 소재가 파악이 되지 않고 있었다.

한 달을 기다리고 또 기다렸다. 그렇게 해서 문서들을 역이용해

서 유 의원이 무엇을 계획하는지 정확하게 알아보기 위해 작전을
세우고 기다렸다. 그리고 그는 그 미끼를 물었다. 이제 낚기만 하
면 되는데 쉽지가 않았다.

9월 초인데도 아직 더위가 기승을 부리고 있었다. 이마의 땀을
닦아내며 기다렸던 체포 소식을 기다렸다.

검찰청의 가장 우두머리라고 할 수 있는 검찰총장실에 그녀와
국 회장이 나란히 앉아 있었다. 검찰 총장실에서 커피를 대접받고
있는 영광을 누리고 있었지만 말자는 지금 아주 초조했다. 그녀는
자기도 모르게 손톱을 물어뜯고 있었다.

"김 기자, 초조한가?"

검찰총장이 그녀에게 물었다.

"아닙니다."

자신도 모르게 그의 기에 눌려 차렷 자세로 이야기를 하고 있는
말자였다.

"하하하, 누가 보면 내가 혼이라도 내는 줄 알겠어."

생각보다 시원시원한 성격의 총장이었다.

"국 회장님께서 이렇게 직접 오셔서 말씀을 하지 않으셨으면
저 또한 믿지 않았을 겁니다."

"예전부터 어른들에 의해서 그런 조직이 있다는 것만 알았지
이렇게 자료들이 나올 줄은 저도 몰랐습니다."

국 회장이 겸손하게 말했다. 말자는 두 어른들의 이야기를 옆에

서 듣고만 있었다. 낄 자리가 아니었다.

한 달 전에 그녀가 문서들을 발견했고 국 회장이 그것을 검토한 결과 우리나라의 치욕적인 순간들이 다 담겨져 있었다고 했다. 노예처럼 팔려가 언제 죽은지도 모르는 사람들이 징용 말고도 많이 있었다는 근거 자료였다.

친일파를 앞세우고 자신들은 뒤에서 비밀리에 국가를 쥐고 흔든 것이었다. 거기에 대통령을 만든 사람이 그 무리였고 치안을 담당하는 사람 그리고 검찰의 수뇌부에도 조직의 마수가 뻗어 있었다.

우리나라 어느 곳에도 조직의 마수가 닿지 않은 곳이 없었다. 이들을 처벌하기에 경찰도 손을 쓸 수가 없었고 그나마 반대 세력이 존재해서 우리나라를 소리 없이 지키고 있었다는 게 그나마 위안이 될 수 있었다. 그중에 한 명이 국 회장이었고 이번에 알게 된 사실로, 검찰총장도 국 회장과 같은 라인이었다. 솔직히 좀 놀라웠다.

"이번의 일은 신문 보도도 그 어떤 것도 안 됩니다."

"왜요?"

검찰총장의 말에 말자의 눈이 동그랗게 변했다.

"국민도 알 권리가 있습니다."

"하지만 그렇게 된다면 우리 조직이 드러나게 됩니다."

"그럼 지금 유 의원을 놓아주자는 말씀이십니까?"

"아니요, 잡을 겁니다. 다만 세상에 알려지지 않게 저희들 손에서 처리한다는 말씀입니다."

"지금 검찰이 출동하지 않았나요?"

"아니오, 검찰에 속한 우리의 조직원들입니다."

"국 회장님."

말자는 이해가 되지 않았다. 어떻게 이 엄청난 사실을 숨기려는 것일까?

"우리가 존재하고 나라를 위기 때마다 구하는 이유가 역사에 기록되는 것도 중요하지. 하지만 그렇게 역사에 남을 일을 우리가 하는 게 아니라고 난 생각한다. 국민으로서 당연히 해야 할 일을 할 뿐이야."

"그럼 여기에 속한 사람들은 어떻게 처벌을 하실 건가요?"

"그건 우리가 알아서 할 것이다. 지은 죄들이 많으니 이것 말고도 다른 죄로도 모두 종신형 감들이야."

말자는 속에서 분노가 끓어오르고 있었다. 이제 특종을 바라던 마음도 사라졌다.

"진짜 비밀에 부치실 겁니까?"

"그래, 김 기자도 유 의원의 비리에 관해서만 폭로해."

"국 회장님."

"자료는 얼마든지 있으니까."

국 회장은 유 의원을 의심하고 있었던 게 분명했다.

"구본희 경찰청장의 자료도 우리가 줄 수 있습니다."

검찰총장도 국 회장을 거들었다. 진짜로 미칠 일이었다.

"분열된 나라고 경제도 지금은 어려운데 정치까지 개판이면 국민들이 너무 불쌍하지 않나?"

"그래도 알 건 알아야 합니다."

"무기를 팔기 위해 전쟁을 일으킨다는 이야기를 국민들이 알아서 좋을까? 난 아니라고 생각하네."

"혼란만 있을 뿐이죠."

그들의 얘기가 논리에는 맞았지만 그녀의 기자 정신에는 어긋나는 이야기였다. 어떻게 해야 할지 난감한 순간이었다.

Rrrrrr—

그때 총장에게 전화가 왔다.

"뭐? 유 의원을 못 잡았어? 어떻게 빠져나갔는지도 모른다고?"

검찰총장이 불같이 화를 내고 있었다. 일단은 죽은 조 부장판사를 제외하고 명단에 있는 3명은 각기 다른 혐의로 구속을 시켰고 유 의원은 놓친 것 같았다. 일단 짐작이 가는 곳이 있어서 비밀 별장 2곳의 위치를 총장에게 알려주고 그녀는 검찰청을 빠져나왔다.

더 이상 정직이 풀릴 때까지 기다리지 않아도 될 것 같았다. 그녀는 거의 두 달 만에 민국신문에 발을 디뎠다. 그녀의 등장에 모두가 얼음이 되었다. 말자는 망설임 없이 정치부 부장 앞에 섰다.

"정직 풀어주십시오."

"뭐?"

다짜고짜 그녀의 말에 부장은 거의 눈이 튀어나올 것 같았다.

"야, 김 기자. 머리 꼬리 다 잘라먹고 몸통만 얘기하면 누가 알아들어."

때마침 옆에 있던 최 선배가 당황한 정치부 부장 편을 들며 말했다.

"저 일단 부장님 뵀으니까 편집장님 만나러 갑니다."

"야!"

그녀는 몸을 돌려 편집장실로 향했다.

벌컥!

문을 열고 들어가자 편집장은 사회부 부장을 혼내고 있는 중이었다. 그러다 그녀를 보자 놀란 눈치였다. 그리고 그녀의 뒤를 따라온 정치부 부장과 최 선배에게 시선이 옮겨갔다.

"뭐야?"

"안녕하십니까?"

"아니, 너 때문에 안녕 못해. 정직 아닌가?"

화가 난 눈치였다.

"유 의원이 곧 구속되니 저의 정직을 풀어주십시오."

그녀의 말에 사회부 부장도 편집국장 옆에서 놀란 얼굴을 하고 있었다.

"무슨 말인지 똑바로 안 해?"

"오늘 유 의원이 비리 혐의 때문에 검거될 예정입니다."

"검거된 것도 아니고 예정?"

편집국장은 호락호락한 사람이 아니었다.

"확실한 증거가 저에게 있습니다."

"넌 유 의원이 어떤 사람인 줄 몰라? 그렇게 당하고도?"

"이번에는 아무 힘도 못 쓸 겁니다. 다른 신문사가 채가게 둘까요?"

"빨리 가져와 봐."

그녀가 검찰총장에게 받은 증거를 그에게 건넸다. 그사이 편집국장 옆으로 가서 자료를 보던 정치부 부장의 눈도 커졌다.

"윤 부장 넌 오늘 김 기자 덕분에 살았어. 빨리 사태 수습해."

"네."

사회부 부장이 말자에게 엄지 척을 하고는 편집국장실을 나갔다.

"이거 어디서 나온 거야?"

"말할 수 없습니다."

"없어?"

편집국장은 어이가 없다는 표정이었다.

"그러다가 또 사고치는 거 아냐? 이번에 유 의원을 한 번 더 건드리면 김 기자뿐 아니라 우리 모두 짐 싸야 해."

"짐 쌀 일 없습니다."

말자의 얼굴을 편집국장이 빤히 보고 있었다.

"이걸 받아들이지 않는다면?"

"다른 신문사에 넘길 겁니다."

"미쳤어?"

조 부장과 최 선배가 동시에 말했다.

"그렇게 자신이 있나?"

"네."

"알았어. 복귀해."

"알겠습니다."

편집장실에서 나온 말자를 조 부장과 최 선배가 따라왔다.

"이건 특종이 아니라 특특종인데 어디서 난 거야?"

"알면 다칩니다."

그녀는 이렇게 말을 하고는 사무실로 들어갔다. 그리고 책상 위에 자신의 노트북을 펼쳤다. 친구인 우정이 커피를 한 잔 타다 주었다.

"마셔."

"고맙다."

그녀는 종이컵을 받아 들었다. 그녀의 주변으로 정치부 기자들이 몰려들었다.

"복귀된 거야?"

"응."

"유 의원의 덜미를 확실하게 잡았구나?"

"……."

모두가 부러움이 가득한 눈으로 그녀를 바라보았다.

"난 년이다."

"당근이지."

"선배, 보고 싶었어요."

유진이 그녀를 끌어안으며 말했다.

"그동안 심부름해 줘서 고마웠어."

"별말씀을요."

그동안 그녀를 못 본 기자들이 이것저것 묻느라 정신이 없었다.

"일들 안 해. 내일 기사 다 마감됐어?"

정치부 부장의 고함 소리에 순식간에 모두들 자신의 책상으로 돌아갔다. 그녀도 유 의원에 관한 특별 기사를 쓰기 시작했다. 정신없이 일에 빠져들었다. 오랜만에 느끼는 긴장감이 말자로 하여금 힘을 얻게 했다.

문자가 들어온 줄도 모르고 그녀는 일에 빠져들었다. 대충의 라인을 잡은 그녀는 기지개를 켜고는 자신의 핸드폰을 보았다. 국사장으로부터 메시지가 와 있었다.

「힘내고 소신껏 하길.」

그리고 자신의 입술 사진을 보낸 그였다.

"그 섹시한 입술은 누구?"

눈치 빠른 우정이 지나가다 본 모양이었다.

"비밀."

"넌 너무 비밀이 많아."

"여자는 그래야 매력이 있어."

"달라졌어. 패션, 헤어, 메이크업까지 왠지 돈 냄새가 난단 말이야."

"혼나지 말고 일이나 해."

그녀는 이렇게 말을 하고는 국 사장에게 답을 보냈다. 자신의 입술 사진과 함께. 이럴 때 보면 연애를 하는 것 같기도 한데 확실하게 섹스를 빼고는 제대로 연애를 하고 있는 것 같지는 않았다.

오랜만에 정치부실에서의 작업이라 그녀는 시간이 가는 줄도 모르고 일을 했다. 퇴근을 하는 동료들이 그녀에게 인사를 하나둘씩 하고 갔지만 그녀는 자리에 여전히 남아 있었다.

"아아아!"

기지개를 켜고 주변을 보자 어느새 다 퇴근을 하고 그녀뿐이었다. 그녀는 대충 짐을 챙겨서 사무실을 빠져나갔다. 경호원들에게 연락을 할까 하다가 그냥 택시를 타고 집으로 가야겠다고 생각을 한 그녀였다.

어디선가 그녀를 보고 있겠지라는 믿음도 있었다. 그때 때마침 택시 한 대가 그녀의 앞을 지나고 있었다.

그녀는 택시를 향해 손을 들었다. 택시를 타는데 이상하게 흙냄새가 났다.

"성북동이요."

"……."

택시운전사는 별 반응이 없이 차를 그대로 출발시켰다.

"차 안에서 흙냄새가 나요. 방금 나무 같은 걸 실었나 봐요."

"……."

운전사가 기분이 좋지 않은지 그녀의 말에 반응이 없었다.

"오늘 컨디션이 안 좋으시나 보네요."

그녀는 이렇게 말을 하고는 입을 쑥 내밀고 창 쪽으로 고개를 돌렸다. 그런데 그녀의 눈에 핸들을 잡고 있는 운전사의 손에 피가 묻어 있는 게 보였다. 마치 주먹으로 싸운 것 같았다. 괜히 택시를 잘못 탔다는 생각이 들며 온몸의 털이 솟았다. 두려운 생각이 들었다.

그런데 하필 그때 그녀를 쳐다보고 있는 운전기사와 룸미러를 통해 눈이 마주친 말자였다. 목으로 마른침이 삼켜졌다. 코너를 돌다 말고 택시가 멈춰 섰다.

"제 몸에서 나는 겁니다."

치익~

택시운전사가 그녀에게 갑자기 스프레이를 뿌렸다. 기침이 나면서 그녀의 시야가 뿌옇게 흐려지고 있었다. 그녀는 눈을 감으며 국 사장을 생각했다.

오랜만에 사장실에서 하루 종일 '앤티크'가 소장하고 있는 미술품들을 익히면서 하루를 보냈다. 그러다가 말고 말자가 그에게 사진을 보낸 이후로는 핸드폰만 들여다보고 있는 수호였다. 휴대폰의 화면을 얼마나 뚫어지게 보았는지 몰랐다. 그녀의 입술 사진을 보며 수호는 미소를 지었다. 그리고 그의 모니터 화면에는 말자의 사진들이 떠 있었다. 어릴 때부터 지금까지 그가 미국에서 보고를 받았을 때마다 오는 사진들이었다.

7살 때의 사진이 그는 제일 좋았다. 살이 올라 동그란 얼굴에 짧은 곱슬머리는 마이클 잭슨의 어린 시절 모습 같았다. 가발 같은 그 곱슬머리가 진짜 머리라는 사실을 알았을 때 솔직히 혼혈인 줄 알았었다.

커다란 눈은 눈물이 가득 고여 있었고 코에는 콧물이 고여 있었다. 뭐가 그리도 불만인지 입술을 쭉 내밀고 있는 사랑스러운 말자였다. 이러니 돌아가신 어머니가 그렇게 예뻐하셨던 것이다.

그는 모니터의 사진을 한 장 한 장 넘기며 보고 있었다. 어쩌면 이렇게 개구쟁이처럼 자랐을까 하는 생각이 들 정도로 그녀의 사진들은 다 각기 다른 캐릭터가 있었다. 그러나 대학 때부터 그녀의 사진은 여성스러움이 가득했다.

사진 속의 그녀는 두꺼운 안경과 곱슬머리를 하나로 묶고 펑퍼

짐한 옷을 입고 있는 게 다였지만 이상하게 그는 그런 그녀의 모습에 끌리고 있었다. 시나브로 그렇게 조금씩 조금씩 바다 건너 이 여자에 대한 궁금증이 그에게 생겼는지도 몰랐다. 처음으로 그녀를 봤을 때 귀여웠다. 여자에게 그런 마음을 느낀 건 처음이었다.

그녀에게 강해 보이고 싶어서 술 배틀을 이를 악물고 이겼었다. 직접 보니 더 좋았기 때문이었다. 시대에 뒤떨어진 패션인데도 당당한 면이나 예쁜 얼굴을 굳이 두꺼운 안경으로 가리고 있는 모습도 모두 그의 흥미를 끌었다.

남자는 관심이 가는 여자에게 강해 보이고 싶게 마련인 것이다. 그리고 그녀가 갑자기 키스를 걸었기 때문에 꼭 이겨야 했다.

"하지 말았어야 했어."

그는 웃으며 그녀와의 충격적인 첫 키스를 생각했다. 그때를 생각하자 다시 아랫도리가 묵직해지려고 하고 있었다.

"곤란한 상상이야."

그가 피식 웃었다.

"보스!"

필립이 문을 열고 들어왔다.

"오늘 술 한잔할까 하는데 어떠신지?"

"집에 들어가 봐야 해."

"그래서 준비했죠."

필립이 좋지 않은 얼굴을 하고 검은 비닐 봉지를 내밀었다.

"무슨 일이 있는 거야?"

그가 봉투를 받아 소파 테이블 위에 펼쳤다. 봉투 안에는 삼각 김밥과 캔 맥주 4개가 들어 있었다.

"뭔데?"

그가 캔 맥주 하나를 따서 필립에게 건네며 물었다.

"본사에서 깨졌지 뭐 다른 게 있겠어요."

"왜? 내가 이렇게 열심히 일을 하고 있는데……."

필립이 그를 째려보고 있었다. 오늘의 술자리는 술을 먹고 싶은 게 아니라 그를 혼내기 위한 것 같았다.

"인터뷰도 잘하고 말이야."

"시나리오 검토는 다 하셨어요?"

"그거야 다 쓴 거니까. 뭐 급한 것도 아니고."

"영화사에서 열 받은 눈치던데, 촬영을 못 한다고 말이죠."

"시나리오는 문제없어. 그대로 진행하면 되고."

"그럼 빨리 말해주셔야죠. 연애에 빠져가지고."

"뭐?"

아차 싶었는지 필립이 맥주를 들이켰다.

"연애하시잖아요."

"내가 연애를 한다고 누가 그래?"

"김 비서 보는 눈에서 아주 꿀이 떨어진다고요."

"그렇게 보면 연애하는 거야?"

"미국에서부터 모니터에 배경사진 해놓고 계속해서 봤잖아요. 실제로 보니 얼마나 좋겠어. 안 그래요?"

"······."

녀석이 눈치를 챈 것 같았다.

"아니, 연애를 아무리 진하게 해도 할 일은 해야 하지 않겠······."

그의 표정을 보고는 입을 다문 필립이었다.

"그, 그러니까······."

"알았어. 내일부터 작업에 소홀히 하지 않을게."

"진짭니까?"

필립의 얼굴에 얄미운 미소가 번졌다.

"아니."

"마이클!"

필립의 얼굴에서 웃음기가 싹 사라졌다.

"진짜 누구 죽는 꼴 보려고 이러십니까?"

"그건 네 사정이고."

필립은 놀리는 재미가 있었다. 예전에는 매일 이랬는데 말자 때문에 필립을 신경 못 쓴 게 마음에 걸리긴 했다.

"내가 알아서 할 테니까 걱정하지 마."

"······."

필립은 못 미더운지 그의 얼굴을 살폈다.

"속고만 살았어?"

"네."

"으그."

그가 주먹을 들어 올리자 필립이 팔로 주먹을 막았다. 그는 손을 내리며 말자에게 전화를 걸었다. 배터리가 없는지 연결이 되지 않았다.

"오늘 야근하신다고 했어요."

필립이 그녀와 통화를 했다고 했다.

"늦는다고 말해달라고 하셔서 술 사 온 거예요."

"참, 일찍도 말한다."

그가 맥주를 원샷으로 마셨다.

"잘할 테니까 너무 신경 쓰지 마."

"알겠습니다."

필립의 얼굴에 화색이 돌았다. 그들은 맥주를 2캔씩 나누어 마시고 사무실을 내려왔다. 아직 직원들은 근무를 하고 있었다. 시계를 보니 7시였다.

"집에 가면 볼 수 있겠지."

그는 혼잣말을 했는데 필립이 옆에서 들을 모양이었다.

"밤새는 기자들 천집니다."

"뭐?"

"아니에요."

필립은 그가 글을 쓰지 않을까 봐 언제나 그의 비위를 맞추느라 정신이 없었다. 그게 어떤 때는 미안한 마음이 들기도 했지만 지금은 아니었다. 지금은 말자가 더 신경이 쓰였기 때문이었다.

"집으로 가자. 넌 아직도 호텔이야?"

"넵. 집을 얻으려고 하는데 영 걸리는 게 많아서…….."

"우리 집으로 들어와."

"진짜요?"

"그래, 이번 주까지는 호텔에 있고 일요일에 들어와. 방을 준비해야 하니까."

"감사합니다."

"별말씀을."

그는 이렇게 말을 하고는 필립을 호텔로 보내고 자신은 집으로 출발을 했다. 조금만 기다리면 말자를 볼 수 있다는 기대를 가지고 말이다.

"기분 좋으신 일이 있으신가 봅니다."

운전기사가 그를 룸미러로 보며 말했다.

"그렇게 보이나?"

"네, 그렇습니다."

그의 기사는 처음엔 경호원이었다가 기사가 되었다. 그동안은 그에게 말도 못 붙이더니 오늘 처음으로 용기를 낸 것 같았다. 그는 그에게 미소를 지어 보여주었다.

집에 도착하자 오늘따라 집 안이 썰렁했다. 아마도 말자가 없기 때문일 것이다. 할아버지와 저녁을 먹는 내내 그는 자꾸 입구를 쳐다보았다. 말자가 어느 순간 들어올 것 같았기 때문이었다.

"뭘 그렇게 봐?"

"아닙니다."

"김 기자는?"

"오늘 야근이랍니다."

"그렇구나, 오늘 유 의원이 사라졌다. 아직 잡지 못한 모양이야. 그 집에 들어가는 걸 확인했는데 아무도 그가 나오는 걸 보지 못했어. 그 집의 문은 하나뿐인데 너무 신기한 일이지. 그곳에 일하는 사람들이 피신시키기엔 주변에 집들이 많아서 그것도 힘들고. 아주 난감하구나."

"나머지 사람들은요?"

"다 잡혔지."

"그나마 다행이네요."

"그래도 유 의원이 우두머리인데 유 의원을 절대로 놓치면 안되지."

할아버지도 유 의원을 잡지 못한 게 마음에 걸리신 듯했다.

"마음은 먹은 거야?"

"아직 생각 중입니다."

"내가 나이가 들어 시간이 많이 없구나. 할아비는 너의 뜻을 존중해 줄 거다.”

“감사합니다.”

식사를 마치고 그는 2층으로 올라가서 자신의 노트북을 켰다. 필립의 말도 생각이 났기 때문에 집필에 신경을 써야겠다는 생각이 들었기 때문이었다. 한참을 노트북으로 작업하다 보니 12시였다.

그는 말자를 지키고 있는 경호원에게 전화를 걸었다.

“김 기자는?”

[사무실에 계십니다.]

“그런가? 그러면 지금 올라가서 퇴근하라고 얘기 좀 해주겠나?”

[출입이 가능할지 모르겠습니다.]

“아, 그렇지. 그럼 경비원에게 부탁을 좀 하게. 전화를 하려고 하니 전원이 꺼져 있어서.]

[네, 알겠습니다.]

잠시 후에 경호원에게 전화가 왔다.

“전했나?”

[그, 그게…….]

“왜?”

[11시쯤 나가셨다고 합니다.]

“뭐?”

갑자기 그의 머리가 하얗게 변했다. 느낌이 안 좋았다.

"도대체 뭘 한 거야?"

[화장실에 잠시 다녀온 사이에 그만⋯⋯.]

"다른 경호원은?"

[오늘은 저만 정문이고 나머지 분들은 다 동서남북으로 위치해 있어서⋯⋯.]

"환장하겠군. 경비실로 가서 CCTV 확인해."

그는 자리에서 일어나서 집 안에 최소한의 경호원만을 두고 말자가 사라진 민국신문으로 향했다.

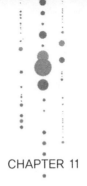

CHAPTER 11

  습한 기운이 그녀의 코를 자극하고 있었다. 지난번 끌려갔을 때와는 다른 공간인 것 같았다. 약에 취해 눈이 잘 떠지지 않았지만 말자는 알 수 있었다.

  곰팡이 냄새까지 나자 마치 지하실에 있는 느낌이었다. 초점을 맞추려고 애를 썼다. 뿌연 시야 사이로 보니 넓은 공간인 것 같았다.

  그런데 이상하게 그녀는 혼자인 것 같지 않았다. 초점이 맞추어지자 그녀의 앞에 한 남자가 거의 피투성이로 앉아 있었다.

  "어!"

  놀란 그녀가 숨을 안으로 삼켰다.

"누, 누구세요?"

"살, 살려주세요."

남자는 의자에 앉혀져 있었지만 묶여 있는 끈이 아니면 당장 쓰러질 것 같았다. 의자 밑에는 그의 피가 흥건했다. 그가 입은 하늘색 와이셔츠는 붉은 피로 물들어 있었고 얼마나 맞았는지 얼굴은 형체를 알아보기 힘이 들었다.

"누구세요?"

"택, 택시……."

"택시기사 분이세요?"

그녀가 본 택시 운전기사는 이 사람이 아니었다.

철컥!

문이 열리자 흙냄새가 그녀의 코끝을 자극하고 있었다. 그 사람이었다. 말자는 눈을 감고 아직 깨어나지 않은 척을 했다.

"살, 살려주세요."

퍽!

"윽!"

"시끄러워서 원."

이건 유 의원의 목소리였다. 강한 둔기로 내리치는 것이 택시기사는 죽은 것 같았다. 죽지 않았다면 차라리 이 고문을 겪느니 죽는 게 더 나을 것 같은 상황이었다.

"아악!"

갑자기 그녀의 머리가 뒤로 젖혀졌다.

"일어났어?"

유 의원이었다.

"네가 아주 눈엣가시더니 끝까지 나를 괴롭혀?"

짝! 착! 쫙!

그가 그녀의 머리를 잡은 채로 뺨을 수차례 때렸다. 양쪽으로 맞은 덕분에 그녀는 머릿속에 종이 울리는 느낌이었다. 입안은 터져서 피 맛이 나고 있었다. 약이 바짝 오른 유 의원이 그녀의 머리를 연속해서 가격했다.

앞의 남자는 머리에서 피가 뿜어져 나오고 있었다. 무서웠다.

"악!"

그가 그녀의 머리채를 잡아 자신을 보게 했다.

"저 앞에 있는 택시기사가 왜 죽은 줄 알아? 네가 쓸데없이 나댔기 때문이야. 그래도 널 죽이려고 고통 없이 한 방에 보내줬지. 안 그랬으면 뼈마디 하나하나를 다 부러트려서 죽였을 테니까."

"당신은 살인마가 아니야."

"내가 몇 명이나 죽인 줄 알고 그렇게 말하나?"

그의 눈에 핏발이 서 있었다.

"널 납치해 온 남자가 내가 죽인 사람들을 땅에 묻느라 아주 바쁜 사람이지."

그래서 그의 몸에서 흙냄새가 났던 것이었다. 남자가 문 옆에서 있었다. 앞의 택시기사를 처리하기 위함이었다.

"어때, 나를 궁지로 몰아넣은 소감이?"

"……."

"어쩐지 그 문서들을 순순히 준다고 했어. 그때 네 할미를 갈기갈기 찢어놓는 건데 아쉬워."

퉤!

"미친 새끼."

그녀가 뱉은 침이 유 의원의 얼굴에 정확하게 맞았다. 유 의원은 자신의 주머니에서 손수건을 꺼내 얼굴을 닦았다.

쫙!

그리고는 그녀의 얼굴이 돌아갈 만큼 강하게 뺨을 쳤다.

"미친년아, 상황 판단이 안 되니? 널 지금 갈기갈기 찢어 죽일 수 있는 게 나야. 안 되겠다. 네 할미 년부터 데리고 와서 네 보는 앞에서 죽여야겠어."

그는 지금 제정신이 아니었다.

"빨리 데리고 와."

"안 돼!"

"그러게 왜 까불어. 빨리 데리고 와."

"제발 우리 할매는 내버려 둬."

"늦었어, 미친년아."

그는 협박만 하는 게 아니라 실행을 하고 있었다.

"내가 뭘 하면 할매를 건드리지 않을 거지?"

"아무것도 없어. 내 입장에서 하나 죽이나 둘 죽이나 셋 죽이나 다 똑같으니까."

"우리 할매 건드리지 마!"

"미친년, 네가 날 건드리지 않았다면 이런 일도 없었어. 어디서 겁대가리 없이 기자 년이……."

"우리 말로 하죠. 원하는 게 뭡니까?"

"없어. 어차피 너만 죽이고 난 이 나라를 뜰 예정이거든."

"그럼, 아무것도 얻는 게 없잖아요."

말자는 필사적으로 그를 설득하기 위해 애썼다. 30살도 못 넘어보고 죽다니 역시 아홉수가 문제였다. 되는 게 없었다.

"내가 기분이 좋아지지."

유 의원이 손에 각목을 쥐었다가 갑자기 바닥에 던졌다.

"저 새끼 묻으러 가야 되지?"

"네."

뒤에 서 있던 남자가 말했다.

"이년도 데리고 가."

"생매장하시게요?"

남자는 조용하게 말했지만 말자는 오금이 저리는 순간이었다.

"하하하, 그 방법도 있었군."

생매장이라고 했다. 죽을 때 잘 죽는 것도 오복 중에 하나라는

데 이건 오복은커녕 개죽음을 당하게 생겼으니 말자는 두려웠다. 이렇게 생을 마감하기엔 그녀는 할 일이 너무나 많았다.

"끌고 가. 사냥이나 한번 해볼까?"

사냥이라고 했다. 결국은 타깃이었다.

"도망쳐 봐. 알아? 살아남을지."

"유상훈!"

"그래, 그렇게 건방을 떨어야지 김 기자답지. 조금 더 사는 거야. 난 한 번도 사냥감을 놓친 적이 없거든."

그가 옆에 세워져 있던 총을 잡았다. 그리고 총알을 말자가 보는 앞에서 넣었다.

"살려줄까?"

"……."

"살려달라고 해봐."

악마의 속삭임이었다. 말자는 살려달라고 해봤자 소용이 없다는 것을 알았다.

"넌 반드시 처벌을 받을 거야."

"그건 네 바람이고."

"아니, 하늘의 뜻이야."

"데리고 나가."

덩치 큰 남자가 그녀를 어깨에 너무나 가볍게 메고는 밖으로 나갔다. 계단이 생각보다 많았다. 그리고 이 냄새는 그들이 지난번에 맡았던 냄새와 같았다. 다른 장소일 줄 알았는데 같은 곳이었다.

그렇다면 군사 보호 구역 안에 그녀를 풀어놓는다는 것이었다. 지도를 생각해야 했다. 지난번에 이 별장으로 오는 도중에 그녀는 스마트폰으로 이곳의 지형을 검색했었다. 산의 중간에 데려다 놓으려면 너무나 많은 시간이 걸리니까 분명히 10분에서 20분 정도 걷고는 그녀를 풀어줄 것이었다.

산으로 올라가고 있었다. 그녀의 코가 자꾸만 남자의 등에 부딪쳤다. 어깨에 둘러메어서 그런지 피가 머리 쪽으로 몰려서 머리가 터질 것 같았다. 거기에 산으로 올라가니 멀미가 날 것 같았다.

남자는 너무나 익숙한 걸음으로 산을 오르고 있었다. 불빛도 없었고 아무것도 보이지 않았다.

얼마나 갔을까, 피가 몰려 얼굴이 진짜로 터지겠다는 생각이 들 때 남자가 그녀를 땅에 내려놓았다.

"왜 이런 일을 하시는 거예요."

"내 일이니까."

"왜 당신 일이에요. 유 의원 일이지."

남자는 짐승에 가까울 정도로 근육질이었다. 극도의 노동으로 인해 생긴 근육인 것 같았다. 남자를 자극해서 어떻게 해서든지 탈출의 기회를 얻고 싶었다.

"날 도와주면 내가 보상을 해줄게요."

"......."

남자는 땅을 파기 시작했다.

"뭐, 뭐 하는 거예요?"

"묻어야지."

"사냥한다면서 생매장하게요?"

"너 말고 아까 그 택시기사."

남자는 이렇게 말을 하고는 한동안 말없이 땅을 팠다.

"난 사냥감으로 던져주고 당신은 내려가서 시체를 가져오려고요?"

"아니, 둘을 같이 묻으려고 넓게 파는 거야."

"결혼도 안 했는데 다른 남자와 강제로 묻히다니, 감사해야 하나요?"

"낄낄낄낄."

남자가 무섭게 어깨까지 들썩이며 웃기 시작했다.

"왜, 왜 웃어요? 무섭게."

"내가 여러 명을 같이 묻어줬는데 다 남자라서 말이야. 여자들로 묻어줄 걸 그랬어. 이번부터는 그렇게 해야지."

"도대체 얼마나 죽인 거예요?"

"말해야 해?"

"네, 알고 싶어요."

"여자들이란 궁금한 게 많아. 우리 와이프도 처음엔 궁금해하더니 지금은 만성이 돼서 신경도 쓰지 않아. 돈만 많이 벌기를 바라지. 우리 애들 학비에 보태야 하거든."

"돈은 내가 준다니까요."

"넌 유 의원님보다 부자가 아니야."

약간은 모자란 듯 고지식한 듯 경계가 모호한 남자였다. 확실한 건 그가 지금 땅을 아무렇지도 않게 파고 있다는 것이었다.

"날 여기 혼자 두고 시체를 가져올 건가요?"

"응."

"미쳤어요? 여기는 산짐승들투성이라고요."

"도망 다니느라고 정신이 없을 거야. 차라리 죽는 게 나을지도 모르지. 살아남은 사람이 없어. 우리 유 의원님은 아버지하고는 달라. 전에 회장님은 사냥 솜씨가 영 없어서 죽이질 못해 결국은 산 채로 묻어야 했거든."

오금이 저리는 말을 남자는 아무렇지도 않게 했다.

"죽은 인간들은 말이 없는데 살아 있는 것들은 너무 시끄러워."

"돈도 싫어요?"

"나 돈 많아."

"이걸 들키면 당신은 평생 감옥에서 썩을 거예요."

"괜찮아. 난 아이들도 다 키웠고 마누라하고도 살 만큼 살았어. 다만 걱정이 있다면 우리 의원님이 혼자 남는다는 거지."

"유 의원은 나쁜 사람이에요."

"아니야."

덩치가 커다란 아이 같았다. 아니, 멀쩡하다가도 가끔씩 이런 모습을 보였다. 무언가로 인해 그가 조종을 당하는 것 같았다.

몇 시인지는 모르겠지만 날이 밝아오기 시작했다. 공기는 그녀의 공포 때문인지 아니면 아침인지 차가운 느낌이었다. 서울은 아니었는데 이곳은 비가 온 듯 땅이 축축했다.

그가 집중을 해서 땅을 파는 동안 말자는 묶인 줄을 풀기 위해 있는 힘껏 노력을 했지만 소용이 없었다. 주변에 날카로운 돌을 찾기 위해 이리저리 살피던 그녀는 그만 비명을 지르고 말았다.

"아아악!"

"조용히 안 해? 안 그러면 너도 묻을 거야."

"저, 저기."

땅속에서 사람의 손이 삐져나와 있었다.

"뭐?"

"저, 저기 사람 손이……."

그는 아무렇지 않게 다시 땅을 팠다.

"비가 오고 나면 저래."

"비, 비가 그치고 나면 어떻다는 거예요. 설마 여기가 시체 밭이라는 얘긴가요?"

"낄낄낄, 시체 밭 맞아."

웃음소리가 정말 덩치에 맞지 않았다. 말자는 더 필사적으로 매듭을 풀었다. 하지만 소용이 없었다. 이제 잠시 후면 그녀는 죽을 것이다. 유 의원의 사냥감이 되어서 말이다.

차를 몰았다. 10명이 넘는 인원을 데리고 그는 지난번 말자와 함께 납치가 되었던 곳으로 향했다. 지금 유 의원이 숨을 만한 곳을 생각하고 또 생각했다. 집에 없다면 별장뿐이었다.

그리고 누군가를 납치해서 데려갔으면 한적한 곳이어야 했다. 종합해 보니 거기에 말자가 있을 것 같았다. 나머지 한곳은 할아버지께 말해서 검찰이 출동하기로 했다.

"제발……."

지난번에 운전을 했던 필립이 지금 그의 차를 운전하고 있었다. 밤부터 움직였는데도 지금은 아침이 되어 있었다.

"숲은 아직 깜깜할 텐데. 그리고 추울 텐데 걱정입니다."

"……."

필립의 말에도 그는 자신의 손을 비비고 있었다. 몹시도 긴장을 했을 때 하는 버릇이었다. 필립은 룸미러로 그의 눈치를 살피기에 바빴다. 이렇게 날카로울 때는 건드리는 것이 아니었다.

"어떻게 할 계획이죠?"

"일단은 별장을 치고 들어가야지."

"네."

차가 별장의 입구에 서 있었다. 시계를 보니 벌써 9시였다. 각자의 차에서 경호원들이 내렸다. 담이 높아서 도저히 넘어갈 수도 없었고 담 위에는 철조망과 강한 전류가 흘렀다. 들어갈 방법이 없습니다.

"산을 타고 들어가는 방법은 어때?"

"한번 해보도록 하죠."

그들은 모두 별장을 싸고 있는 산속으로 들어갔다. 그때였다.

탁!

뭔가가 나무에 맞는 소리가 들렸다. 총소리였다.

"총이다. 엎드려."

모두가 방탄조끼를 입고 움직이기 편한 전투복 차림이었지만 총의 화력을 모르는 상태이므로 몸을 낮추었다.

"총에 소음기를 장착한 것 같습니다. 분명히 총에 맞은 소리였습니다. 그리고 사냥개들도 있는 모양입니다."

"사냥을 여기서 해?"

"사람들이 거의 없고 또 군사 보호 구역이지만 이 지역은 지뢰가 많기로 소문이 나서 군인들도 이쪽에서는 훈련을 하지 않고 있습니다."

"그렇다면 저기서 사냥을 하는 사람이 더 이상하군."

"허점을 노리고 편하게 즐길 수도 있습니다."

"일단은 사냥을 못 하게 해야 할 것 같아."

"네, 알겠습니다."

말자도 찾아야 하지만 경호원들이 다쳐서는 안 될 문제였다. 그들은 조심스럽게 산으로 들어갔다. 필립과 대원 한 명은 만일을 대비해서 차에서 대기를 하고 있었다.

멍멍멍, 으으으으.

개들이 짖는 소리가 계속해서 들렸고 멀리서 동물의 움직임 소리도 들렸다. 10명이 넘는 인원들은 혹시 모를 산짐승의 공격에 대비를 해서 총을 꺼내 들고 한발 한발 조심스럽게 움직였다.

탁!

또다시 나무 부러지는 소리와 개 짖는 소리가 들렸다.

"꽤 좋은 소음기를 장착한 총인데요?"

"그런가?"

그는 조심스럽게 한발을 내딛었다.

"아악!"

이건 말자의 비명 소리였다.

"김 기자!"

그는 자신도 모르게 소리를 질렀다. 그녀의 생사를 확인하고 싶었기 때문이었다.

"사람 살려."

"김 기자야."

그녀의 한마디에 개들이 달리는 소리가 그들의 앞쪽에서 들렸다. 그의 눈에 보이는 개들의 수가 한두 마리가 아니었다. 그리고 언뜻 보기에도 무시무시하게 생긴 녀석들이었다.

휘~

누군가 호루라기를 불어 개들을 모으고 있었지만 사냥감을 찾은 개들은 주인의 호루라기 방향으로 가지 않았다.

수호는 개들이 있는 쪽으로 달리기 시작했다.

타다다닥!

나뭇가지들이 그의 얼굴과 옷에 부딪치며 상처를 내는 줄도 모르고 그는 정신없이 달리고 또 달렸다. 경호원들도 그의 뒤를 숨가쁘게 따르고 있었다.

잠시 후 나무 위에 말자가 위험스럽게 올라가 있는 모습을 발견할 수 있었다.

멍멍멍멍.

개들은 그런 그녀를 아래서 쳐다보고 있었다. 언뜻 보기에도 10마리가 넘는 수였다. 덩치들도 매우 컸다. 수호는 처음으로 사냥개들의 이가 그렇게 날카로운지 처음 알았다. 물리면 뼈가 으스러질 것 같았다.

"으으으으."

개들이 으르렁거리더니 나무 위를 향해 점프를 하기 시작했다. 위태롭게 나무에 매달린 말자가 팔의 힘이 빠져서 아래로 미끄러지고 있었다. 아주 위험한 상황이었다. 그는 옆에 있던 경호원의 총을 빼앗다시피 해서 개를 겨누었다.

"위험합니다."

"그럼 개의 먹잇감으로 만들어?"

화가 난 그가 개를 향해 총을 쏘았다.

탕!

그가 총을 쏘자 개 한 마리가 총에 맞았다. 그러자 놀란 개들이 자신의 주인이 있는 쪽으로 향했다.

"따라가."

경호원들이 개들을 따라갔고 그는 말자가 있는 곳으로 갔다.

"김말자."

그의 목소리가 들리자 나무에서 덜덜 떨고 있던 말자가 그를 바라보았다.

"이제 오면 어떡해요."

그녀의 목소리가 떨리고 있었다.

"얼마나 무서웠는지 알아요?"

그녀가 나무에서 내려와 그의 품에 안겼다. 그녀의 눈물이 그의 가슴을 적시고 있었다. 맞았는지 얼굴은 퉁퉁 부어 있었고 도망 다니느라 옷이 찢어지고 나뭇가지에 살이 찢겨져서 피가 흐르고 있었다. 그가 그녀를 자신의 품에 안았다.

"이제 괜찮아."

"유 의원은 미꾸라지 같아서 생각보다 잡기 힘들 거예요."

"알아, 하지만 난 경호원들을 믿어."

그의 품 안에 그녀가 안겨 있으니 이제야 수호는 안심이 되었다.

"사랑해."

"……."

그녀의 몸이 굳었다. 그의 갑작스런 고백에 놀란 듯했다.

"다시는 이런 위험에 처하지 않게 할게."

그가 그녀의 온몸을 꼭 끌어안고 있었다. 그리고 다시 한 번 얼굴을 살핀 뒤에 안도의 한숨을 쉬며 그녀를 다시 안았다. 천만다행이었지만 유 의원을 용서할 수는 없었다. 그의 눈빛이 살벌하게 빛을 뿜어냈다.

그는 그녀를 데리고 산을 내려왔다. 차 안에는 필립이 앉아 있었다.

"어떻게 된 거예요?"

"빨리 병원으로 가지……."

그때, 그의 눈에 유 의원이 꽁지 빠지게 달려가 자신의 차를 타고 빠져나가는 게 보였다. 찢어 죽여도 시원치 않을 놈이 도망을 치고 있었다. 그는 손가락으로 가리키며 소리쳤다.

"쫓아."

그는 저도 모르게 필립에게 말을 했다.

"유 의원인가 뭔가 하는 새끼예요?"

"잔말 말고 빨리 가기나 해."

그의 말에 필립이 차를 몰아 그를 쫓기 시작했다.

"걱정 말아요. 그래도 카레이서 출신이니까."

필립의 말은 사실이었다. 수호가 알고 있기에도 몇몇 대회에서는 상도 탔지만 사고로 그 이후에는 하지 않았다. 하지만 지금은 그 어느 때보다 그의 운전 실력이 필요했다.

"도심으로 나가기 전까지는 붙잡아야 해. 사람들이 위험해지거든."

"알겠습니다."

부웅~

필립은 오히려 신이 난 것 같았다.

"저기."

그들의 앞에 유 의원의 차가 보였다. 유 의원은 차에 혼자 타고 있었다. 수호는 총을 손에 쥐었다.

"마이클, 이건 영화가 아니에요."

"알아. 알고 있으니까 빨리 따라잡아."

그는 이렇게 말을 하고는 몸을 창밖으로 빼고 유 의원의 벤츠 타이어를 향해 총을 쏘았다. 총알도 몇 개 없었다.

탕!

"오, 명중!"

필립이 이렇게 말을 하며 차를 급하게 멈추게 했다. 안 그러면 유 의원의 차와 부딪칠 것 같았기 때문이었다.

끼익!

소리를 요란하게 내며 차는 섰고 바퀴가 터진 유 의원의 차는 옆의 도랑으로 곤두박질 쳤다.

"차 안에 있어."

그는 이렇게 둘에게 말하고는 차 밖으로 나가려 했다. 그러자 그때 말자가 그의 옷자락을 잡았다.

"가지 마요."

"안 돼."

그는 이렇게 말을 하며 앞에 있는 차로 향했다. 조심스럽게 한 발씩 내밀었다. 차는 조용했고 주변에는 아무것도 없었다. 차가 처박힌 도랑으로 내려가 그는 운전석을 살폈다. 그러자 운전석에는 쓰러진 유 의원이 있었다.

그는 전화기를 들고는 경호원들에게 전화를 걸었다.

"입구 쪽에서 유 의원을 잡았어."

[저희도 사장님의 차가 보입니다.]

"이리로 와주게."

[네, 알겠습니다.]

경호대장의 전화를 끊고 그는 총을 주머니에 꽂은 채로 유 의원을 꺼내기 위해 차의 문을 열었다. 그러자 갑자기 유 의원이 자리에서 벌떡 일어나 총구를 그에게 겨누었다. 총을 주머니에 넣은 게 실수였다.

"총 버리시지. 안 그러면 쏴버릴 테니까."

이마에서 피가 흐르는 유 의원은 좀비 같아 보였다. 그는 모두가 안전하길 바라는 마음에 가지고 있던 총을 바닥에 내려놓았다.

빵!

그가 총을 내려놓자마자 그가 수호의 가슴을 향해 총을 쏘았다. 생각할 틈도 없이 그는 유 의원의 총에 맞았다. 숨이 쉬어지지가 않았다. 방탄조끼를 입었지만 충격은 고스란히 전해졌다.

갈비뼈가 으스러진 느낌이었다.

유 의원이 차에서 내려 그의 어깨를 밟고 섰다.

"세상은 그렇게 만만하지가 않아. 아무리 잘나가는 작가라도 이렇게 쓸데없는 일에 끼게 되면 저세상으로 가는 거지."

"……."

"그리고 자고로 남자는 여자를 잘 만나야 해."

그의 흐릿한 시야에 그를 향해 달려오는 경호원들이 들어왔다. 그를 보고는 놀란 얼굴들이었다.

"많이도 왔다. 빨리 왔던 길로 돌아가는 게 내 발밑에 깔린 녀석을 구하는 길이지."

"보내줄 테니까 사장님을 풀어줘."

"싫은데?"

유 의원은 이렇게 말을 하며 웃었다. 정신이 나간 녀석 같았다.

"거기 한 명이 와서 이놈을 차에 태워."

경호원 중에 한 명이 달려오고 있었다. 그리고 그에게 거의 다 왔을 때 수호는 몸을 날려 유 의원의 다리를 잡아 넘어트렸다.

탕! 탕! 탕!

유 의원의 몸에 경호원들의 총알이 박혔다. 수호가 다칠까 봐 경호원들이 다리가 아닌 가슴을 쏘았다. 방탄조끼를 입지 않은 유 의원은 그 자리에 피를 흘리며 쓰러졌다.

그래도 유 의원은 쓰러지는데도 끝까지 자신의 총을 손에서 놓지 않고 있었다. 그의 입에서 피가 뿜어져 나오며 쓰러지는 순간의 모습이 어찌나 추악한지 수호는 소름이 끼쳤다.

악마가 있다면 유 의원의 모습일 것 같았다. 사람이 아니었다. 멀리서 사이렌 소리가 들려왔다.

"구급차!"

유 의원은 구급차를 타고 떠났고 그들의 뒤에는 검찰 수사관들이 뒤늦게 도착해서 수호는 그 자리에 서 있었다. 그리고 경호원들은 별장에 숨어 있던 별장지기 부부를 체포했다.

"괜찮으십니까?"

검찰 수사관이 차 안에 앉아 있는 말자에게 물었다.

"아니오, 하지만 저는 괜찮으니 산에 가서 유 의원이 인간 사냥이라는 명분하에 죽인 사람들의 시신을 좀 찾아주세요."

그리고 말자의 신고로 그들은 산에서 수십 구의 시체를 발견했다. 유 의원은 응급 수술을 받은 후에 생명을 건졌다.

　말자는 병원에 가서 치료를 받은 후에 본가로 들어갔다. 그리고
바로 기사를 쓰기 시작했다. 참으로 못 말리는 여자였다.

CHAPTER 12

원래 한국병원 응급실은 정신이 없는데 오늘 응급실은 한산했다. 그래서 말자는 간호사들이 상처 부위를 살피고 소독하는 동안 응급실 침상에 걸터앉아 있었다. 온몸이 쑤시고 아팠다. 운동을 심하게 하고 난 다음 날 아픈 것에 천 배는 더 아팠다. 모든 근육이 다 쓰인 듯 안 아픈 근육이 없었다.

잠시 후에 성형외과 의사 선생님이 오셔서 그녀의 얼굴에 찢어진 상처를 살펴보시고는 병원에서 흉이 진다며 꿰매진 않으시고 테이프로 찢어진 곳을 치료해 주셨다.

침대에 앉아서 말자는 기사를 써서 전송하는 등 기자로서의 사명을 지켰다. 그녀의 기사는 속보가 되었고 그녀는 하늘을 나는 새를 떨어뜨린 훌륭한 사냥꾼이 되어 있었다. 유 의원은 각종 비리에 연루되어 있있다.

공무원이 뇌물로 1억 이상을 받게 되면 무기 징역도 가능했다. 검찰총장은 그를 무기 징역으로 가둬둘 생각인 것 같았다. 정권이 바뀌더라도 절대로 나올 수가 없게 해놓을 생각이었고 대통령에게도 그의 행적이 그대로 보고가 된 상황이었다.

대통령의 최측근 비리라서 세상이 시끄러웠지만 대통령은 국민들에게 사과하고 유 의원의 엄한 처벌을 약속했다.

그녀의 전화기는 아주 난리였다. 편집장은 신문사를 살린 유능한 인재라며 연봉을 올려준다는 이야기를 했고 부장도 그녀에게 전화를 해서 칭찬을 아끼지 않았다. 그런데 정말 놀라운 건 대통령이 그녀에게 직접 전화를 했다는 것이었다.

수고했고 자신이 부끄러웠다는 말을 듣고 말자는 하마터면 울 뻔했다. 우리나라에도 희망은 있는 것이었다. 유 의원이 만들었다고는 해도 뿌리가 썩은 사람은 아니었다.

"아, 아아."

그녀는 컴퓨터를 옆으로 치우면서도 신음 소리를 계속해서 내뱉었다.

"말자야!"

소식을 듣고 놀란 할매가 그녀를 향해 달려왔다. 알리지 말라고 했는데 그새 누군가 할매에게 알린 것 같았다. 할매가 국 회장의 집에 온 건 처음이었다.

"괜찮은 거야?"

"응, 괜찮아 할매."

"내가 널 20년 넘게 키우면서 요즘같이 이렇게 살얼음판을 걷는 기분은 처음 느낀다."

"히히, 괜찮아."

"집에는 안 들어올 거야?"

"곧 들어갈게. 이제 다 끝이 났으니까. 근데 할매."

"왜?"

"나 집에 들어가면 아침에 청소 또 해야 해?"

그녀가 눈썹을 깜빡이며 애교를 섞어가며 말했다.

착!

"아악!"

"당근이지."

할매의 매서운 손이 그녀의 등짝을 쳤다.

"아, 아파."

"엄살은……."

"아프다고."

그녀는 정말로 두개골까지 울리는 기분이었다. 그때 방 안으로 국 회장이 들어왔다. 국 사장이 들어올 줄 알았는데 말자는 실망이었다.

"오셨습니까?"

"네."

"잘 지켜주려고 했는데 그러지 못했습니다."

"아닙니다. 그래도 매번 우리 손녀를 살려주시지 않습니까? 저는 돌아가신 국태환 사장님이 우리 아이를 살려주신 걸 잊지 않고 있습니다."

"차라도 한잔하시지요."

국 회장이 차를 권하자 할머니의 입이 귀에 걸렸다.

"우리 김 기자도 차 마실 텐가?"

"아니오, 저는 더 자고 싶습니다."

말자는 눈치껏 두 분의 데이트에서 빠져주었다. 국 회장은 아무런 생각이 없는데 할매 혼자 좋아하는 것 같아서 안타깝지만 말이다.

하긴 그녀도 다를 바가 없었다. 그녀가 더 많이 국 사장을 사랑하는 것 같았다. 그는 언제 봐도 멋있었다. 할매가 나가고 그녀는 안간힘을 써서 침대에 누웠다. 약이 독한지 자꾸만 졸음이 쏟아졌다.

코끝에 아주 달콤한 향이 가득했다. 뭔지는 모르겠지만 아주 기분이 좋은 향이었다. 너무 힘들어서 눈이 떠지지는 않았지만 말자는 기분 좋은 향에 눈을 감고 미소를 지었다. 그러다가 좀 더 편하게 눕기 위해 옆으로 몸을 틀다가 비명을 질렀다.

"아악!"

아직 온몸이 욱신거리며 아팠다.

"괜찮아?"

그의 부드러운 목소리가 그녀의 귓가를 자극했다.

"아뇨, 아파요."

"나도 온몸이 두들겨 맞은 듯이 아파."

"이해해요."

"그래서 허리를 구부리고 키스도 못 해. 대신 장미꽃으로 내 마음을 대신해."

방 안 가득 장미꽃이 가득했다. 남자에게 이렇게 로맨틱한 선물을 처음으로 받은 말자였다.

"원래 이렇게 로맨틱했어요?"

"아니."

"그럼, 어떻게 바뀐 거죠?"

"어제 유 의원의 총을 맞고는 정신이 번쩍 들었지."

"유 의원이 여럿 사람 만들었네요."

"또 새사람이 된 사람이 있나?"

"대통령이요."

그의 눈이 아주 커다랗다 못해 튀어나올 것 같았다.

"아까 전화 왔어요. 고맙다고."

"고마울 일인가? 본인에게는 측근의 비리 때문에 치명적인 일일 텐데……."

"자기가 나서서 더 엄격하게 유 의원을 벌하겠다고 하네요."

"내용은 다 아는 거야?"

"아시는 것 같았어요."

"괜찮은 사람이군."

그는 그렇게 말을 하며 자신의 가슴을 손으로 매만졌다.

"언제까지 그러고 있어야 해요?"

그는 갈비뼈가 부러져서 한쪽 팔을 접고 있는 깁스를 했다. 갈비뼈는 깁스를 못하기 때문에 뼈가 붙을 동안 못 움직이게 묶어놓았다고 하면 될 것이었다.

"하하하, 이렇게 웃으면 안 되는데 우리의 모습이 참……."

"그러네요. 나도 웃으면 안 된다고요. 온몸이 울리거든요."

"나도."

그들은 그렇게 한참을 그녀의 방에서 수다를 떨었다.

"내일 일 안 해요?"

"해. 김 기자는?"

"당분간 재택근무요."

"좋은 직장이야."

"특종이 있을 때만요. 하루에 기사 한 가지만 넘겨주면 돼요."

"그렇군."

그가 그녀의 옆으로 와서 누웠다.

"뭐 하는 거예요?"

"그냥 옆에서 잘게."

"사장님 방에 가서 주무세요. 지금 아래 할매도 있고."

"계시면 어때서."

그는 그녀의 말에도 아랑곳하지 않고 그대로 그녀의 옆에 누웠다.

"들키면 난 죽는다고요."

"안 죽어. 그리고 난 너무 졸려."

그는 이렇게 말을 하고는 그대로 눈을 감아버렸다.

"이봐요. 안 된다고요. 아아악."

그녀가 그를 밀어내려고 했지만 근육들이 아주 아우성이었다. 결국은 비명만 지르고 말았다. 어쩔 수 없이 그를 밀어내는 걸 포기한 말자는 눈을 감아버렸다. 아니나 다를까, 얼마 후에 국 회장과 할매가 그녀의 방으로 들어왔다.

"아이고 망측해라."

욕부터 나와야 하는 게 할매의 반응인데 그래도 국 회장님이 옆에 있으니 그러지도 못하고 아주 속에서 천불이 날 것이다.

"아이고, 이 일을 어째."

"우리 수호가 많이 피곤했나 봅니다. 오누이같이 저러고 있는데 그냥 두시죠. 둘 다 많이 다쳤습니다."

국 회장의 말에 하마터면 웃음을 터트릴 뻔한 말자였다. 오누이라는 말이 너무나 웃겼다. 세상에 이렇게 야한 오누이가 있을까 말이다. 할매와 국 회장이 나가자 말자는 고개를 옆으로 돌려서 그를 보았다.

옆선이 참 굵은 사람이었다. 선이 굵은 만큼 그가 하는 모든 일들은 스케일이 컸다. 그는 어릴 때 부모를 잃은 것을 제외하고는 항상 남들보다 나은 삶을 살았다. 작가로서의 명성도 대단했다.

그런 그가 이곳 서울에 와서 아무것도 아닌 그녀를 벌써 몇 번이나 구했는지 모른다.

"얼굴 닳아."

그가 눈을 감고서 그렇게 말했다.

"어른들 가셨어요."

말자가 이불 속에서 눈을 굴리며 주변을 살폈다. 정말 심각한 상황인데 해결할 방법이 없었다.

"그때 깼어. 오누이 같은 사이라니 큰일 날 소리를 하셨어."

그가 할아버지의 말이 마음에 들지 않는다는 듯 말했다.

"그러게요. 이렇게 야한 사이는 오누이가 될 수 없죠."

솔직히 그녀도 그건 아니란 생각이 들었다.

"우리가 야한 사인가?"

그가 고개를 돌려 그녀를 보았다.

"아주 심하게."

"그렇군, 하지만 지금은 아무리 야한 사이여도 자야겠어."

그의 눈꺼풀이 무겁게 내려앉았다.

"이번에 병원에서 준 약 먹었어요?"

"응."

"너무 독해요. 나도 잠만 계속 오거든요."

"그러니까 어서 자."

"알았어요."

그녀는 이렇게 말을 하고는 눈을 감았다. 그렇지만 그의 남성적인 체취가 자꾸만 그녀의 코를 자극하고 있어서 쉽게 잠을 이룰 수가 없었다.

"자요?"

"왜?"

"손잡아주면 안 돼요?"

그녀의 말에 그가 그녀의 손을 잡아주었다.

"어서 자."

"네."

그녀는 그의 따뜻한 손을 잡고는 그대로 잠이 들었다. 남자의 손을 잡고 잔다는 게 이렇게 가슴 따뜻한 일인지 정말 몰랐었다. 그의 손을 잡고 그녀는 꿈을 꾸었다.

둘이서 손을 잡고서 경복궁으로 향하고 있었다. 어릴 때 마지막으로 가고 처음이었다. 왜 하필 경복궁일까, 갑자기 두려운 생각이 들었다. 그에게 말은 하지 않았지만 꿈속에서도 내심 다른 곳으로 가길 진심으로 바라고 있었다.

"괜찮아."

그가 그렇게 말을 했다. 그래서 말자도 마음을 다잡고 그 길로 갔다. 그와 걷고 있었는데 갑자기 그녀는 자동차에 탔고 그가 아닌 국태환 사장과 사모님이 차에 타고 계셨다. 얼굴에는 웃음꽃이 피어 있었다.

"우리 딸 하자, 말자야."

"……."

"여보, 말자는 인형 같지 않아요? 양배추인형 말이에요. 아니, 잭슨 파이브 때 마이클 잭슨 같기도 하고 여하튼 너무 귀여워요."

"그래."

국태환 사장은 무뚝뚝했지만 사모님은 그렇지 않았다.

"잠깐만."

그는 핸드폰을 꺼냈다. 그리고는 차를 갓길에 세웠다.

"무슨 일이에요?"

"김운철이 지금 우리가 찾던 물건을 주겠대."

"진짜요?"

"그래, 왜 마음이 변했을까?"

"받지 말까요?"

"아니야, 아주 급해 보이는 게 도망치는 것 같았어."

"그래요?"

"지금 이곳으로 올 거야. 물건만 받고 가자고."

잠시 후에 검은 옷을 입은 남자가 모자를 꾹 눌러쓰고는 그들이 있는 쪽으로 왔다. 그리고 갑자기 칼을 들어 국태환 사장에게 무언가를 전달하고는 빠르게 사라졌다. 차를 급하게 출발시킨 국태환 사장은 사모님에게 뭐라고 말했는데 들리지 않았다.

쾅!

뒤에서 갑자기 차가 그녀가 타고 있는 차를 들이받았다. 그리고 남자들이 나와서 사모님과 국 사장을 마구 찌르기 시작했다.

"말자야, 이걸 꼭 지켜야 한다."

"안 돼!"

그녀의 눈에서 눈물이 흘러내렸다.

"말자야, 괜찮아."

"안 돼, 가지 마요. 제발. 흑흑흑."

말자가 서럽게 울었다. 꿈속에서도 억울하게 죽은 국태환 사장 부부가 너무나 안타까운 마음이 들었기 때문이었다.

"쉬, 괜찮아."

국 사장이 그녀를 꼭 안아주었다.

"꿈이야."

그의 목소리가 꿈에서 그녀를 끌어내고 있었다.

"흑흑흑."

"쉬, 내가 있잖아."

오늘은 그가 있어서 좋았지만 이 꿈을 거의 매일 꾸고 있는 말자였다.

"자주 꿔?"

"네."

"그럼 매일 같이 있어야겠네."

그가 웃으며 말했다. 진짜로 그럴 수만 있다면 좋을 것 같았다.

"아직 일어날 시간 아니니까 자."

그가 이렇게 자상한지 몰랐었다. 그는 얄미웠고 카리스마로 장착이 된 무뚝뚝한 남자였다. 하지만 이상하게 그를 알면 알수록 정말 자상한 남자였다. 그녀는 그의 품 안에서 다시 깊은 잠을 잘 수 있었다.

학교 다닐 때 패싸움을 해본 적도 없는 그였다. 아무리 무리한 운동을 해도 이렇게까지 아프지 않은데 유 의원과 몸싸움 좀 했다고 온몸이 너무나 아팠다. 말자에게 팔베개를 해준 걸 그는 아주 후회하고 있었다.

팔에서 쥐가 나는 정도가 아니라 끊어질 것 같았다. 하지만 그는 그의 품 안에서 곤히 잠들어 있는 그녀를 옆으로 밀 생각이 없었다. 그가 말자의 얼굴을 보았다. 말자가 아무리 억척스럽게 군다고 해도 어릴 적의 충격에서 벗어나지는 못한 것 같았다.

꿈속에서 매일같이 자신의 아버지인 국태환 사장의 죽음을 보아야 한다는 게 말자에게는 고통일 것이다. 그런 생각을 하자 수호는 마음이 아팠다. 자신을 제외한 사람의 아픔을 생각한다는 게 이렇게 고통스러운 것인지 몰랐었다.

그는 다시 잠이 든 말자의 얼굴을 쓰다듬었다. 그리고 자신도 눈을 감았다.

한참을 자고 있는데 누군가 그의 옆구리를 찌르고 있었다. 깜짝 놀란 그가 눈을 떠보니 할아버지였다. 할아버지는 아무 말도 하지 않으시고는 그에게 나오라는 손짓을 하셨다. 그는 살며시 일어나 핸드폰 시계를 보았다. 그리고는 자신의 머리를 흐트러트리며 밖으로 나갔다.

"지금 몇 신 줄 아세요?"

"5시."

"지금은 자야 할 시간이라고요. 할아버지."

혹여나 말자가 깰까 그는 목소리를 작게 냈다.

"시간은 알겠는데 너는 왜 저 방에 있는 거냐?"

"그야, 김 기자가 아프니까 그랬죠."

"아프면 한 침대를 쓰는 거야?"

할아버지의 눈이 가늘어졌다.

"뭘 상상하든 그 이상이냐?"

"할아버지!"

"왜 그렇게 성질을 내? 제 발이 저린 게로구나."

"아닙니다."

"아니긴."

할아버지가 의심의 눈초리를 보냈다.

"둘이 무슨 관계야?"

"사귑니다."

"사귄다? 누구 맘대로?"

"제가 좋아하는 여잡니다."

"넌 좋아하면 막 그렇게 침대를 같이 쓰는 거야?"

"진지하게 생각합니다."

"결혼해."

"네?"

"왜? 섹스는 해도 결혼은 못 하겠다?"

할아버지는 지금 억지를 부리고 계셨다.

"할아버지, 사귄다고 다 결혼을 하지는 않습니다."

"그럼, 김 기자 할머니께서도 보셨는데 책임을 안 지겠다고?"

"……."

진짜 그 상황은 어떻게 말을 해야 할지 모르겠지만 그렇다고 이런 식으로 결혼을 하고 싶지 않았다.

"할아버지는 김 기자가 마음에 드십니까?"

"응, 마음에 든다."

"괜히 그러지 마시고요."

"난 빈말은 안 해. 넌?"

"전 아직 모르겠습니다."

"그래? 알았다. 못난 놈."

할아버지는 이렇게 말씀을 하시고는 아래층으로 내려가셨다.

"할아버지."

그는 욱신거리는 몸을 이끌고 계단을 엉거주춤한 자세로 따라 내려갔다.

정말로 듣고 싶어서 그런 건 아니었다. 그가 일어나는 바람에 그녀는 잠에서 깼다. 그리고 그녀는 국 회장의 뒷모습과 그 뒤를 따르는 그를 보았다. 섹스를 그렇게 했는데도 들키지 않았는데 오늘은 제대로 걸린 것 같았다.

걱정이 되는 마음에 그녀는 그대로 일어나 문가로 갔다. 다행히 1층으로 내려가지 않고 그들은 문 앞에서 대화를 나누고 있었다.

"내가 미쳤지."

아까 전에 할매에게 들켰을 때 그에게 가라고 했어야 했다. 하지만 이미 엎질러진 물이었다. 그에게 호통을 치시면 어쩌나 하는 마음에 그녀는 귀를 바짝 대고는 그들의 대화를 몰래 듣고 있었다.

"둘이 무슨 관계야?"

국 회장의 질문에 그녀의 심장이 바닥으로 떨어지는 것 같았다. 하지만 그가 뭐라고 답을 할지 솔직히 궁금했다.

"사귑니다."

그녀와 그가 언제 사귄 건진 몰라도 사귄다는 말을 그가 하자 말자의 얼굴에 슬며시 미소가 피어났다.

"결혼해."

그 말에 말자는 너무 놀라 딸꾹질을 하기 시작했다. 그녀는 자신의 입술을 막으며 소리가 나가지 않게 조심 또 조심했다.

"할아버지, 사귄다고 다 결혼을 하지는 않습니다."

그의 말이 그녀의 귀에 못이 되어 박혔다. 그는 결혼을 원하지 않았다. 그녀도 결혼을 꼭 생각한 건 아니었지만 이렇게 직접 들으니 마음이 아팠다.

"전 아직 모르겠습니다."

그는 아직 모르는 것이었다. 그녀에겐 이렇게 확신을 주고서 정작 자신은 확신이 없는 것이었다. 그같이 잘난 인간은 기자 따위는 안중에도 없는 것이었다. 그녀는 충격에 그 자리에 주저앉았다.

안 그럴 거라고 혀를 깨물었지만 눈물이 흘러내리고 있었다. 가슴이 아팠다. 하지만 그는 그녀와 끝까지 갈 생각이 애초부터 없었던 것이었다. 말자는 그렇게 한동안 소리를 죽여 한참 울었다.

그렇게 아침을 맞이한 그녀는 아침식사를 하러 오라는 소리에 기계적으로 식당으로 내려갔다.

"안녕히 주무셨습니까?"

"그래, 잘 잤나?"

"네."

"몸은 좀 어떤가?"

"많이 좋아졌습니다. 그래서 드리는 말씀인데 이제 위험요소들은 사라졌으니 집으로 돌아갈까 합니다."

"왜?"

"할매가 혼자 있는 것도 마음이 쓰이고 이곳에 너무 오래 있었던 것 같습니다."

그녀가 차분하게 말을 이어가자 더 이상 국 회장도 그녀를 잡지 않았다. 그리고 말이 어느 정도 끝나갈 즈음에 국 사장이 하품을 하며 식당 안으로 들어섰다.

"안녕히 주무셨습니까?"

"그래, 넌 잠을 못 잔 모양이구나."

"네, 좀 설쳤습니다."

"김 기자 집으로 간단다."

"왜?"

"……"

그녀는 대꾸하고 싶지 않아서 밥만 먹었다.

"어제 할머니를 보고 마음에 걸리는 모양이구나."

"할머니를 우리 집으로 모시고 오는 건……."

"아니오."

그녀가 칼같이 잘라 버렸다. 그러고 싶지는 않은데 그녀의 기분이 그대로 묻어나고 있었다.

"김 기자의 뜻이 그렇다는 걸 알았으니 김 기자가 편한 대로 해."

"감사합니다. 그럼, 약을 먹어야 해서 먼저 일어나겠습니다."

"그래."

그녀가 일어나서 걸어나오는데 그는 그대로 밥을 먹고 있었다.

"뭘 기대한 거야."

그녀는 이렇게 말을 하고는 그가 출근을 하기를 기다렸다. 그리고 그가 출근을 하자마자 짐을 챙겼다. 몸이 생각보다 많이 안 좋아서 짐을 싸는 데 시간이 걸리긴 했지만 그녀가 집을 나오는 데는 무리가 없었다.

국 회장에게 인사만 하고 그녀는 경호원들의 도움으로 집으로 무사히 귀환을 했다. 그녀는 오랜만에 자신의 침대에 누워 한없이 눈물을 흘렸다. 그녀는 가벼운 사랑은 하지 못하는 유전자를 가지고 있는 것 같았다.

그가 헤어지자고 한 것도 아닌데 세상을 다 잃은 느낌이었다.

말자는 그렇게 한참을 누워 있었다. 그 자리에서 그대로 굳어버린 듯 그녀는 멍하게 누워 있었다. 너무 충격이 커서 울음도 나오지 않았다. 한참의 시간이 흘렀다. 바깥이 많이 어두웠다.

"말자야."

"할매."

"언제 온 거야?"

"오늘 오후에. 그런데 할매 너무 늦게 다니는 거 아니야? 12시가 넘었어."

"언젠 이렇게 안 했나?"

할매는 그녀의 옆에 앉아서 얼굴을 쓰다듬었다. 할매의 얼굴에는 많은 궁금증이 있었다.

"왜 안 물어봐?"

"뭘?"

할매는 모른 척했다.

"국 사장이랑 침대에 누워 있던 거."

"둘 다 너무 피곤했나 보지. 아니야?"

할매의 눈이 흔들렸다.

"아니, 맞아. 할매가 이상하게 생각할까 봐. 말하는 거야."

"난 우리 말자 믿지. 어디 가서 허투루 행동할 우리 말자가 아니지."

"그럼."

그녀는 온몸이 쑤시는데도 할매를 꽉 끌어안았다. 마음이 엄청나게 편안했다. 역시 할매가 최고였다. 말자는 자기도 모르게 눈물이 흘렀다.

"무슨 일이야?"

"아니야."

"너만 국 사장 좋아하는 거 아냐?"

"아니."

"너무 깊이 빠지면 안 돼."

"아니라니까."

그녀는 이렇게 말은 하면서도 할매의 커다란 가슴에 얼굴을 묻고는 한참을 울었다.

늦은 오전에 그녀는 민국신문에 출근을 했다. 그녀의 얼굴은 멍이 들어 화려했다. 모두가 그런 그녀를 힐끔거리며 쳐다보고 있었다.

"뭐야?"

그녀의 얼굴을 본 정치부 부장이 놀라서 물었다.

"아닙니다. 경미한 사고가 있었습니다."

"두 번 경미했다가는 얼굴 하나 안 남아나겠어. 누가 그런 거야?"

"말씀드리기가 좀 곤란합니다."

"알았어."

그녀의 얼굴을 꼼꼼하게 살피던 정치부 부장은 그녀에게 가서 일을 하라고 했다.

"며칠 쉰다고 하더니 어떻게 된 거야?"

최 선배가 그녀의 뒤로 와서 물었다.

"그냥요."

"대답 봐라. 아주……."

최 선배가 그때서야 그녀의 얼굴을 보았다.

"어떻게 된 거야?"

"그냥 그렇게 됐어요."

"누가 네 얼굴을 아스팔트에 대고 간 거야?"

"선배."

그녀는 최 선배의 관심이 부담스러웠다.

"일 좀 합시다."

그녀의 목소리가 조금 컸는지 부장의 자리까지 들렸다.

"거기, 최 기자. 당장 자리로 돌아가. 우리 특종기자님 귀찮게 하지 말고."

"네, 네."

말자는 고개를 흔들었다. 다들 너무 개성들이 강했다. 그녀는 집에 있지 않고 이렇게 회사에 온 건 잘한 것 같았다. 일하는 데 집중을 하다 보니 마음이 어느 정도 안정이 되어가고 있었다. 사랑은 더 많이 하는 사람이 손해를 보는 것이었다.

퇴근 시간이 되자 모처럼 동기 우정과 후배 유진이 소주나 한잔 하자고 해서 근처의 닭발 집에 모였다.

"우리도 근사한 데서 먹어요."

"왜?"

"맨날 삼겹살집, 치킨 집만 오니까. 여자들만이라도 좀 고급진 곳에 가면 안 돼요?"

"안 돼."

"네."

그녀는 우정과 유진의 투닥거림을 웃으며 보고 있었다.

"진짜 어떻게 하다가 다친 건지 말 안 할 거야?"

"산에 갔다가 굴렀어."

"뭐?"

"하도 머리가 복잡해서 산에 갔다가 굴렀어. 그래서 쪽팔려서 얘기 안 한 거야."

둘은 의심의 눈길을 그녀에게 보냈다.

"네들이 경찰이야. 사람을 그렇게 보게."

"정치부 기자 6년이면 거짓말 탐지기가 필요 없어."

"잘났다."

"그런데 오늘 이 집은 장사 안 하는 거야?"

방금 전까지 손님들이 꽉 차 있었는데 갑자기 이상하게 한가해졌다. 이 닭발 집은 맛집이라서 항상 손님들이 만원이었다.

"오늘 이상해요."

"뭐가?"

"손님이 없잖아요. 여기 이런 곳이 아닌데."

유진이 두리번거리며 말했다.

"신경 쓰지 말고 술이나 마셔."

"그래, 우리 김 기자의 복귀를 위하여!"

짠!

잔이 부딪치고 그들이 소주 한 병을 거의 다 나눠 마실 때까지도 손님들이 없었다. 이상했지만 오늘은 장사가 잘 안 되는 날이라고 생각하며 그들은 즐거운 분위기 속에서 술을 마셨다.

"여기 소주 하나요!"

유진이 소주 한 병을 더 시켰다.

"여기 닭발은 완전 맵다."

"너, 약 먹어야 하는데 먹어도 돼?"

우정이 걱정이 되었는지 닭발을 야무지게 먹고 있는 말자에게 물었다.

"괜찮아."

"소주 한 병 여기 있습니다."

갑자기 그녀의 등 뒤로 어디선가 많이 듣던 목소리가 들려왔다. 그녀의 앞을 보니 더 짐작이 갔다.

우정은 닭발을 먹다가 말고 그대로 들고 있었고 유진은 소주를 입 주위로 흘리며 먹고 있었다.

"이 집 인수하셨어요?"

유진이 그를 보며 물었다.

"오늘만요."

"왜요? 일일 술집 같은 거예요? 우리 일어나야 해요?"

"아뇨."

그가 웃으며 말을 하자 우정과 유진은 완전히 무장 해제가 되어 버렸다. 그녀들이 있건 없건 상관없이 국 사장이 그녀를 의자째 들어서 그를 보게 돌렸다. 주위의 시선 따위는 아무것도 아니었다.

"왜 화가 났어?"

"네? 제가 무슨 화가 났다고 이러세요."

그의 행동에 말자는 어찌할 바를 모르고 있었다. 그녀는 우정과 유진을 돌아보며 도움을 청했지만 그들은 아까 자세 그대로 국 사장과 그녀를 보고 있었다.

"내가 잘못했어."

"뭘요?"

그가 그녀의 앞에 무릎을 꿇었다.

"국 사장님!"

그녀가 놀라서 자리에서 일어나려고 하자 그가 그녀를 다시 앉혔다.

"뭐 하시는 거예요?"

이제는 그녀도 화가 났다. 그녀를 원하지 않은 건 그였다.

"기다려 봐."

그때 갑자기 꽃바구니와 기타를 든 사람들이 그녀 앞으로 다가
와서 사랑의 세레나데를 부르기 시작했다. 멍든 얼굴에 뿔테 안경
을 쓰고 청바지에 바바리를 걸쳐 입은 그녀에게 지금의 상황은 기
분 좋은 상황이라기보다는 창피한 상황이었다.

"김 선배, 축하해요."

"나도."

여전히 멍하게 있는 동료들을 보며 말자는 진짜 화가 나기 시작
했다.

"난 이런 이벤트 필요 없어요."

그녀는 이렇게 말하면서 가방을 들고는 무조건 밖으로 나와 뛰
기 시작했다. 어차피 그와 그녀의 사랑은 육체적인 것에 불과했
다. 오늘 밤 뜨거운 섹스를 바라고 이러는 거라면 진짜로 노 땡큐
였다.

"김말자."

그가 그녀의 뒤를 계속해서 쫓고 있었다. 사람들이 많은 곳인데
도 불구하고 그는 그녀의 이름을 부르며 쫓아왔다.

"아!"

그가 그녀의 손목을 아프게 잡고는 골목길로 들어왔다.

"뭐 하는 거예요."

"내가 왜 그러는지 몰라?"

"모르겠어요. 당신은 섹스 이외의 것을 나와 나누기를 바라지 않잖아요."

"내가? 왜 그렇게 생각하는데?"

"국 회장님과 하는 얘기 들었어요."

"할아버지와 하는 얘기? 언제?"

"어제요."

"그건⋯⋯."

그녀가 그의 말을 들으려고 하지 않고 몸을 돌렸다. 그러자 그가 다시 말자의 팔을 잡아당겼다.

"아파요."

"아프라고 그렇게 잡았어. 정신 좀 차리고 날 보라고."

"⋯⋯."

그가 그녀를 진지하게 바라보았다.

"2층에서 한 얘기만 들었으니 오해할 만해. 난 그날 할아버지께 결혼 허락을 받아냈다고."

"뭐라고요?"

"2층에서 한 이야기는 할아버지가 말자와 내가 침대에 누워 있는 것 때문에 말자를 가볍게 여기실까 봐 한 얘기고 1층에서 좀 더 진지하게 말씀드리고 허락을 받았어. 그리고 오늘 집에 가서 할머니께도 허락을 받았고."

"진짜예요?"

"사랑해."

그녀는 그의 얼굴을 멍하게 바라보았다.

"뭐라고 했어요?"

"사랑한다고. 나와 결혼해 주겠어?"

"……."

그녀는 너무나 놀라서 마음이 진정이 되지가 않았다. 그때였다.

"저기 마이클 쿡 아니야?"

"설마."

사람들이 어딜 가나 눈에 띄는 그의 잘생긴 얼굴을 알아보고는 핸드폰으로 사진을 찍기 시작했다.

"어떻게요?"

그녀는 몰려드는 사람들 때문에 얼굴을 자신의 옷으로 가리기에 바빴다.

"저 결혼합니다!"

그의 뜻밖의 말에 그녀는 멍했다.

"아직 허락을 받지 못했지만요."

사람들이 웅성거리기 시작했다. 그러더니 어디선가 소리가 들렸다.

"결혼해! 결혼해!"

그는 슬쩍 미소를 짓더니 그녀의 얼굴을 양손으로 감싸고는 이렇게 말했다.

"결혼해 줄 거지?"

"네."

그의 입술이 그녀의 입술 위에 내려왔다. 그 어느 때보다도 부드럽게 그녀의 입술을 감싸고 있었다.

"진짜 사람을 놀라게 하는 거 아니에요?"

"아직 놀랄 일들이 많아. 내가 야심차게 준비했거든."

그가 그녀의 손을 잡고 사람들 사이를 빠져나와 닭발 집으로 향했다.

"여긴 또 왜 와요?"

"차가 여기 있거든."

"아."

그녀를 차에 태운 그는 그녀의 옆에 앉았다. 운전석에는 필립이 앉아 있었다.

"축하해요."

"감사해요."

"오늘 이것 때문에 하루 종일 힘들었습니다."

"필립!"

그가 아주 낮은 목소리로 경고를 했다.

"알았어요."

차가 출발을 했고 그녀는 그와 함께 어디론가 가고 있었다. 필립이 멈춘 곳은 다름 아닌 한강이었다. 그녀는 어리둥절해했다.

"여긴 왜요?"

"잠깐만."

그가 그녀의 두 눈을 손으로 가렸다.

"뭐예요?"

"하나, 둘, 셋 하면 앞을 보면 돼."

"알았어요."

"하나, 둘, 셋!"

그의 손이 치워지고 강 반대편에서 아름다운 불꽃놀이가 펼쳐졌다.

"나랑 결혼해 줄래?"

"네."

그가 그녀의 손에 다이아 반지를 끼워주었다.

"이 반지는 돌아가신 어머님의 유품이야."

"아름다워요."

"사랑해."

"나도 사랑해요. 난 아무것도 준비한 게 없는데 미안해요."

"아니야, 난 김말자 씨 하나면 충분해."

그의 입술이 그녀의 입술을 향해 내려왔다. 그녀의 인생에서 가장 멋진 날이었다. 말자는 이 행복이 영원하길 불꽃을 바라보며 기도했다.

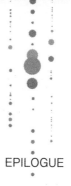

EPILOGUE

결혼식이 일주일 앞으로 다가왔다. 성질 급한 애인 때문에 그녀는 정말 눈코 뜰 새 없는 하루를 보내고 있었다. 오늘 그들의 신혼집에 전자제품이 들어온다고 해서 백수인 그녀가 신혼집에 오게 되었다.

둘이 살기에는 운동장처럼 넓은 집이었다. 웬만한 것들은 다 구비가 되어 있어서 그녀는 이 집에 없는 가전제품들을 혼수로 장만했다. 그마저도 사주겠다는 국 회장을 할매가 설득해서 그나마 전자제품 몇 개가 더 들어오는 것이었다.

말자는 어제 들어온 그의 살림들을 정리하기 시작했다. 하긴 그의 살림도 업체에서 다 정리를 해주어서 그녀가 할 일은 거의 없었다. 정리된 것만 확인하는 정도였다.

업체에서 오려면 30분 정도의 시간이 남아 있었다.

윙―

민국신문의 후배 유진이었다.

[선배, 아르바이트 좀 할래요?]

"뜬금없이 그게 무슨 소리야?"

[칼럼리스트가 글 잘 못 써서 칼럼이 사라지게 생겼습니다.]

"그래서?"

[그래서 편집장님의 직접적인 아이디어가 돌아가면서 칼럼을 쓰게 한다는 거죠.]

"난 싫다."

[선배, 내일 하루 것만 써주면 안 돼요? 진짜 빵꾸가 나서 그래요. 제발……]

"다른 사람들도 많아."

[아뇨, 하루에 쓸 사람은 없어요.]

"야, 이게 하루야? 몇 시간이지."

[선배, 제발.]

아주 애가 닳아하고 있었다.

[제가 결혼식 때 선물 제대로 할게요.]

"법에 걸린다."

유진이 통사정을 하고 있었다.

"이번만이야."

[선배, 사랑해요.]

그녀는 할 수 없이 그의 책상에 앉아서 그의 노트북을 펼쳤다.

"컴퓨터 안 가지고 가서 다행이다. 유진이가 잘리진 않겠어."

밀자는 기자를 그만두고 작가로서의 길을 걸을 예정이었다. 지금은 준비 중이었지만 말이다. 이런 칼럼도 다 작가로 살아가는 데 도움이 된다고 생각했다.

그녀는 즐거운 마음으로 전원을 켰다. 그리고 그녀는 한참을 그대로 앉아 있었다. 잠시 후 떨리는 손으로 자신의 눈에서 흘러내리는 눈물을 훔쳤다.

"뭐야, 이게……."

그녀의 눈에는 어릴 때의 그녀의 사진이 가득했다. 여덟 살 때 마이클 잭슨처럼 짧게 머리를 잘라준 것 때문에 울고 있는 사진도 있었고 초등학교 입학 첫날 할머니와 손을 잡고 찍은 사진도 있었다.

사진이 슬라이드 쇼로 계속해서 자동으로 넘어가고 있었다. 한 장 한 장 볼 때마다 가슴이 벅찼다. 지금도 너무나 하얀 투명한 피부 때문에 더욱 선명하게 보이는 주근깨가 어릴 때는 더 많았던 것 같았다.

그녀는 자신의 사진을 보며 울다가 웃기를 반복하고 있었다. 가슴이 따뜻해지고 있었다.

"전화 한 통 할까?"

그가 바쁜 시간인 건 알지만 그녀는 핸드폰을 들었다. 하필이면 그때 가전업체에서 사람들이 왔다.

딩동!

말자는 핸드폰을 내려놓고 업체 사람들이 들어올 수 있게 문을 열어주었다.

"스타일러는 어디다가 둘까요?"

"이쪽으로 오세요."

그녀는 드레스룸 쪽으로 그들을 안내했다.

"이쪽에 놓아주세요."

"네."

이렇게 말을 하고 있는데 그녀의 눈에 캔버스들이 여러 개 보였다.

"아니, 이게 왜 여기 있지? 화실에 있어야 하는데?"

그녀는 그중 하나를 들어 올리다가 말고 멍하게 있었다. 그 그림은 그녀가 지난번에 보았던 눈코입이 아직 그려지지 않았던 여자아이였다.

하지만 지금은 그림이 완성되어 있었다. 그리고 그 그림의 주인공이 누군지 그녀는 알았다.

어릴 적 주근깨가 유난히 많았던 그녀의 얼굴이었다. 그 모습은 7살 때의 모습이었다. 그녀의 눈에서 눈물이 흘러내렸다.

"이렇게 사람을 놀라게 하고……."

"네?"

그녀의 말에 업체 사람들이 그녀 쪽을 바라봤다. 그리고 울고 있는 그녀를 보고 깜짝 놀랐다.

"사모님, 괜찮으십니까?"

"네."

그녀는 자꾸 눈물이 흘러서 작업자들이 이상하게 생각할까 봐 드레스룸에서 나왔다. 그리고 이번엔 진짜로 핸드폰을 들고 그에게 전화를 걸었다.

Rrrrrrr—

[여보세요?]

언제 들어도 떨리는 굵은 저음의 목소리가 그녀의 귓가를 간질이고 있었다.

"……."

목이 메어와 말을 할 수가 없었다.

[김말자 씨, 전화를 하셨으면 말씀을 하셔야지요?]

"흑흑."

[울어? 왜 무슨 일이야?]

수화기 너머에서 그가 아주 난리가 났다.

[뭐야? 말 안 하면 지금 간다.]

그가 당장 그녀에게 올 기세였다.

"그냥 너무 행복해서요."

[오늘 전자제품 들어온다면서 아주 마음에 들었어? 혹시 아니면 업체 기사가 아주 잘생겼나?]

그가 농담으로 그녀의 마음을 풀어주려고 애를 썼다.

"둘 다 맞아요. 제품도 마음에 들고 업체 기사분들도 잘생겼어요."

[딱 걸렸어. 지금 그쪽으로 갈게.]

"하지만 내가 운 건 그것 때문이 아니에요."

[그럼?]

"당신 때문이에요."

[나? 나 때문에?]

"네, 당신이 날 너무 행복하게 해줘서요."

[당연하지. 내가 사랑하는 사람인데.]

그는 그녀가 농담을 하는 줄 알고 있었다.

"노트북하고 유화 봤어요."

[…….]

"보려고 한 건 아닌데 오늘 그렇게 됐어요. 수호 씨한테는 미안하지만 난 지금 너무 행복해요. 사랑받고 있는 것 같아서요."

[난 항상 말자만을 사랑하지.]

그가 장난스럽게 말했다.

"언제부터였어요? 제 사진을 모은 건?"

[말자가 대학에 입학하면서부터. 처음엔 그냥 너무 귀여운 아이 사진을 바탕화면에 깐 거라고 생각했는데 나중엔 자꾸만 보면서 웃고 있는 날 발견했지. 그리고 점점 아이에서 여자로 변해가는 말자를 보면서 속앓이를 했어.]

"진짜요?"

[그래, 그리고 할아버지 때문에 한국에 나와서 친구에게 부탁해서 말자를 만나게 된 거지.]

"그 친구가 최 선배?"

[그래.]

"둘이 그럼 그날 짜고 친 거예요?"

[뭐 그렇다고 볼 수 있지. 덕분에 생각지도 않은 키스도 선물로 받고.]

"몰라요."

[다른 남자들하고는 술 마시지 마.]

"알았어요. 이따 저녁에 여기로 와요."

[왜?]

"내 사랑을 확실하게 보여줄게요."

[그 말에 책임지라고.]

"1000% 책임질게요."

그녀의 눈가가 다시 행복으로 촉촉해지기 시작했다.

"사랑해요."

[나도.]

그녀는 그들의 불타는 밤을 기대하며 전자제품의 자리를 잡아 주기 위해 다시 거실로 향했다.

"아저씨, 건조기는 이쪽이요."

오늘은 그가 오는 시간까지가 너무나 길게 느껴지는 말자였다.

뭐가 그리도 급한지 프러포즈한 지 한 달 만에 그와 결혼식을 올리게 되었다. 진짜 거짓말을 좀 보태서 그날 입은 상처의 멍 자국이 가시자 바로 웨딩드레스를 입게 된 것이었다. 할매는 뭔 결혼을 이렇게 정신이 없이 하냐고 하면서도 기분이 아주 좋은 모양이었다.

오늘은 결혼식 전야였다. 함을 지고 오는 것도 아니고 그렇다고 신랑이 그녀의 집으로 찾아오는 것도 아니어서 그녀는 오늘 마사지를 받고 할매와 오랜만에 긴 시간을 보냈다.

무슨 일이 있어도 가게를 여는 할매인데 오늘과 내일은 가게 문을 닫았다.

"할매, 괜찮아?"

"뭐가?"

"아니, 납치가 됐던 날도 가게 문을 열었는데 이틀이나 문을 닫고 말이야."

말자는 할매 옆에 붙어서 할매의 가슴을 만졌다. 어릴 때처럼 말이다.

"어릴 때는 맨날 이러고 잤는데……."

"그랬지."

"엄마의 가슴은 만진 적이 없었어."

"왜?"

"작았거든."

실없는 소리를 하면서 그녀는 할매와의 마지막 밤을 보내고 있었다.

"엄마, 아빠 불렀어."

"당연히 불러야지."

"그래도 아빠 손은 안 잡고 들어가. 그냥 수호 씨 손잡고 들어가기로 했어."

"왜?"

"아빠에 대한 작은 복수라고 생각해 줘."

"그래 네 마음 잘 안다. 네 애비가 잘못한 일이지."

할매는 어릴 적 그녀의 상처에 대해 누구보다 잘 알고 있었다.

"할매, 잠이 안 와."

"나도 그렇다. 네가 잘할지도 걱정이고……."

"너무 걱정하지 마. 잘할게."

툭!

둘의 시선이 창가로 향했다.

툭!

"아이고, 하루를 못 참아서 네 신랑 왔나 보다."

할매가 자리에서 일어났다.

"들어오라고 해."

그녀는 웃으며 창문을 열었다. 그가 정말로 그녀의 창문 아래에 있었다.

"들어와요."

"나와."

"할매가 들어오래요."

"알았어."

그는 집 안으로 들어왔다. 할매는 자리를 비켜주었다. 그녀의 방으로 들어온 그는 작고 깨끗한 방을 둘러보느라 정신이 없었다.

"앉아요."

그는 방바닥이 아닌 그녀의 침대에 앉았다.

"언제 적 돌 던지기예요?"

그의 옆에 앉으며 그녀가 말했다.

"한 번 해보고 싶었어."

"늦었는데 어떻게 왔어요?"

"보고 싶어서 왔지."

그의 말에 말자가 피식 웃었다.

"우리 일주일 동안 너무 바빠서 키스도 제대로 하지 못했……."

그녀가 그의 입술에 자신의 입술을 댔다. 그녀의 적극적인 키스에 그도 만족을 했는지 그녀의 입술을 빨아들였다.

"으으음."

"신음은 안 돼."

할머니를 의식하고 하는 말 같았다. 그녀는 대답 대신에 그의 입안으로 자신의 혀를 밀어 넣었다. 그녀의 혀가 그의 입안을 휘젓고 다녔다.

"이 여자 안 되겠군."

"그래서 싫어요?"

"아니."

그들의 혀가 계속해서 얽히기 시작했다. 일주일 간 서로의 주인을 만나지 못한 다급함이 그대로 드러나고 있었다. 그의 손이 그녀의 잠옷 안으로 들어와 위로 벗겨 버렸다. 그녀가 지금 입은 옷이라고는 팬티뿐이었다.

"내일 밤은 아무것도 입지 마."

"알았어요."

그의 입술이 그녀의 목을 타고 내려왔다.

"이 방은 방음이 잘되어 있나?"

"아뇨."

"난감하군. 오늘은 거칠어질 것 같은데……."

"좀 들키면 어때요. 내일부터 우린 부분데."

"그렇군. 나의 아내는 너무 대담하단 말이야."

"좋으면서."

그녀가 침대 위로 올라가 요염하게 누웠다. 그리고 손가락을 까딱거리며 그에게 올라오라는 신호를 보냈다.

"요물이야."

"나도 몰랐는데 누구 때문에 알게 된 거죠."

그가 그녀의 싱글침대 위로 몸을 올렸다.

"옷은 안 벗어요?"

"벗을 시간이 없어."

그는 이렇게 말을 하며 그녀의 팬티를 찢어버렸다.

"너무 야성적인 거 아니에요?"

그녀가 놀리자 그가 으르렁거리며 그녀를 덮쳐 왔다. 그녀의 다리를 벌리고 벌써부터 발기해 있는 그의 페니스를 그녀의 질 안으로 밀어 넣었다.

"으으윽."

그녀보다 그가 훨씬 더 신음 소리를 크게 내고 있었다. 그의 페니스는 그녀의 질 안에서 요동을 치고 있었다. 그동안 그녀와 섹스를 하지 못한 것을 주인에게 알리고 있는 것 같았다.

"아흐."

그녀의 입에서도 신음이 터져 나오고 있었다. 그가 그녀를 완전히 먹어 치울 것처럼 그녀의 가슴을 빨고 있었다. 급하긴 급한 모양이었다. 그는 지금 천천히 즐기는 것이 아닌 다급함이 가득했다.

"우리 집으로 갈까?"

"네?"

"밤새 널 안고 싶어."

그녀의 신혼집은 평창동에 위치해 있었다. 본가보다는 작았지만 그래도 둘이 살기에는 큰 주택이었다.

"미쳤어요?"

"그런 것 같아."

"못 말려요."

하지만 그녀의 말도 그의 거친 피스톤 운동에 사라져 버렸다. 그는 그녀의 목부터 가슴까지 하나도 남김없이 그의 입술을 찍고 있었다.

"키스 마크는 안 돼요."

그녀가 이렇게 말은 했지만 그에게는 소용이 없었다. 그는 수없이 많은 자국을 남겼고 내일 그녀의 메이크업 아티스트가 굉장히 싫어할 것이다.

그런 생각을 하는 동안 그가 그녀의 유두를 물었다.

"아아앙."

그리고 혀로 핥기 시작했다. 소름이 돋는 쾌감이 그녀의 온몸을 뚫고 지나갔다. 진짜 미칠 것만 같았다. 그의 손이 은근히 그녀의 여성을 감싸고 있었다. 움직임이 없으니 더 감질이 나서 그녀가 그의 손에 대고 여성을 비비기 시작했다.

"하고 싶어?"

"넣어줘요."

그녀의 말에 그가 몸을 일으켜 다시 자신의 페니스를 그녀의 질에 넣었다. 그는 거칠었고 그녀는 그의 이 거침이 너무나 좋았다.

그는 마지막을 향해 피치를 올리고 있었다. 그의 얼굴에 땀이 흐르기 시작했다.

그는 마지막으로 강하게 허리 짓을 하고는 그녀의 위로 무너져 내렸다.

"난 아이를 많이 낳고 싶어."

"저도요."

"혼자는 너무 쓸쓸해. 첫째는 당신 닮은 딸이었으면 좋겠어."

"난 아들이 좋은데……."

그녀가 그렇게 말을 하자 그가 그녀의 코를 꼬집었다.

"안 돼. 아들을 예뻐하는 말자를 보면 질투가 날 것 같아."

"뭐라고요?"

그가 그녀의 입술에 행복한 키스를 해주었다. 내일이면 그들은 모두의 축복을 받으며 부부의 연을 맺을 것이다. 말자는 그와 함께 작가의 길을 가기로 하고 신문사를 그만두었다. 첫 번째는 유의원에 관한 소설이었다.

소설보다 더 소설 같은 얘기라서 있는 그대로를 쓰면 될 것 같았다. 사람들은 김말자 기자가 쓴 소설이라 관심을 갖는 게 아니라 마이클 쿡의 아내가 소설가로 데뷔하는 것에 벌써부터 많은 관심이었다.

지난번 인터뷰에서 잘나가는 기자 생활을 청산하고 새내기 작가가 되겠다고 하는데 아쉽지 않느냐는 질문을 받았었다. 솔직하게 아쉽지 않은 건 아니었지만 기자로서는 승진 빼고는 안 해본 것이 없었고 이제는 다른 분야에서도 활약하는 그녀의 모습을 보여주고 싶었다.

그리고 마이클 쿡의 아내가 아닌 작가 김말자로서 사람들에게 알려지고 싶다고 생각했다. 하지만 인터뷰에서는 그런 말은 하지 않았다.

그건 그녀의 목표이고 다른 사람들에게 말하지 않고 그녀만 간직하고 싶었다.

어쨌든 그녀는 열심히 살 것이다. 그녀의 목숨을 구해준 시부모님들을 위해서라도 말이다.

그녀는 그의 품에 안겨 창밖의 밤하늘을 보았다. 서울이라 별은 보이지 않지만 저 하늘 어디선가 그들을 응원하고 있을 시부모님을 향해 그녀는 다시 한 번 잘살겠다는 인사를 하고 있었다.

"행복하게 잘살게요."

그녀는 작은 소리로 이렇게 말하며 남편의 품속으로 파고들어
갔다.

─ THE END ─